yukito ayatsuji

最后记忆

[日]绫辻行人 著　詹慕如 译

人民文学出版社

著作权合同登记号　图字 01-2012-0737

Yukito Ayatsuji

SAIGO NO KIOKU

Copyright © Yukito AYATSUJI 2002，2007
First published in Japan in 2002, 2007 by KADOKAWA SHOTEN Co., LTD., Tokyo
Chinese translation rights arranged with KADOKAWA SHOTEN Co., LTD., Tokyo
through Timo Associates Inc., Japan

图书在版编目（CIP）数据

最后记忆/（日）绫辻行人著；詹慕如译.—北京：
人民文学出版社，2012
ISBN 978-7-02-009008-2

Ⅰ.①最…　Ⅱ.①绫…　②詹…　Ⅲ.①长篇小说-日本-现代　Ⅳ.①I313.45

中国版本图书馆 CIP 数据核字（2012）第 039677 号

责任编辑：陈　旻
特约策划：陶媛媛
装帧设计：汪佳诗
封面插画：tobeys

出版发行	人民文学出版社
社　　址	北京市朝内大街 166 号
邮政编码	100705
网　　址	http://www.rw-cn.com
印　　制	山东临沂新华印刷物流集团
经　　销	全国新华书店等
字　　数	322 千字
开　　本	890×1240 毫米　1/32
印　　张	13.75
版　　次	2012 年 6 月北京第 1 版
印　　次	2012 年 6 月第 1 次印刷
书　　号	978-7-02-009008-2
定　　价	38.00 元

最後の記憶

绫辻行人

献给消失的他们

这里是哪里?

这里是——
这里是,什么地方都不是的地方。
这里是,什么地方都是的地方。
这里是,什么地方都有的地方。

现在是什么时候?

现在是——
现在是,什么时间都不是的时间。
现在是,什么时间都是的时间。
现在就是,现在、过去、未来……

还有全部。

你、你们是谁？

我——
我是——
我是我。
我是,我。
我就是,我。
我,就是我……

来吧,一起来玩吧!

第十二章	297
第十三章	323
第十四章	353
第十五章	381
终章	407
2002年初版后记	419
2007年文库版后记	423
引用文献及参考文献	427

目 录

I
第一章 ······ 003
第二章 ······ 023
第三章 ······ 045
第四章 ······ 089
第五章 ······ 109
第六章 ······ 133

II
第七章 ······ 173
第八章 ······ 191
第九章 ······ 213
第十章 ······ 241
第十一章 ······ 265

I

第一章

1

　　小时候在夏日黄昏里,见到的太阳格外巨大,颜色好似烂熟的柳橙和苹果缠绕交融一般。虽然也挺像线香烟火燃到最后时的那一球凝火,不过烟火会一边四散着宛如泪滴的火屑,一边逐渐颓缩,但夕阳却越看越觉得巨大。我总害怕,不知道它会不会终于承受不了自身的重量,掉落到街道上。

　　夕阳将西方的天空染成一片鲜丽,而指着这夕阳的颜色告诉我"那就是人的血的颜色"的人,应该是我的母亲。

　　——那就是人的血的颜色。

　　——和人身体里流的血,一样鲜红。

　　"那么我的身体里也有'血'吗?"

　　记得我曾经问过这句话。

　　"妈妈的身体里也有吗?"

　　——是啊!

　　母亲专注地望向正要没入山后的夕阳,静静地回答。

　　——森吾的身体里,妈妈的身体里,都有一样鲜红的血。

　　"小那也有吗?"

　　——是啊,小那也有。

　　"小那"是小我三岁的妹妹,波多野水那子,现在已经嫁作人妇,从夫姓,改为浅井。

　　——还有爸爸和哥哥,大家的身体里,都流着血哦!

母亲的皮肤是那么白皙,头发又是那么乌黑,可是她的身体里,却有着和夕阳同样颜色的"血",这对当时的我来说,是一件很不可思议的事。

已经忘记那是几岁时的事了。

红色的"血"让我感到不可思议。难道在那之前,我从没看过人受伤的样子或者自己从没有过受伤的经验吗?或许吧,说不定即使有,但也完全不了解其中的意义。

"'血'是做什么用的?"

还记得我曾经问过这句话。

——血很重要哦!因为身体里面有血在流动,所以我们才能好好地活着。

母亲回答完之后,紧闭上眼睛,好像在慢慢地摇头。

——如果受了伤,如果身体里面的血流掉很多,人就会死掉哦。

想必当时的我,对"死"这个字的意义仍似懂非懂。

——人会死掉,全身血淋淋的,一动也不能动。

母亲一边说,牵着我的手指一边捏得更紧。我那时感到,她的手不住地在颤抖——天气明明并不冷。

小时候,冬天的夜空里,高挂在天上的一轮明月很是明亮皎洁,但是每次看到时,形状都不一样,这让我觉得很诡异。明明是同一个月亮,为什么有时候圆圆的、有时候细细的呢?我曾经想过,说不定太阳和月亮其实是同一个东西,暂时躲起来的太阳,到了晚上就变身为不同的颜色和形状,出现在大家面前。

第一次听说月亮上住着兔子这个故事,也觉得怪不舒服的。那是因为我忍不住去想象,兔子一定也得随着月亮的形状变化,一起扭曲变形成不同的形状。

月亮升上暗黑的天幕,而指着这缺了一半的月亮告诉我"那就是上弦月"的人,应该也是母亲。

——那就是上弦月。

——从现在开始,会慢慢变圆,然后变成满月。

我从当时家中的二楼窗户仰望夜空。同一个房间里,还在襁褓中的水那子睡得正熟。

——人的身体里,有着和月亮一样名字的骨头哦!

我记得母亲曾这么说。

"骨头?"

——没错,在我们的膝盖关节上,有一块叫作半月板的软骨。

"那月亮也和骨头一样硬吗?"

记得我曾经这么问过。

"软骨"这个名词的意义,想必当时的我还不知道。

"既然这么硬,为什么月亮还可以一直改变形状呢?"

——真是奇怪。这是为什么呢?

我还记得当时和我一起歪着头的母亲,快乐地微笑着。映照在清透的月光之下,母亲的侧脸,看起来仿佛也一样地清透。

小时候所看到的母亲的笑脸,总是那么美丽。她一直无比温柔,对任何人都一视同仁——我记忆中的她,正是这样的一个人。

不过现在……母亲几乎不再像以前那样微笑。她的美丽和温柔,都已不再有了。

日复一日,她呆呆地躺在床上,脸上再也没有任何称得上表情的表情。偶尔,从她的脸上,会渗透出一种颜色……

——是蝗虫。

极端的恐惧。

——是蝗虫在飞的声音。

那是一种极为强烈、几近狂乱的恐惧。我甚至觉得,她唯一仅剩的就是这种恐惧。

2

末日将临、世界即将毁灭的预言在城市里蔓延,世纪末的这年夏天,并没有发生什么毁灭性的大事件,就结束了。这是八月最后一个星期天的傍晚。

从今年春天起,我在一家补习班担任讲师。结束了今天的"暑期特别讲习",我在回家的路上犹豫再三,还是决定绕到母亲住院的医院去探望她。

西新宿区边缘的T＊＊医科大学医院的精神神经科病房大楼。母亲从去年十二月起,住进了这栋楼里被称为"特别室"的单人房。

不愧是特别室,房间比一般单人房要大上许多,里面的设备可媲美都市饭店,不但有厕所、浴室、冰箱和电视等等,还另外设有一间房间,让照顾病患的人可以留下过夜。当然,这样的设备需要一笔高额费用,自从她住院以来,一直都由哥哥骏一全额负担。

我已经很久没有推开那扇挂有"波多野千鹤"铭牌的病房门。距离上次来,应该已经过了一个月了吧!

绝对不是因为忙而没有时间来。

我不想来——不想见到躺在那里的母亲,不想听到她的声音,不想知道她的病情发展到什么程度,所以……我想这才是我久久不来的真正原因。

踏进病房时,最先感受到的还是那股强烈的后悔。

窗边的花瓶里插着不知是谁带来的白色百合,甜腻的香气混合着在每家医院都闻得到的药味,再加上母亲的身体所发出的异臭,室内飘着一股难以形容的臭气。

病房里不见偶尔会来探视的兄嫂和妹妹。

一位我曾经见过的年轻护士,正在喂母亲用餐。

"啊……你是她的儿子吧。"

她回头认出了我,停下握着汤匙的手,提高了音量,对病床上坐起上半身的母亲说:"波多野太太,波多野太太。你儿子,你二儿子来看你了哦!"

然而,母亲的反应却相当迟钝。

她抬头看了看护士的脸,稍微歪着头,然后慢慢地把头转向我这边。

"我是森吾,妈,你认得我吗?"

我靠近病床跟她说话,她又稍微歪着头,低声发出了"啊"。

"啊,是吗……是森吾啊……"

没有抑扬顿挫,宛如失去了灵魂的声音。

她的视线在我脸上停留了一会儿,眼眸中的光芒虚渺微弱。现在的她所剩下的辨识能力,说不定只能勉强知道眼前的这个男人或许和自己有关。

护士小姐对我说:"森吾先生,要不要喂她吃饭?"

这一定是出自她的一片好意,不过我却仓皇地答道:"啊,不用了,还是麻烦你吧!"然后退离病床边。

"哦,是吗?"护士小姐说完,将视线从我身上移开。她一定以为我是个冷血的儿子。

我站到窗边,背朝插有百合的花瓶,静静地看着护士喂母亲进餐。

窗外下着雨,离日落应该还有一段时间,但是天空中却笼罩着厚厚的积雨云,天色看起来暗沉得像晚上一样。

年轻时的母亲——波多野千鹤,总是美丽动人,又温柔无比,不管对任何人都一样,和现在躺在这间病房里的她,判若两人。

现在的她既不美丽,也不温柔。别说读书写作,甚至无法随心所欲地和别人正常对话,就连自己儿子的名字也记不清楚。这几个月来,她神经方面的障碍似乎越来越严重了,要不是像这样有人帮忙,连饭都没办法好好吃,想离开病床自己走路也很困难。

母亲头顶附近的头发稀薄了许多,而且根根雪白。如果从皱纹和斑点来判断,叫她老人似乎言之过早,但是因为她整张脸上没有任何堪称表情的表情,所以看上去简直就像一个九十岁的老太婆。

其实她刚过五十。

吃过饭,护士对我说:"有事请喊我一声。"便快速走出病房。我慢步走近病床,低俯上半身,看着母亲躺在枕头上的脸。

我指着窗边问道:"这花是水那子探病时带来的吗?"

母亲抬起无神的眼睛望着我,既没有看向我所指的方向,也不回答我的问题,她重复了好几次"啊啊——"的深深叹息。

我接着说:"听说下个月就要生了。"

母亲把头靠在枕头上,仍是微微歪着头。

"……要生了?"

"水那子的孩子啊,你的外孙。"

"……外孙。"

她就这样半晌不作声,又好像突然想起来了一样。

"啊,对了。水那子的……外孙……"

依然是毫无抑扬顿挫的声调。

不过,才五十岁的年纪,她的眼眸竟然如此缺乏知性的光采,她的头发竟然变得如此的斑白……

我不知道还能再说些什么,看着她干萎的脸,稀疏的白发下隐约可以见到头皮。她的额头发际和头顶之间,生来就有一个星形的浅色胎记,而在这层肌肤下面、藏在她头盖骨里面的大脑,现在又是什么颜色、什么形状呢?

我一旦开始想象,就忍不住联想到去年十二月在这间医院里看到的 MRI 影像,耳边也再次响起当时从医生口中听到的说明。

我推开踏进病房时所感受到的那股强烈的后悔,同时,莫名的悲伤、无法承受的压力,加上困惑、恐惧、愤怒等各种情绪,一并交织扩散,在我灰暗狭窄的心里,喷洒出色彩鲜明的线条。

3

小时候,我曾经在春天午后看过无数惹人怜爱的紫红色花朵,集结一片,形成满地花海。一阵强风吹过,花朵们一齐摇摆,散放出微微的甜美香气,沙沙作响。花瓣的紫红和叶子的绿色,有趣地按着规律和比例交互摇曳,整体看起来就像波浪翻腾的小海洋。

告诉我这种花的名字叫作"紫云英"的,我想也是母亲。

——那是紫云英。

——听说是为了拿来作田里的肥料所播下的种子。有这么多呢……真是漂亮。

她一边说,一边眯着眼看前方的风景。此时母亲的身边,停着一辆安放着水那子的粉红色婴儿车。

——你看,到处都开满了黄色的花吧!那是油菜花。那边变成一块油菜花田了呢!

那时候,我们一家住在面海的城镇,城镇的形状呈扇状,还算小有规模,而我们的家就盖在靠山丘的地方。

都市化的步伐年年急促,但附近仍有许多稻田农地,空地和森林也还不少,稍微走远一点,就可以登山健行。蝴蝶、蜜蜂,或是甲虫类从外面的走廊误入家中,也并非新鲜事。

我仿佛记得母亲当时曾摘下一片杂草的叶片,然后吹起草笛来。我也有样学样,把同样的叶片放在唇边,却怎么都吹不出声音来。

紫云英开满了一整片——在那片花海中，几个男孩子一边大声叫喊着，一边四处奔跑。这些少年，比当时的我要大上几岁，看起来好像在玩捉迷藏之类的游戏。

草笛的声音戛然而止，我往母亲的方向回头看去。

她站在距离水那子的婴儿车一步之远的地方，直盯着在田园中奔跑的少年们，但她的视线又不像是在跟着少年们移动……

……妈妈在看什么呢？

我还记得当时曾经这么想。

穿过在紫红色和绿色海洋中嬉戏的少年身影，那时的母亲，该怎么说呢，感觉她的目光似乎看向更远的地方，好像是……一个更远更远的地方，只有她知道的风景。

放弃吹响草笛的我，抓住在脚边窸窸窣窣爬动的绿色小昆虫，放在掌心中给母亲看："你看！这是什么啊？"

当时母亲的反应，我到现在都能清楚记得。

——不可以！森吾。

母亲的脸上顿时失去血色，突然大声斥责我。

——放下，森吾。把它丢掉，快把那东西丢掉……

我抓到的是一只还没长翅膀的小蝗虫，不是蚱蜢或飞蝗，头部尖尖的，身体的形状像豌豆荚一样……回想起来，那大概是负蝗的幼虫吧。

我当时并不知道为什么母亲会那么生气，只是照着她的话，慌张地将手中的蝗虫丢回田里。在那一瞬间，母亲用两手把自己的耳朵捂住，用力闭上眼睛，仿佛什么都不想听到，什么都不想看到。

躺在婴儿车中的水那子,似乎察觉到这股不寻常的气氛,那时候突然放声哭了起来。我依稀记得有这么一回事。

小时候在秋天黄昏看到的祭典光景,现在也无法忘怀。

母亲的娘家和当时我们住的地方属于同一个镇,大约开车三十多分钟的距离。母亲的双亲和弟弟,也就是我的外祖父母和舅舅就住在那里,但记忆中,我们平常并不勤于往来,顶多是我们在盂兰节或新年前后过去露个脸而已。

外祖父母和舅舅并不是不疼我和妹妹,但不知为什么,我对他们的印象相当模糊。之后,我们搬离城镇来到东京,两家的来往就更加疏远了。

已经不记得是几岁时的事了,母亲娘家附近的神社,有一场小规模的秋日祭典,那天,我们难得全家到齐,拜访了外祖父母家。

虽说是"小规模",在神社附近却也摆起了许多摊子。到了傍晚,聚集了不少人,十分热闹。我随着神社院内响起的日本大鼓声踏着步,让母亲牵着我在黄昏的街上走着,父亲幸助和哥哥骏一也在。印象中没有带水那子,应该是托给外祖父母照顾了吧。

骏一哥哥大了我十岁之多,是父亲在和母亲结婚之前,与第一任妻子所生下的孩子;也就是说,骏一是再婚的父亲与前妻所生的孩子。不过在这个新的家族中,他一点都不像个外人,母亲对他,总是像对我和水那子一样温柔;而骏一也很难得,他在当时就已经显露出出色的人格,从来不曾和母亲闹过别扭。

在街道上紧邻排列的摊子,都是当时的我第一次看到的:捞金鱼、钓水球、射击游戏、焦糖饼、画糖人、气球……我驻足在每个店家前,看着在乙炔灯炫目的光线照映下的这些景物,希望能就这么一直看下去。

父亲买了大大的棉花糖给我,刚塞满嘴,就马上在口中溶化消失,只留下说不出的甜味,渐渐在口中扩散。我记得那是我第一次尝到那种不可思议的感觉。

我满怀雀跃的心情,走着走着,不知不觉中,突然发现自己一个人站在黄昏的薄暗之中。

那里和喧闹的祭典街道已经有点距离。摊贩叫卖的声音、神社里不断响着的日本大鼓声……世界上的所有声音,听起来都那么遥远、缥渺。

我站在一条狭窄巷道的入口,窥探着巷道深处沉重浓浊的黑暗。

好像有什么东西在那里——在巷道深处黑暗的角落——动了动。

是什么——是谁?

是人的身影。

我集中视线,专注地望着,看到了一张浅褐色的狐狸脸。那是一张塑胶制的廉价面具,有一个人,戴着这张面具,面朝我这边站着。

——喂,小朋友,你是一个人吗?

狐狸这么问我。因为戴着面具,所以他的声音听来相当模糊,光凭这句话,分辨不出究竟是男是女,是老是少。

——喂,小朋友,你妈妈不在吗?走散了吗?

"她在啊。"

我记得当时自己左右摇着头,这么回答了他。

——那她在哪儿啊?没看到她人啊?你看啊……

"她在啊,我妈妈在啊。"

我生气地又摇摇头。

狐狸发出了一股仿佛自喉咙深处挤出来的低沉笑声。

——喂,小朋友。祭典好玩吗?

"嗯。"

——很好玩吗?

"嗯。"

——喂,小朋友。活着好玩吗?

"……嗯。"

——真的好玩吗?

"……"

——喂,小朋友,要不要我教你更好玩的事啊?怎么样?更好玩的,更棒的……

刻意压低的笑声,从黑暗巷道的深处一波又一波传来。狐狸背后,又慢慢浮现两个人影,他们都戴着面具。一个是好像曾经在电视卡通里看过的女孩,名字我已经忘记了;另一个是……对了,好像是假面超人之类的。

刻意压低的喑哑笑声,从他们的嘴边传来。

——喂,小朋友……

狐狸的话还没说完……

——森吾?

身旁有一只白皙的手,一把抓住了我的手腕。那是母亲的右手。

——你在做什么?一下子就不见了人影,把我吓了一跳啊!

"……妈。"

我看着巷道深处,那里只有一片深厚浓稠的黑暗,一个人影也看不到。

狐狸和女孩和假面超人都不见了……就像幻影一样,在一瞬间消失了。

——不可以哦,森吾。你这样一个人乱跑。

母亲抓着我手腕的力道,大到指甲几乎要陷进我的肉里。

——特别是像今天,这种祭典的日子,这种黄昏的时候。有这么多人聚在一起的地方,一定会有可怕的人混在里面。所以……

"可怕的人?"

——没错。非常可怕的人。

母亲的右手离开了我的手腕,接着用同一只手抚摸着我的脸颊。她的指尖微微颤动着。

……妈妈在怕什么呢?

记得当时年幼的我,心里有着这样的疑问。

——所以你要小心点啊,知道了吗,森吾?

"嗯。"

那个时候我就已经知道,母亲轻抚我脸庞的右手,上臂上有一块很大的旧伤疤,但是我总觉得难以启齿,始终没能问她这个伤痕从何而来,在什么时候有了这个伤痕。

4

屋外,雷声隆隆作响,窗边的花瓶和床头边小桌上的玻璃器皿,与雷声的超低音共鸣,发出些微的震动声。这突如其来的雷声,着实让我吓了一大跳,而母亲的反应更为激烈。

她发出了"咿……"的微细声音,简直像从床上跳起来一样,坐起身来,一反刚才身体机能退化般的缓慢行动,做出了反射性般的敏捷动作。

她摆出交叉双手抱住双肩的姿势,就这样骨碌碌地转动着眼珠,脸颊线条紧绷,紧紧咬着嘴唇——她现在很紧张,全身充满了警戒。

这样的母亲,我并不是第一次看到。

母亲以前就很讨厌打雷。虽然不是像现在这种病态的反应,但是每当听到雷声,她一定会神色失常、全身紧张,可以看出她强烈害怕的神情。

但是我后来明白,她真正害怕的并不是雷声本身。她真正害怕的,不是雷的"声音",而是它的"光",也就是闪电的光。

外面依然回响着低沉绵长的雷声,不见闪电的光,但母亲依然整个身体僵硬。她紧紧抱着自己的肩膀,怯生生地转动着眼睛。

"妈……"

我实在看不下去,安抚着她。

"妈,没事了……"

就当我正要说"没事了,别担心"的那一瞬间……

蒙在固定式玻璃窗上的一片漆黑,转瞬之间反转为强烈的白光。当然,那道闪光也射进了病房里。

"咿……咿!"

母亲的尖叫声,连同慢半拍作响的雷声,一起震动了病房里凝滞的空气。

"……不要!不要啊!"

母亲用双手遮住了脸,剧烈地摆动着头。

"不要啊!不要啊!不要啊!不要啊!不要啊!不要啊!不要……"

"妈?"

"不要啊。不要……不要过来。不要过来这边。住手啊。不要杀我……"

"妈!"

想来她完全没有把我的话听进去。她的双手才刚刚离开脸,马上又胡乱挥舞了起来。我想她应该是在奋力抵抗着某种东西——在她眼中的某种东西——某种想要攻击她的东西。

"别过来。不要杀我。啊!不要啊……"

随后,母亲掀开棉被,想要跳下病床,不过她没办法站稳,就这么瘫软地跌坐在地上。

"妈……"我跑上前去。

闪电的光线这时又再度亮起,雷声隆隆,母亲高声狂乱地尖叫。

"妈,你冷静一点。"我单膝跪地,想抱起母亲,不过她的恐慌依然未减。

"住手。放我走!"

歇斯底里的声音叫喊着,想要挥开我的手。我不禁怀疑,她被疾病侵蚀了运动神经的躯体,究竟是从哪里来的力道,让她如此顽强地抵抗。

"没事的,妈。"

我一字一句清楚地,慢慢告诉她。

"是我啊。是我,森吾。已经没事了。没事了。好吗?"

母亲仿佛刚刚奋力奔驰完,呼吸急促而紊乱,五官因为极度恐惧而扭曲变形。

"已经没事了。妈,好了。"

我终于抱起她纤瘦衰弱的身体,让她躺回病床上。

"……它,来了。"

不规则的呼吸、沙哑的声音,母亲急切地想告诉我。

"它来了。追过来了。它追来了……"

"没事的,妈。它不会来这里的,不会有可怕的人来的。我是森吾啊。我是你儿子。妈? 你记得我吧?"

"……森……森吾。"

母亲歪着头看着我。

"……哦,是你啊。"

说话的声音终于算是平静下来了,不过她脸上流露的恐惧神色并没有消失。

"蝗虫……"

总算吐出这句话。

"蝗虫在飞的声音……啊,不要啊。不要。走开……"

"没事的,不要担心。"

我将手心贴在她的额前,又一次告诉她:"已经没事了。"

"这里没有蝗虫。这是医院的房间啊。所以别担心,知道了吗?"

"有蝗虫……"

母亲的表情仍然因恐惧而扭曲,呓语般不断重复念着同样的句子。

"蝗虫在飞的声音……"

究竟是什么东西让母亲惧怕到这个地步,我心里是知道的。不,或许我不知道事情的全貌,但至少知道大致的来龙去脉。

因为当她还年轻貌美的时候,我曾经一次又一次听她说过那件事。但母亲或许一点都不记得自己曾经告诉过我这件事吧!

突如其来的白色闪光。

蝗虫飞舞的声音。

飞溅的血渍和哀鸣。

紧追在后的"它"……

母亲在孩提时代曾经有过的恐怖经验,即使病情已经发展到如此严重的地步,依然忘不掉。这或许是她到目前为止的人生之中,最恐怖的记忆吧!

第二章

1

雷雨有一阵子下得格外激烈,但就像午后的阵雨一样短暂。我安抚着惊恐的母亲,雷电随即渐渐沉寂,不久之后,雨势也小了。我几乎像逃跑般离开了病房,出来后,在医院大厅一角的吸烟区点上一根烟,让自己的情绪稍微镇定一点之后,才步出医院。

雨势看来不需要撑伞,我直接走入小雨之中。沿着北边的人行道往新宿车站方向走了一会儿,我突然感到强烈的犹豫,一想到这个时段车站和电车上的拥挤人潮,我的心不禁一沉。

一个陌生人聚集的地方,如果人数超过某种程度,会让我感到很不自在。如果走在人来人往的拥挤街道上,我只要封闭自己的心、置身事外地走过就没事了,不管路上挤满多少人,和他们也只是在一瞬间擦身而过。但搭电车就不一样了,我要和从来没见过面的许多陌生人在同一个密闭空间里共处好几分钟,甚至是好几十分钟。

以现在这样的心情,如果搭上高峰时段的拥挤电车,一定会希望至少半数的乘客都从这个世界上消失。我甚至会想,如果他们没有办法消失,干脆让我自己消失算了。

干脆让我……

不只是今天,这是从以前——说不定早在懵懂无知的幼年时期开始——就始终藏在心底、等待机会浮现出来的危险咒语。

干脆让我自己从这个世界消失算了。

不过,如果真的从这个世界消失了,那么我会到哪里去呢?我要去哪里?有什么地方可以去呢?

——喂,小朋友。

趁我不注意的时候,这个声音从小时候的记忆中窜出,回荡在我耳中。

——活着好玩吗?

秋日祭典那天的黄昏,躲在阴森巷弄的黑暗中,那张狐狸的脸。

——喂,小朋友,要不要我教你更好玩的事啊?怎么样?更好玩的,更棒的……

那时候的狐狸,究竟想教我什么事呢?

他到底想把我带到哪里去呢?

现在想想,或许他们只是住在附近的年轻人,参加祭典玩乐时偶尔看到一个身旁没有大人陪伴的孤单小男孩,半开玩笑地逗弄我罢了。当然也有可能是不怀好意的恶作剧。

——喂,小朋友。

我摇摇头,想要甩掉这个声音。

——活着好玩吗?

——真的好玩吗?

我又重重地摇了摇头,停下走向车站的脚步。

令人烦躁的酷暑持续了好一阵子,刚才的雷雨正好带走了空气中的热量,换来一个意料之外的舒适夜晚。穿过高楼夹缝间吹来阵阵凉爽的风,难得有如此舒服的感觉。

我突然想,就这么走回去吧!并没有什么特别的急事等我处理。我从大学时代到现在,都住在高田马场,搭山手线只有两站,如果下定决心真想走回去,这距离也绝不是不可能。

于是我掉转头,穿过青梅街道,往北新宿方向走去。

2

最早知道母亲千鹤有异样,是在去年六月中旬。那个月底即将举行婚礼的水那子打了通电话给我,告诉我这件事。

当时,母亲、骏一哥一家和水那子同住在吉祥寺。骏一哥在三十岁大关前结婚,已经是两个孩子的爸爸,一家总共有六口人。五年八个月前去世的父亲幸助所留下的那栋房屋,独门独户,附有庭院,还称得上气派。高中毕业之前,我也和大家一起在那里生活。

上大学之后,我立刻离开家,开始独立生活,这有一半以上是父亲的意思。他认为,应该从学生时代就离开双亲的保护,学会如何自立生活,这似乎是他管教儿子的方针。

同样的方针适不适用在三年后高中毕业的水那子身上呢?这就是个有趣的问题了。水那子是家里最小的女儿,父亲疼她疼到几乎是溺爱的程度。如果父亲急着拿出"女孩子不一样"的说辞来辩解,一点也不奇怪。不过另一方面,如果水那子真的想搬出去,不管父亲心里有多担心,我想他也一定不会反对吧!结果,我终究还是不知道到底哪种猜测才是对的。

既然考上了同在东京都内的第一志愿,哪有必要搬出去?母亲为此显得相当不悦,不过,我二话不说地赞同父亲的意见。虽然对吉祥寺的家并没有特别不满的地方,但总而言之,当时的我,十分渴望在远离家人(尤其是母亲)的地方生活。

话虽如此,平心而论,她并不是一个会唠叨干涉儿子生活的母亲,现在回想起来,只是当时的我刚好到了那样的年纪吧!

父亲任职于某大型都市银行,一路升迁到分店经理级别后,自己递出了辞呈,创立了咨询公司,事业上一帆风顺。这样的父亲却在我刚升上大学三年级时,因为心肌梗塞而倒下,突然间撒手人寰,享年六十一岁。他和母亲是一对相差了十六岁的夫妇。

当然,我和一般人一样,因父亲的猝死承受了不小的打击,也和一般人一样,很担心被留下来的母亲。但我仍然继续一个人住。

一起住在吉祥寺家中的骏一夫妻和母亲相处得还算融洽。骏一原本就是父亲的得力助手,工作上表现优异,才学兼备,在他的管理下,公司经营和家中大小事务一点都不需要担心。水那子在父亲死后,进入东京都内某女子短大就学,仍旧住在家中,从自家去上学。在这种状况下,我并不必非得回家住。虽说不住在一起,但同样在东京都内,有什么重要事情,随时都可以赶回家。

对当时的我来说,最重视的就是大学里的研究生活。我很早以前就希望自己能够在大学毕业之后进入同一所大学的研究所。

老实说,念书和实验,还有读研究所后想要进行的研究主题等等,这些事已经塞满了我的脑袋。谢天谢地,父亲留给我一笔财产,足以保障现在和将来的生活。

我如愿考上了研究所,能够继续从事有兴趣的研究。我以优秀的成绩完成硕士课程,去年春天取得攻读博士课程的资格。这段期间也有交往的对象,也曾经有结婚的打算。

然而……

"妈妈最近感觉不太对劲。"

去年六月的某一个晚上,水那子突然打了通电话给我。

"虽然骏一哥说不用太大惊小怪,但我还是有点担心……哥,你可不可以回来看看?"

对妹妹的要求,我当时是怎么回应的呢?我究竟拼凑出什么样的字句组合来回应她的呢?我无法正确地想起当时的答案。

都是一年多前的事了,记不起来也是当然的。我这么告诉自己。虽然心里这么想,不过……

无法正确地想起来。正确地……虽然只是记不清楚,虽然再三告诉自己,任谁都有可能发生这种事,但现在的我却无法控制地想从中寻找多余的"意义"。于是,夹杂着妄想的不安和焦虑,在我昏暗窘迫的心中,又划下一道歪斜的细小波纹。

3

她是哪里怎么不对劲呢？我大概是这样回问她的。

"她是哪里怎么不对劲呢？"

……对。我应该是这么说的，但我还是没办法确定当时到底是不是这么说的。

"嗯……今天傍晚，妈妈把优太的名字叫成'森吾'。"水那子告诉我这件事。

优太是骏一和妻子文子所生的第一个孩子，也就是母亲的孙子（虽然没有血缘关系），我和水那子的侄儿。去年春天刚上小学的优太，还有一个小他两岁、名叫小光的妹妹。

"说不定是不小心叫错而已。"

我想，我应该是随口这么回答她。

"只是一时出神罢了。"

"她喊了好几次呢！优太被吓了一跳，还问我们森吾叔叔在哪里。"

"嗯。不过，那可能……"

"不只这样，在旁边的小光，妈妈还叫她'小那'。就像以前叫我一样。"

把眼前孙子的名字，叫成已经成人的儿女的名字吗……的确，如果亲眼看到这种画面，水那子难免会产生不安的情绪。我心里想着。

"那么水那子你看到以后,跟妈妈说了什么吗?"

"嗯。我跟她说:'妈,你叫错了哦。这是优太和小光啊。你是怎么啦?'"

"然后呢?"

"然后——"水那子语气沉重地说,"她很大声地说:'咦?'突然呆呆的……然后,一脸很忧郁的样子,歪着头说:'哎呀,我有这样说吗?'"

"——哦。"

我想,我应该我是低声这么回答她的吧!

"应该只是恍神说错了吧?例如脑子里刚好在想其他事情,刚好在一个时间点上突然产生错觉之类的,我也经常会这样。"

"——嗯,可是……"

"其他还有什么状况吗?"

"总觉得妈妈最近特别健忘。"

"明年八月她就五十岁了,本来就会越来越健忘。爸爸去世已经过了四年半了,很多事终于稳定下来,妈可能是一时之间松了口气,安心下来了吧。"

"真的是这样吗……"

"谁都会有健忘的时候。你记不记得以前有一次,爸爸在家里到处拼命地找眼镜,明明眼镜就戴在自己头上,还拼命问:'我的眼镜到哪里去了?'大家都笑翻了。还记得吗?"

"嗯,记得,是我上国中的时候吧!我也知道啊,我自己偶尔也会这样没头没脑地找东西。"

"看吧。"

"可是,我还是觉得有点不寻常。比如前几天晚上,那天明明大家都已经洗过澡了,可是妈妈又开始准备洗澡水。我问她怎么了,她一脸茫然的样子,用很忧郁的声音说:'啊,没错没错……'还有我结婚典礼的日期,最近她不断问我好几次是哪一天要结婚。通常不会忘记这种事吧?"

"——嗯。"

"差不多一两个月前,我还很惊讶妈妈的记忆力怎么这么好,记得这么多事情。我和骏一哥都已经忘记的事,她连很小的细节都想起来,一件一件讲给我们听。不只是以前的事情,还有最近的事情,比如上个星期几的几点,谁谁谁又怎么了……正确到让我们真的大吃一惊。比如上次,黄金周回来的时候,哥你不是也吓了一跳吗?当你听到妈妈说起以前事情的时候……"

——是蝗虫。

"啊——!"我回想起当时的情景。

——是蝗虫在飞的声音。

"嗯,是有这么一回事。"我的回答慢了半拍。

"结果突然就变成这样……所以更让我担心啊。"

"你说担心,是指——"

我记得当时自己心里一边暗自念道:"不会吧!"一边开口问她,"你是担心妈妈可能有痴呆的现象吗?她还没到五十岁,才这个年纪。"

"我也不是很清楚,可是,这种病也是有可能的啊!"

……没错。我记得曾经有过这么一段对话。

我记得。

这是很重要的。虽然不能一字一句都很准确,但我还是可以像这样仔细地回想起来。我回想得起来,这就是我的大脑还能正常发挥功能的证据。

我和水那子两个人最后达成共识,下了一个最安全的结论:先再观察一阵子。然后就结束了那通电话。对于妹妹提出的"你可不可以回来看看"的要求,我只给了暧昧不清的回答。

实验、论文、学会、恋爱……我自己的生活已经忙得昏头转向。总之,就是觉得麻烦。同时也觉得,反正在水那子的结婚典礼上总会见到面的。因为当时做梦也没想到,在不久后的将来,即将要面对现在这种局面。

母亲奇怪的言行举止,在那个月的月底,水那子结婚离开吉祥寺的家之后,明显地越发严重了。叫错或者是想不起身边亲人的名字;明明总放在同一个地方的钥匙或自己的钱包,却花好久时间不断地找;当天才刚刚做过的事情或说过的话,一下子就忘记……还有一次半夜突然打电话过来,哭着告诉我:"水那子上学之后就没有回家来了。"

夏季结束,时节转入秋天,她的情况严重到以为父亲还在世,开始说些"他快下班了,我到车站去接他"之类的话,事情终于到了不能坐视不管的地步。

和骏一夫妇商量之后,决定先请医生看看。那是去年十月初的事。当时带母亲去的是位于三鹰市内的某家公立医院,首先接受内科诊疗,后来转到同一家医院的老人科……

医生诊断后,得到这样的结果:

"这些是一般所说初老期痴呆的典型症状。"

"恐怕是早发性的阿尔兹海默症。"

主治医生亲口告诉我们,他的诊疗结果。

4

——什么是"痴呆"？

原本正常发展的智能，因后天性的脑部器质性障碍而产生持续性的低落状态。以记忆、计算、推论能力、判断力等智能低下为起点，伴随着情感面和动机的低落，进一步影响语言机能，并使之降低。病情的发展通常为非可逆性，经常引起多种行动异常以及精神病症状。

——什么是"初老期痴呆"？

发生于四十岁到六十岁前的初老期，呈现进行性痴呆症状的脑变性病症之一群。早发性阿尔兹海默症、尼曼匹克症、库贾氏病等即属此类疾病。

在大学图书馆里，我站在与平常使用的专业领域完全不同的书架前，知道了这点皮毛。

初老期痴呆中的尼曼匹克症，其特征是在产生记忆障碍前先发生人格变化，至今仍找不出发病原因。原本正常的人突然变得邋遢懒惰，做出违背常理的行为，表现出人格水准低落的状态，这和母亲的症状明显不同。

而库贾氏病则是因欧洲疯牛病骚动而广为人知的一种痴呆症，根据近年的研究结果，它的致病原因来自"普里昂"这种具有感染性的特殊蛋白质。症状的演进相当迅速,所以当初也曾怀疑过母亲得的是这种病,但做过脑部断层扫描和脑波检查后,马上就推翻了这个可能性。

医学书籍上罗列着路易氏体失智症、克雷柏林病、进行性皮质下胶质症、进行性上眼神经核麻痹症等不熟悉的病名,不过都不像是母亲的症状。母亲并没有头部外伤、中毒性障碍,或是内分泌障碍等病例。经过MRI①的详细检查后,也确认脑血管并无异常。

于是,阿尔兹海默症就成了唯一的可能性。事实上,我也感觉到,自从去年六月以来,母亲的变化几乎与医学书籍上所记载的病症的临床经过一模一样。

——什么是"阿尔兹海默症"?

阿尔兹海默症是一九〇七年时,根据德国医师爱罗斯·阿尔兹海默氏所记载的病症命名。在大脑组织产生老人斑和神经原纤维变化,导致痴呆化,是一种原因不明的变性疾病,发病时期为四十岁到六十岁前。阿尔兹海默症原本和一般称为"老年痴呆"的老年期痴呆症被视为不同病症,不过后来发现,老年痴呆患者的脑部,也存在和阿尔兹海默症同样的病变,于是这两者基本上逐渐被视为相同病症。

其后,将两者合并称为"阿尔兹海默症",将原本的阿尔兹海默症称为"早发性阿尔兹海默症",以往的老年痴呆症称为"晚发性阿

---

① MRI:核磁共振成像。

尔兹海默症"。除此之外,也有人将两者合称为"阿尔兹海默症痴呆症",将前者称为"阿尔兹海默症",后者则称之为"阿尔兹海默症型老年痴呆症"。

——什么是"早发性阿尔兹海默症"?

在六十四岁以前发病的阿尔兹海默症,称之为早发性阿尔兹海默症。平均发病年龄为五十二点二岁,以女性患者偏多。痴呆症状的发展较为快速,以人格崩溃为主要症状,大致会经过以下几个阶段:

第一期:逐渐开始出现以记忆障碍为主的智能障碍,有失去空间感、多动、来去徘徊等症状。

第二期:失语、失行、失认等病灶症状变得显著,肌肉僵硬、步行障碍、痉挛等神经方面的症状也逐渐明显。

第三期:陷入重度痴呆或长期卧床,接近去皮质症候群的状态,全身衰弱致死。

"以波多野太太的情况来说,多动或来去徘徊这些症状似乎完全没有出现,不过关于这方面,病患的个人差异很大,状况都不一样。"

主治医师在骏一夫妇和我,还有接获通知从夫家赶过来的水那子面前,这么告诉我们,那是已经进入十月下旬的某一天。

"事实上,和晚发性相比,早发性阿尔兹海默症的症状发展的确比较快。以往完全不知道发病原因,也找不到治疗方法,不过最近,相关的研究大有进展,也开发出多少可以延缓病情发展的新药。话虽如此,吃药也没有办法治好这种病,只能减缓病情的发展……所以,基本上是一种不治之症,最后仍难免一死。"

"还有多久……她,我母亲还有多少时间?"这个问题出自骏一的口中。

医师刻意用冰冷不带感情的声音答道:"目前有很多病例的病程是四年到六年。不过,这也有很大的个人差异,有人一年就过世,也有人活了二十年。"

"我母亲的状况呢?"

"现在还不能确定。和一般的病例相比,我认为她的症状发展得相当快。"

"——是吗?"

骏一流露痛苦的表情,紧抿着唇,身旁的大嫂文子也安静地低着头,坐在我身旁的水那子频频拿手帕捂着眼角。在我的记忆中是这样的。

"所以,暂时还是在家中照料她吗?"骏一挺直了背脊,询问医生。

医师点了点头,不过随后又歪着头转过头来,看了看我们。

"可是——"

听起来,医生在很小心地挑选词汇。

"波多野太太有几个地方,稍微……让我们多少有点担心。"

"您的意思是?"

"该怎么说呢?为了保险起见,我建议也让别的医生检查一下比较好。"

当时医师所介绍的,就是T＊＊医科大学医院的精神神经科。

主治医师名叫若林研太郎,比骏一大一轮的副教授,戴着无框圆眼镜,留着胡子,感觉有点像性乖僻的学者。当我们拿着介绍信初次到医院拜访时,他用非常感兴趣的眼光注视着母亲。

经过持续数天的种种检查项目,若林副教授建议母亲住院,那已经是大约一个月后的事了——正要迎接圣诞季节、已经开始热闹的时节。

5

我是从哪条路、怎么走过来的,已经不太记得了。不,我不是不记得,而是因为脑子里想着其他事,没有去注意自己是从哪条路、怎么走过来的,所以才记不得。只不过如此而已。一定是这样。

我避开人潮、车潮杂沓的地区,凭借着大概的方向感,最后走到这条路上,旁边是一座似曾相识的公园。还不到八点钟,夜晚才刚刚开始。

或许是因为刚才那阵激烈的雷雨,附近显得冷清,看不到成群结队的年轻人,也没有流浪汉的影子。街灯苍白的光线下,公园里成排直立的树木和栽植,看起来就像是全黑的剪影。

公园里,有几只乱了生理时钟的秋蝉高声叫着,仿佛不肯给这个夜晚一个安静。一旦意识到眼前风景和蝉声之间的不协调,我的内心里似乎也开始出现某种恼人的吱嘎声响。

沿着公园外围走了一阵子之后,我听到在蝉声之中夹杂着其他的声音。那是什么呢?听来像是嘈杂的人声。我看了看四周,发现在公园一角,那座像是公共厕所的建筑物前,聚集了几个人影。一群人围在那里,好像发生了什么事件。

发生什么事了呢?

有人吵架吗?还是出了什么意外?

我加快脚步往前走,虽然心里有些犹豫迟疑,但还是不由自主地往人影聚集的地方接近。

"……真惨啊!"

"救护车还没来吗……"

"已经报警了……"

耳中传来几个男人交谈的声音。

"……还有救吗?"

"我看,这已经没希望了吧!"

"喂,还是不要随便移动比较好吧!"

怎么了?一定发生什么事了……

聚集在那里的有六七个人,以某个地点为中心,保持着一段距离,包围成环状。

我悄悄将身体滑进这个环中,然后……我看到了。

最先跳进我眼中的,偏偏就是那张脸。

不知道是被什么凶器伤的,从嘴巴的两端到脸颊,被切割得令人不忍卒睹。除了不得不暴露在外的牙齿和牙龈,还有脸颊、鼻子、额头和完全翻白眼的两个眼珠,全都染上了伤口喷出的大量红黑色血液。

"还是个孩子呢!应该还是小学生吧!"

"……真过分。"

"可怜啊!"

"怎么会下这种毒手……"

"救护车还没来吗?"

"没用了,早就已经死了吧!"

"真是，实在太过分了！"

"简直不是人干的事。"

"有人看到吗？"

"喂，警察来了……"

一具浑身是血、朝天仰躺的孩子身体就在那里——已经死了，整张脸被割得不成人形，最后致命的一刀利落地划断颈动脉。

连呻吟声都发不出来。

我单手捂着嘴，慢慢往后退，游移的步伐宛如身在失重的太空中。一回头，看到公园上方的夜空，随风流动的云朵之间，现在刚好可以窥见模糊的月影。

——那就是上弦月。

那声音是年轻美丽的母亲，从遥远日子的记忆中传来。

——那就是上弦……

啊！不对。那不是上弦月，那是几乎接近满月的形状，那是……

月光从云层间徐缓洒下，公园的黑暗在月光下蔓延。在这片四处蔓延的黑暗里的某一个地方……

——是蝗虫。

我突然觉得，一刀刀杀死孩子的那个人，好像还藏在某个角落。我忍不住用双手捂住耳朵。

——是蝗虫在飞的声音。

——那就是人的血的颜色。

——和人身体里流的血，一样的鲜红。

啊！不对。那不一样。是夕阳。颜色好似烂熟的柳橙和苹果缠绕交融般的夕阳。

——如果受了伤,身体里面的血流掉很多的话,人就会死掉哦。

——人会死掉,变得全身血淋淋的,一动也不能动。

浑身是血、一动也不能动的孩子,现在就躺在那里。让孩子变成这副惨状的某个人,现在还躲在黑暗之中的某处……

——是蝗虫。

……那家伙一定穿着一身肮脏的黑色衣服。而且那家伙一定,没错,一定没有头。

那家伙是为了要割碎大家而来的。那家伙是为了割碎母亲,不,这次是为了割碎我而来的。那家伙……

——是蝗虫在飞的声音。

蝗虫的声音——在被血染红的深夜里,精灵蝗虫飞舞时的那种声音在某个地方突然惊人地响起,回荡在四周。

哇！我失去控制地大声惨叫了一声,开始拔腿狂奔。

"什么?""怎么了?"……这些声音在我身后交错。

刺耳的警铃声渐渐接近。我可以看到刺目的红色灯号在旋转。

就在这个时候……

——一道光。

一道令人目眩的白色闪光突然出现……

——雪白的闪光。

……我拔腿狂奔。

一股令人疯狂的恐惧缠着我,我拼命地狂奔。

第三章

1

我的耳边响起连续两次短促的喇叭声,我好奇地回过头去,看到一辆闪着黄色警示灯的跑车停在人行道旁,特别的橘色车身配上黑色车篷,时髦的进口双人座敞篷车,是菲亚特的 Barchetta。

我正想不管它继续向前走,却听到车里有人出声。

"波多野?"

波多野……这是在叫我吗?

"喂,你不是波多野吗?"

是谁呢?这年轻女子的声音,听来似熟非熟。

我再次回过头去,刚才那辆跑车的驾驶人从窗口探出了头,似乎是声音的来源……我有开这种车的朋友吗?

"啊,果然是你。"那驾驶人一边说,一边朝我挥着手。

"喂!波多野。波多野森吾!"

她慢慢将车开到我的旁边停下,接着又从驾驶座旁的车窗探出她的脸,那是……

"嗨!好久不见啊!"

那是一张年轻女孩子的脸孔,应该跟我差不多年纪。染成红褐色的短发,嵌着淡淡有色镜片的小巧眼镜,看起来有模有样,甚至有点讨人厌。她直勾勾地盯着停下脚步的我,开心地微笑着。

这张脸,这个声音……我的确有印象。不过,她到底是谁呢?想不起来。怎么可能?不可能。

"怎么了？你的表情好像看到鬼一样。"她歪着头说道，并且打开驾驶座边的车门。

她背对着其他在马路上奔驰的车辆的车头灯，在那一瞬间，她那踏上人行道的身影看起来就像是某种不知名物体的影子。

我慌张地摇了摇头，把视线移到上方。夜空的云层间，晕染着月亮的苍蓝光线。没错，那当然不是上弦月，那是几乎接近满月的形状，那是……

这时，记忆串联起来了，轻松简单地串联起来了。没事的，没事的，只是因为太突然了，一时想不起来罢了。任谁都会有这种经验，没什么好在意的。

逐渐膨胀的不安和焦虑顿时消失，我同时发出了"啊"的叹息声。

"你在'啊'什么呀？你是波多野吧？还是我认错人了？"

"——没有。"

我慢慢摇着头，稍微低着头回答她。

"不好意思。你的头发……染过了……我一时没认出来。"

她的名字叫作唯，蓝川唯。我的小学同学，也跟我念同一所大学，不过是不同科系。大学毕业后，她到某家实力派出版社就职，上次见面时，记得她说自己在文艺书籍的编辑部工作。

"嗯。竟然会在这种地方碰巧遇到。东京还真是小呢。"

"——啊，是啊。"

"不过，你到底怎么了啊？看起来整个人魂不守舍的。"

唯将双手轻轻交叉在胸前，打量着我。

"你的脸色看起来不太好,身体不舒服吗?"

"没有。我身体没什么事。"

回答她的同时,我悄悄地按抚着胸口,心脏的跳动还很快。我刚刚才飞奔出公园,来到这条马路,一路上我只顾着埋头拼命地跑着。

我是从哪条路、怎么跑过来的,已经不太记得了。冷静下来想想,蝗虫飞舞的声音和白色闪光,一定都是我的错觉,一定是因为突然间撞见那么凄惨的景象,因为过度的震惊所带来的幻听或幻觉。

刚才实在是太恐怖、太害怕了,怎么也抑制不了逃离现场的冲动。当时周围的人们看到那样的我一定觉得很奇怪,搞不懂发生了什么事。

"等一下有事吗?"唯问我。

我又慢慢地摇着头,补上一句:"没什么特别的事。"

"这样啊。那,先上车吧。"

"什么?"

"我们都这么久不见了,好歹陪我喝杯茶吧。你现在还住在高田马场附近吗?"

"嗯。还是同一个地方。"

"那我待会儿会送你回去的。快点,先上车吧。"

不等我回答,她就将我推入 Barchetta 的前座。我记得那个词在意大利文里是"小艇"的意思。

唯利落地坐在驾驶座上,紧握方向盘,我偷偷窥探着她的侧脸,心想,她真是一点都没变。

她从以前——小学同班时开始——就一直是这样,总是精神奕奕、充满自信,对任何事都很积极、马上付诸行动,善于顺应眼前的状况……有时候,这样的她真的让我非常羡慕。

如果她是现在的我,会如何来面对眼前的状况呢?我突然希望她能告诉我该怎么办。

2

"你现在不骑摩托车了吗？"

"——嗯,是啊！"

"为什么？"

"——不为什么。"

"你以前那台美规车呢？本田的 STEED。"

"卖了。车辆检查什么的挺麻烦。已经卖了半年多了。"

"你不是很喜欢摩托车吗,嗯……原来也不过这样啊。"

"大概是……有些想法改变了。不过我现在还是很喜欢摩托车。"

我们在唯驾驶的车中聊着。灵活地操纵着方向盘驱动"小艇"的她,和以前一样都没变,爽朗地聊起许多事。

"我们上次见面是什么时候啊？"

"这个嘛……我想想。"

"我进入社会开始上班之后,去过你的研究室一次,记得吗？我陪那时候自己负责的作家去采访。从那之后就没见过面了吧！只打过几次电话。"

"一年又十个月左右吧！前年的十一月初。我记得那时候还在拼硕士论文。"

"将近两年啊……"

唯低声说着,同时从方向盘上移开一只手捂着嘴,打了个大大的呵欠。

"时间过得真快,真讨厌。"

"困了吗?"

"我这是慢性的睡眠不足。可能是编辑的职业病吧!啊,不过开车是没问题的,别担心。"

"我是不担心啦。"

"波多野,你看起来真没精神。"

"——是吗?"

"刚刚也是,脸色惨白。发生什么事了吗?"

"——看到一些讨厌的东西。"

"讨厌的东西?"

"嗯。在公园里看到小孩子浑身是血地倒在地上,好像是被人拿刀袭击,整张脸被割得不成人形……惨不忍睹。"

"搞什么啊。"

唯深深地皱着眉头,一脸不舒服。她稍微瞟了一眼隔座的我。

"所以你……"

"所以我吓得跑出来了。还是第一次看到那么恐怖的画面。"

"犯人是谁?为什么要做这种事?"

"不知道。可能是所谓的过路杀人魔吧!明天的报纸应该就会有详细报道了。"

"说不定会写着,有一名大学生装扮的可疑男子从现场附近逃走……"

"拜托,这可不是闹着玩的。"

"她叫亚夕美是吧？两年前在研究室时见过，你女朋友。"

唯突然转了话题。我像是在没有防备的状况下被刺了一枪，保持着直视挡风玻璃的视线，暧昧地点点头。

"你们俩看起来很适合呢，又是同一个领域的研究者。她一定也是个很聪明的人吧。而且，该怎么说呢，还是个贤淑文雅型的白净美人……从我嘴里说出来可能很奇怪，不过，我真的觉得她很适合你呢。"

我安静地咬着下唇，不知道唯到底有没有注意到。

她继续问："后来怎么了，你跟她？记得那时候你们说，有考虑过将来结婚的事。"

"我有说过吗？"

我笨拙地想带过话题，从衬衫前胸口袋拿出香烟。

"车内禁烟吗？"

我客气地请示车主，唯凛然清澈的脸依然直视着前方，回答我："今天特别批准。"

3

唯将爱车开进位于目白台一家都会饭店的停车场。

几年前研讨会的学长结婚时,我曾经来过这里一次。我身上和平常一样,皱巴巴的衬衫底下穿着蓝色牛仔裤、球鞋,就这一身打扮要走进这种高级饭店,让我有点犹豫,但唯却一点都不在意,拉我走到大厅深处的酒吧里。

我们在面对宽广庭园的窗边座位坐下,唯想都没想就点了金巴利苏打。服务生走了之后,我提醒她:"你不是开车吗?"

"别担心。"她说道,露出一脸毫不在乎的笑容。

"你不知道啊,我的肝脏分解酒精的能力特别高,这是我们家的遗传。"

我们家的遗传……

我心里对她无意间的一句话,不由自主地产生了过敏反应。不知从哪里传来不安定的吱嘎声响。

两只杯子端到我们的桌前。我点的是冰咖啡。

轻轻碰杯之后,唯缓缓开口问:"研究方面进行得还顺利吗?"

我下意识地避开她的视线,微微地摇了摇头。

"我从今年春天开始就没有去大学了。"

"啊?"

"申请休学了,现在在补习班教小孩理科和数学。"

"什么?"

唯的震惊应该不小，她眼镜后面的眼睛瞪得又圆又大。

"为什么？怎么会这样呢？"

"这个嘛，原因有很多啦……"

"可是，波多野，你……"

"感觉整个人都没有力气了。人有时候会这样的，毕竟研究也不是人生的全部。"

我自己也知道这种话听起来很没有意义，有一半像是说给自己听的。勉强挤出一点微笑，看起来只不过像是笨拙的自嘲吧！

"到底怎么了啊？"唯紧追不舍地问。

她的脸颊微微泛红。或许是酒精作祟，看起来就像是红毛的小老鼠一样——这个念头突然掠过我心头。

"真不敢相信，你竟然会这样说。"

我什么也没回答，将吸管放进冰咖啡里。没加牛奶也没放糖浆，喝起来稍嫌苦了些。

"那，我刚刚问你的那件事，你女朋友中杉亚夕美她……"

我还是回避着她的视线，极力想装出若无其事的样子。

"已经分手了。也是今年春天的事……休学之前不久吧。"

这次她连一声惊讶的"什么？"都没有说，但还是惊讶地眨着眼。在她的眼中，我和亚夕美看来真的有那么"适合"吗？现在想起来，一切都好不真实。

"欸，波多野。"

唯从桌子对面探身向前，用她天不怕地不怕的眼神紧盯着我的脸。

"到底发生了什么事？为什么会变成这个样子呢？"

"……"

"欸，我在问你呢。"

"——这个嘛，说来话长啦！"

"我也不想勉强你。可是……"

酒吧里开始了现场钢琴演奏，我们的座位太接近，所以声音很大，想安静谈话并不方便。这首歌是在哪里听过的慢板爵士乐，但我却想不起曲名。不对，我不是想不起来，一定是一开始就没有好好记住。一定是这样。

唯安静了下来，我抽着烟。

应该告诉她哪些事？怎么告诉她？要说得多深入？我自己到底想不想说出来？这些都是再怎么想也找不到正确答案的问题。

在哀愁的钢琴声包围中，我对面的唯被卷入紫色烟雾之中，身影渐渐后退，我的意识有一半沉浸在回想之中。

4

去年十月，母亲在三鹰的医院里被诊断为早发性阿尔兹海默症后不久，我开始暗自怀抱某种隐忧。除了担忧母亲的病情本身和家人今后要面对的种种现实问题之外，我还有另一层隐忧，那就是……

——什么是"家族性阿尔兹海默症"？

一个家族中出现数名阿尔兹海默症患者时，称为"家族性阿尔兹海默症"，非"家族性"的则称为"偶发性阿尔兹海默症"。根据研究，在欧美国家，所有的阿尔兹海默症中大约一半属于"家族性"；在日本，"家族性"比例较欧美国家低，"偶发性"就占了九成。

——什么是"遗传性阿尔兹海默症"？

根据目前为止的研究，家族性阿尔兹海默症中约百分之五十已经确知有致病基因的存在——亦即确定为"遗传性"。致病基因就是第一号染色体上的衰老前质 I 基因、第十四号染色体上的衰老前质 II 基因、第十九号染色体上的辅脂蛋白 E 基因，以及第二十一号染色体上的淀粉粒前趋蛋白基因这四种，在遗传上都属于显性。

我读了几本和阿尔兹海默症相关的文献，看到这样的记载。每本书的写法和提出的统计数据或有若干差异，但总之，这种病具有由双亲传给子女的遗传性。

假设双亲中的一位具有家族性阿尔兹海默症的致病基因，那么，子女将有二分之一的几率被遗传到这些基因。在染色体显性遗传的情况下，只要一对相同染色体中有一个以上包含有问题的基因，就可能因此导致该种疾病。在美国，由于从以前开始阿尔兹海默症的患者就相当多，现在已经根据这些研究成果，普遍性地导入基因诊断。

和欧美国家相较之下，日本"家族性"的比例偏低许多，但可能性并非等于零。亦有学者指出，从历史背景等方面看来，这个数据可能包含不少统计上的误差。

也就是说……

继承母亲血液的我和水那子，说不定身上也有和母亲一样的阿尔兹海默症致病基因。如果母亲的病属于"家族性"，又具有"遗传性"的话，我和水那子就都有二分之一的患病几率。

我回想起那时候。

去年黄金周，隔了很长一段时间回到吉祥寺的家里时。

现在想想，母亲那个时期的状况的确有些奇怪。和之后呈现的病情完全相反，她当时呈现出惊人的记忆力，甚至让身边的人感到困惑。

"我和骏一哥都已经忘记的事，她连很小的细节都想得起来，一件一件讲给我们听。不只是以前的事情，还有最近的事情，例如说上个星期几的几点，谁谁谁又怎么了……就像这样，正确到让我们真的大吃一惊。"

水那子曾经这么说过。

"就像上次,黄金周回来的时候,哥你不是也吓了一跳吗?就是你听到妈妈说起以前事情的时候……"

没错,的确如此。那时候,我正在客厅一边喝着咖啡,一边发呆看着电视——好像是什么纪录片。母亲走进来,刚好看到电视荧幕里播放着某个山区小都市的风景,这时候,她没头没脑地冒出一段话。

——我出生的地方,感觉就很像这样子,是一个被山包围的小镇。

这还是第一次听说,我有点惊讶地转过头去看着母亲。

原来母亲出生的故乡,并不是我度过孩提时代的那个海边小镇。我听说姓柳的外公外婆家从很久以前就定居在那块土地上,所以认为母亲当然也出生在同一个城市。

——柳家的外公外婆家,是我的养父母。

没错。我记得母亲这么说道。

——我小时候,被送到柳家当养女。那时还很小……啊,怎么突然想起来了呢?真是不可思议呢。我出生的地方,就是在好像这种山里的安静小镇,住的也是很大的旧房屋,院子里盖有一间气派的白墙仓库,旁边有一棵很高的丹桂树。

"懂事以后才被送去当养女的吧!"

突如其来宣告的真相,虽然让我不知该如何反应,但我记得自己是这么反问的。

"应该是有什么原因吧!那时候会觉得伤心吗?"

——伤心……嗯。

仿佛望向远方的视线,依然看着电视画面,母亲缓缓摇了头。

——我记得,好像松了一口气。

"为什么?"我记得自己马上问她。

——这个嘛……

母亲带着一点困惑的表情,手掌托着脸颊。

——为什么呢?

"那你的亲生父母现在怎么了呢?"

——我也不清楚。被柳家收养之后,就再也没见过面了。

"一次也没见过?"

——是啊。不过……对了,好几年前,有听过一点传言。

"什么传言?"

——那边的妈妈过世了。听说她上了年纪之后,很快就得了痴呆症死了。

回答完之后,她自此沉默不语。对小时候就分开的生母之死,看起来并不像有什么特别深刻的感慨,反而平静得冷漠。

我记得,就在那之后不久。

不知道那节目的流程是怎么回事,在电视画面中央出现了一只细长绿色昆虫的特写,还没来得及看清楚,母亲就脸色大变,发出短暂的惨叫声。

——啊,是蝗虫。

她用两手把自己的耳朵捂住,用力闭上眼睛。就像小时候那个春天下午在紫云英花圃旁,看到我手里抓到的小昆虫时一样。

——蝗虫在飞的声音……

"妈。"

我忍不住从沙发上站起身来,对她说话。

"没什么好害怕的。那是螳螂,不是蝗虫啊!"

母亲啪地睁开眼,一脸呆滞地望着我。电视画面里已经不见昆虫的影像,她慢慢移过视线,确认过后,才用双手按着胸口,安心吐出一口气。

"你又想起来了吧?那件'恐怖的事'。"

——是啊……没错。你说得对。

母亲难为情地低下头。

——对不起。我一看到那种样子的虫,就忍不住……

"嗯,我知道。以前就听你说过几次。那一定是个很可怕的经验吧!"

——可怕的经验……嗯,没错,非常可怕,非常惊人。我再也不想到那种地方去了。

"那种地方……就是那家伙来袭击你们的地方吗?"

——对。我再也不要看到那么恐怖的事了。我那时候拼了命地逃出来。拼了命地逃,丢下大家,就我一个人。

"对了,妈。"

我拿起桌上的遥控器关掉电视,丢出脑中浮现的疑问。

"所以说,蝗虫一飞,人就会死——这是发生在你被柳家收养之前的事吧?"

——被柳家收养之前……

"是在你刚刚提到的那个出生的故乡小镇吧?"

——没错……我想应该没错。

徐徐点头之后,母亲暂时露出了一本正经的表情,很快又低下了头。

——对不起,一时心慌意乱的。明明都已经是好几十年前的事了。一大把年纪了,但是一想到那件事还是忍不住……

"没关系的。"

我记得,自己说着这句话时,脸上带着笑容。

"不过,妈小时候遇到的那件事,到底是怎么回事啊?你已经不记得更具体的内容了吗?"

……

……

那时候的谈话,我没有详细转告骏一和水那子,所以,我想这两人恐怕到现在都还不知道这个事实——母亲其实是柳家的养女。

5

"伯母现在是在住院吗?"

我告诉唯,我今天在补习班的工作结束后,去医院探望了母亲。唯一听,拿着那杯金巴利苏打的手顿时停止,对我这么说。她的脸上布着一层阴霾,显得十分担心。

"她哪里不舒服?"

我用食指轻叩自己的太阳穴,"这里有点不对劲。"我故意半开玩笑地回答。

"头?"唯睁大了圆滚滚的眼珠。

"突然有痴呆的现象,所以才住院。"

"怎么会这样……"

她以前见过母亲好几次,那是我们都还是小学生的时候,母亲既年轻又美丽,所以……

"波多野的妈妈应该还没那么老啊。怎么会这样呢?"

"——嗯。"

"要是说错了先跟你道歉——难道是,阿尔兹海默症?"

"——是啊。应该说,差不多就像那样。"

我隐藏着内心的真心话,甚至是以一种近乎自虐的心态故意说反话,同时点起一根新的香烟。唯的身影又被卷入紫色的烟雾之中,渐渐后退。

6

"也就是说,波多野先生——你叫森吾吧——你担心自己会被遗传到令堂的病,是吗?"快速来回地搓着鹰钩鼻下方那丛胡子,T**医科大学医院精神神经科的若林研太郎副教授这么问我。

无框的圆眼镜后面是一对细小的眼睛,可以说是"充满知性",也可以说是"冷酷",和抚摸胡须的手势形成对比的沉着视线,投向坐在正对面的我的脸上。

去年十二月初,母亲确定住院后没多久后的某一天……

我打定主意瞒着骏一夫妇和水那子,和主治医师若林副教授联络。我表示:"有事想请教医生。"若林副教授答应我第二天就可以到医院找他,这个反应比我预期的还要干脆。

我在约定的时间来到约定的房间,坦白地说出自己担忧的事。母亲的亲生母亲从前也是"死于痴呆",所以,说不定母亲的阿尔兹海默症属于"家族性"。我一个人再继续烦恼下去也不是办法,总之,觉得应该先听听专家的意见。

听完我的话后,副教授的反应果然很快。他似乎不经意地看了一眼手边的母亲的病历表,很快切入"也就是说,波多野先生……"这句话来反问我。

"首先,我必须先了解的是,你母亲的母亲——也就是你的外婆,是怎么'死于痴呆'的?'死于痴呆'其实也有很多类型,这方面你了解吗?"

"——是的。"

"你自己对阿尔兹海默症有过相当的研究了吧?"

"翻过一些文献,基本的知识应该有了。"

"原来如此。你现在从事什么工作?"

"在研究所念书。今年春天开始念博士。"

"将来要当学者啊。专攻哪一科?"

"我念理工科,航空力学。"

"哦哦。"

若林副教授眯起眼镜后方那双原本就很细的眼睛看着我,然后又把视线移回手边的病历表上。

"假设你死去的外婆的'痴呆'是早发性阿尔兹海默症,那么你母亲的阿尔兹海默症是'家族性'的可能性就会相当高。这时候,就无法忽视对子女的遗传问题。"

"——果然是这样吗?"

"关于'家族性'早期发病型的阿尔兹海默症,迄今为止的研究已经知道有三种致病基因。人体里如果有包含这些基因的染色体,我们甚至可以断言,发病只是迟早的事。"

"三种?"

我提心吊胆地确认。

"我记得有些书上写的是四种。"

"你是指第十九号染色体辅脂蛋白 E 吧?"

副教授停下搓抚胡须的手指,微微扬起没什么血色的薄唇一角。

"'家族性'中,和第十九号染色体辅脂蛋白E有关的,只有晚期发病型。早期发病型的情况下只和第一号、第十四号、第二十一号这三种有关。懂了吗?"

"是,我知道了。"

"先不谈那些太专门的东西,说说这个吧!波多野先……森吾先生,你怀疑自己身体里也具有和令堂一样的致命基因,深深感到不安。你还有兄妹吧?对他们两位来说,事情的状况也完全一样。"

"我哥哥他……"

我忍不住插了嘴。

"他不是我母亲亲生的。是我死去父亲和前妻的孩子,所以……"

"哦哦,原来是这样啊。"

若林副教授表情严肃,用中指推了推眼镜中间。

"这么一来,哥哥就不在讨论范围之内。这将成为你和你妹妹两个人的问题。"

我老实地点着头。副教授的手指仍搁在眼镜中间不动,继续说道。

"要解除你不安的方法,例如说,做基因诊断就是其中之一,这你知道吧?"

"——是的。"

"首先检查你母亲的染色体,调查里面有没有异常基因存在。如果不存在,就什么事也没有。你母亲的阿尔兹海默症不是'家族性',就可以视为'偶发性';相反的,如果她体内存在异常的致病基因,这时再去调查你和妹妹的染色体有没有相同异常。这么一来,一切就清清楚楚了。"

"……"

"在美国,阿尔兹海默症也和早发性糖尿病及某些癌症一样,逐渐开始普遍进行这种发病前的诊断。诊断结果如果是阴性,当然再好不过了,不过一旦确认是阳性,患者即将面对更深的苦恼。为了照顾他们的心理状态,国外还有基因咨询师这种专门行业存在。日本这几年来,也渐渐注意到这个领域,不过,发病前的诊断牵涉到很多医疗伦理问题,普遍认为应该要慎重进行。不管怎么说,很容易预见,将来会有更多疾病会频繁地实施这种诊断方法。"

虽然面对的是小自己二十多岁的年轻人,但副教授仍然不改他得体的用字遣词。可是在这种语气之中,我反而有种被放弃的感觉。

"不过,森吾先生。"副教授用同样的语气问我,"你知道我为什么强烈建议你母亲住院吗?"

"为什么?……"

"病情的发展看来非常迅速,这是其中一个理由。不过,老实说,阿尔兹海默症患者,很少会在现在这个阶段就住进医院。大部分的专业医生应该都会建议最好暂时在家自己照护。"

"是这样的吗?那为什么……"

"这是因为……实在有点难以启齿,有些医生认为,这种病的患者有可能因为住院而加速病情。当然,这也要看医院的环境如何。"

"那,为什么我母亲……"

"三鹰的医院是怎么介绍你们转到这里来的呢?那边的医生实际上说了些什么?"

被他这么一问,我开始慢慢回想当时医生的说明。

"没什么特别的,他说发现有几个地方多少有点担心,所以最好请别的医生看看,我记得他是这样说的。"

"没错。"

若林副教授深深地点着头。

"你母亲的确有些令人担心的地方。所以……"

"到底是哪些地方呢?"

副教授没有回答我的问题,继续自己的话。

"这是非常重要的问题,所以,我最近一直在想,应该要好好跟家属说明,甚至住院当天找时间慢慢仔细说明。就在这个时候,昨天接到了你的联络,所以我马上安排了今天见面的机会。"

"所谓的问题是……"

实在看不穿对方心里在想什么,就像是肺泡的气体交换功能急速低落一样,我的嘴一张一合地吸着气。

"医生,您到底想说什么呢?"

"我刚刚提到了基因诊断,但是根据我的想法,就算进行基因诊断,恐怕也不会得到任何结果。"

"不会得到任何结果?"

这句话到底应该如何理解?我满脑子充满了疑惑。

"这是什么意思呢?"

"我想十之八九,从你母亲的染色体中并不会发现目前已知的家族性阿尔兹海默症致病基因吧!你和你妹妹也一样,就算接受诊断,也不会发现任何异常。"

"这么说……"

"不过,这并不表示你母亲得的就一定是偶发性阿尔兹海默症。"

"……啊?"

我快速摇了摇思绪紊乱的头。

"可是,您刚才说……"

这不是和刚才的说明完全矛盾吗?到底这是什么样的逻辑?

"刚才第一次听你说到外婆的事,我非常有兴趣。她是如何痴呆、怎么过世的?如果知道任何细节,请务必告诉我。"

"这到底是怎么回事?医生,我实在是……"

若林副教授这时候略为端正了一下坐姿,正视着我的脸。

"目前在部分学者和专业医生之间,通用'簑浦=雷玛症候群'这个名称,经常又被称为'白发痴呆'。听说过吗?"

"白发……"

我歪着头,却不得不联想到,随着病情加速,母亲那一头已经完全雪白的头发。

"'簑浦=雷玛症候群',通称为白发痴呆。我认为波多野千鹤的病不是阿尔兹海默症,应该是白发痴呆。"副教授又说。

7

"伯母从什么时候开始住院?"

唯露出忧心的表情,但没有显露不必要的畏缩或客气,而是大胆地注视着我。我继续抽着烟,对她解释。

"从去年的十二月开始就一直住院了。"我假装着不在意的样子。

"在哪一间医院?"

"T＊＊医科大学医院。"

"西新宿那间?"

"嗯。在那里的精神神经科。"

"她状况……还好吧?病情的发展之类的,现在怎么样了?"

"看样子不太好。"

"——这样啊……"

唯的眼睛看着下方,把金巴利苏打的杯子拿到嘴边。刚才泛红的脸颊,现在看来是几近苍白的颜色。

"我过几天可以去看看她吗?"

唯抬起眼问道。我稍微吃了一惊,重新看她的表情,知道这个要求绝对不是说着好听的场面话,不过……

"别去!"

突然冲出嘴边的,是这样一句粗鲁的台词。

"你还是不要去见她比较好。"

"为什么?"

看来唯也被我的反应吓了一跳。

"为什么啊,波多野?"

"她现在和你以前认识的我妈,已经完全不一样了。你看了心里会不舒服的。"

"这种事哪有什么关系呢?"

"连我和我妹都认不出来。就算你突然去看她,对她来说,也只像是看到一个不常见的护士一样。"

"我听说对于痴呆症的患者,最好多给他们一点刺激。所以我……"

"都一样的,反正只是时间的问题,毕竟这是一种不可能治好的病。医生说,最长只还剩下半年左右。"

唯看来好像想争辩什么又打消了念头般,轻咬着嘴唇,再次看着下方,把杯子送到嘴边。和刚才同样哀愁的钢琴旋律流动在酒吧昏暗的空间里,我们之间尴尬的沉默持续了好一会儿。

"波多野。"

终于,唯又缓缓开口问我。

"你是因为担心伯母的病……所以才变得无精打采的吗?没想到你竟然会休学去当补习班老师。"

"——也不是。"我简短地回答,慢慢眨着眼。

唯又继续追问:"和她分手,难道也和伯母的病有关?"

我什么都没回答,只微微摇着头。究竟是肯定还是否定,唯应该很难判断吧?已经好几个月没见的中杉亚夕美,她的样子这时渗进了我的脑中,扭曲地摇晃着。

"波多野的心情我了解,可是……"

"你了解?"

我忍不住打断了唯的话,用这种语气反问她。

"你真的了解吗?"

"嗯。所以说,波多野君你……"

"我想你不了解。"我异常冷淡的语气一定让唯觉得困惑。

"我不了解?是吗?"

"因为你根本不可能了解。"

"怎么这样说呢……"

唯又轻咬着嘴唇,话说了一半,不过,她马上又挺起背脊。

"那这样好了,波多野。"唯毅然决然地对我说,"你就说明到让我了解。"

唯锐利的视线,直直地固定在我脸上,我不发一语地避免和她的眼神接触。啊,如果是她,会怎么面对眼前这种状况呢?如果她身处我现在的立场,会怎么做呢?

"你本来口口声声说喜欢做研究……"

"……"

"你本来那么认真投入……"

"……"

"伯母现在这个样子,你心里难过也是当然的。可是……"她话又说了一半停下来。

"我还不是一样……"说不定这是她还没出口的话。我记得她很小的时候母亲就已经过世了,听说也是死于意外,所以……真的很令人同情。

父母比自己早一步离开人世,是很稀松平常的事。姑且不论在哪一个时期,大部分的人势必都将会经历。我在父亲过世时,虽然十分震惊,也相当悲伤,但还可以让自己保持清醒冷静的态度,客观面对事情。不过,这一次却……

我叹了口气,压低声音不让唯发现,在烟灰缸里捻熄香烟后,用同一只手撩起刘海。几根发丝缠绕在手指上,带着一点点疼痛,从头皮上被扯了下来。

不经意看到自己放下的手,刚才被扯下的头发,缠绕在中指上,正想丢开它时,我注意到了这根发丝的颜色。

"啊……"我忍不住发出了叫声。

"啊啊……怎么会……"

我将手抬到眼前,看着缠绕在手指上的头发。那不是黑发。那不是一根色素完全褪去的白发吗?……

桌子中央的烛火不安地晃动,我感觉这根缠绕在手指上的白色头发,像是某种生物般慢慢地蠕动着,像是条状的白色寄生虫,扭曲恶心地蠕动。

"——什么?"唯觉得奇怪,歪头问道,"你怎么了?"

"……啊,没事。"

我遮掩不了自己的慌张失态,握着拳从椅子上站起身。唯越发觉得奇怪。

"你到底怎么了?波多野?"

"我去一下……洗手间。"

我丢下这句话便离开了座位。虽然滴酒未进,但我离开的步伐却极度不稳,摇摇晃晃。

8

说要去"洗手间"倒不是骗人,但并不是因为尿意,我的目的是里面的镜子。

我站在厚重的大理石化妆台前,面对一整面落地镜。镜子里看到的,是个纤瘦的身影,一身打扮看上去十足像一个独身的学生。脸上没什么血色,感觉很不健康,憔悴的样子更凸显了突出的颧骨,尖瘦的下巴长着稀疏的邋遢胡子,还有一对惊恐不安、慌张的眼睛……

……啊啊,我从什么时候开始变成这副模样的?

天生带有一点卷度的头发,没有细心整理,任由它留长。现在,镜子里看到的发色是……

黑的。

没有变白。没事的。我现在还没事。

放开拳头,再次确认手里紧握的那根头发。那的确是根白头发,当然,也没有在蠕动。缠绕在手指上被扯下的,碰巧是一根褪色的白发,不过是如此而已。这种白头发,每个人都会长的。一定是的。一定是这样,没错的。

我深深吐出一口气,扭开化妆台的水栓,接着用从水龙头进出的冷水冲脸。脸上油油腻腻的,光用水还是洗不干净,但这已经具有让我重整心情的效果了。可是……

当我拿起厕所里的纸巾擦干脸,视线再次回到镜子上的那一瞬间。

我瞪大了自己的眼睛,同时发出"呜呜"的呻吟声。镜子里有另一个自己正盯着我看。我刚刚明明已经确认过了,但眼前他的头发却已经完全变成白发。

……不可能。

我急忙闭上眼睛,狠狠地大幅度摇着头。

不可能。这不可能。一定不可能。我一定是太过在意、太过神经质了。没错。我自己也知道,所以今天回家的时候,才会在那个公园里被那种幻觉……

——是蝗虫。

骗得团团转,所以刚刚看到的,一定也是……

——是蝗虫在飞的声音。

一定要调整好心情。如果可以,最好放宽心胸,要不然我……

我慢慢睁开眼睛,镜子里还是原来那个黑发的我。比刚才看到的脸色更差,挂着一副半哭半笑的扭曲表情。

不过,才安下心来,我的背后又冷不防地出现了一个身影。

我瞬间能辨认的,只有那家伙的脸。他的体格如何、穿什么衣服,不知为何竟无法分辨。

——喂,小朋友,你一个人吗?

从镜子里看到的,是一张浅咖啡色的狐狸面具,紧贴着站在我身后,含糊的声音在我耳边低声说着。

——喂,小朋友。

分辨不出究竟是男是女,是老是少,这是那时候的……

——活着好玩吗?

……不可能。

我又急忙闭上眼睛,狠狠用力摇头。

不可能。这不可能。一定不可能。

低语的声音马上消失。我重复几次深呼吸后,小心害怕地睁开眼睛。镜子里的狐狸面具当然也已经消失了。

我又深深吐出一口气,双手撑在化妆台上,身体往前曲,将额头抵在镜子上,然后瞪着自己近在眼前的脸说道:"喂!"

我的口中喃喃念出:"活着好玩吗?"

9

"簔浦茂夫医生和美国的 R. K. 雷玛博士在镰仓经营医院,也同时从事研究。几年前,他们两位的报告在同一个时期提出来,所以称为'簔浦=雷玛症候群'。之所以又叫做'白发痴呆',顾名思义,得了这种病的患者,几乎无一例外,在发病后的短时期内,所有头发都会变白。森吾先生,就像你母亲现在这个样子。"

去年十二月那一天,那个时候……

若林副教授不改他说话的语气,开始解释。

"一开始,也曾经怀疑说不定是阿尔兹海默症的亚型。因为发病时期大都较早,大约从接近三十岁到四十几岁、再晚也是六十岁之前。以记忆障碍为主,智能开始急速降低,出现明显的失语、失行、失认等症状,最后,再加上种种神经学方面的症状,痴呆现象越来越严重,最后导致死亡。这中间的时间大约是一年到两年。大致看来,临床经过和早发性阿尔兹海默症是一样的,不过……"

副教授停顿了一会儿,观察着我的反应。我只能先安静地听完这些说明。

"我想你应该也听过,如果将阿尔兹海默症患者的脑,在他们死后取出研究,可以发现两个明显的病理特征:一个是大量的老人斑,也就是像沉淀在脑部的'斑点'一样,其主成分是 β 淀粉样蛋白这种蛋白质,具有杀害神经细胞的毒性,是一种很受注意的阿尔兹海默症致病物质。另外一个叫作神经原纤维变化,这是像堆积在神经胞里硬化的'渣滓'般的东西。这两种在正常老人的脑部多少都有,不过在阿尔兹海默症患者的脑里,这些病理现象特别明显。

"然而,死于簺浦＝雷玛症候群——白发痴呆的患者,脑部并没有产生像阿尔兹海默症那么明显的老人斑和神经原纤维变化。那么,为什么会产生和阿尔兹海默症一样的脑机能障碍？很遗憾,关于这个问题,目前在病理解剖学上还找不到明确的答案。"

"你的意思是说,"我忍不住插话,"病因不明。是这样吗？"

"是的,原因还不能确定。除了阿尔兹海默症以外,有许多痴呆症目前已经确定了致病物质,例如尼曼匹克症的尼曼匹克泡沫细胞,或是帕金森症的路易氏体,但是在'白发痴呆症'上面,类似的原因到现在都没有发现。虽然已经可以确定是属于内因性的疾患,但是更进一步的原因,目前几乎可以说……"

"还不知道,是吧。"

"至少从原因论来看,的确如此。因此,关于这种病我们除了从症候论来讨论之外,别无他法……"

接着,副教授给我看了一些东西。那是两组脑部断层摄影的MRI照片,其中一张是母亲在这家医院检查时所拍的脑部照片,另一张是其他的阿尔兹海默症患者的。

"请你对照看看。"

副教授指着X光观片灯箱上并列的照片说道。

"阿尔兹海默症发展到后期,患者的脑部会像这样,可以发现有严重的萎缩。这是一位五十五岁的女性患者,就像你所看到的,她的前头叶和侧头叶部分都萎缩得相当严重,显得稀稀疏疏的。

看得出来吧？"

"——是。"

"但是另一方面，这张是你母亲的脑部，虽然多少有些萎缩，但和那一张相比十分接近正常。在临床观察上，她痴呆化的状况分明已经进展到相当严重的地步，却只有这种程度的萎缩，这种奇妙的现象也是白发痴呆的特征之一。"

我不知道该如何接收这些讯息，继续凝视着透过观片灯箱的白色光线所浮现出的陌生影像。这种不可思议的形状，就可以代表母亲的脑吗？在那里面，母亲的——她这个人所有的人格、意识和记忆，都封藏在里面吗？

"我刚刚说过，'簑浦＝雷玛症候群'这个名称只在部分学者和专业医生之间通用。这其实也表示大家对这种病的认识还不普遍；另一方面，也有不少专家还不愿意承认这种新症候群的概念。在国内外，都还没有累积足量的病历报告，其中还有很多未知的问题。然而，至少包含我在内的几位学者，都强烈地相信，这种以往不为人知的非阿尔兹海默型痴呆症症候群确实存在。请务必了解这个事实。"

我觉得到这个时候才好不容易掌握了事情的脉络。这位副教授之所以积极推荐母亲住院，原来是这么一回事。作为珍贵的病例研究材料，他无论如何都想把母亲留在身边观察。

"要临床判断症状到底是不是白发痴呆，主要有以下几个指标。"

若林副教授继续他的说明。

"第一项就是我一开始说过的：头发急速变白。后天性的白发症是毛囊色素细胞机能受损所致，不知为什么这种痴呆症也有同样的现象，原因现在还不清楚。

"第二，在发病之前会出现奇特的变化。所谓奇特的变化，就是病患突然呈现异于常人的惊人记忆力。"

"啊啊……"我忍不住随着叹息发出了这样的低沉声音。

"在阿尔兹海默症的初期阶段，例如，原本对绘画有兴趣的人，也会出现突然改变画风之类的现象、绘画的艺术水平突然提高等等，经常可以观察到这一类的变化。可是，这些多半是因为疾病杀死了部分神经细胞，因为'缺少'神经细胞才产生这种现象。

"相对之下，白发痴呆在发病之前的变化，并不是因为这种'缺少'造成的。因为虽然是暂时的，但他们仍然在记忆能力的绝对程度上有惊人的提升。我听说你母亲也曾经有相同的现象？"

"——是，的确有过。"

"不过为什么会产生这种奇妙的现象，原因到现在都还完全找不到。"副教授又开始快速来回搓着鹰钩鼻下方那丛胡子，接着说道，"第三个指标，是随着痴呆化进程而失去记忆的顺序。"

"顺序？"

"从越接近现在、越新的记忆开始，依序失去记忆。阿尔兹海默症基本上也有这种倾向，但是白发痴呆的病患更加明显。该怎么说呢？就像是以一种近乎刻板的规律逐渐忘记，从现在到过去。"

……从现在到过去。近乎刻板的规律。

"接近现在的记忆中,强度较低——印象较浅的先消失。对本人来说,越有强烈印象、强度越高的记忆,消失的顺序就越往后。反向追溯着个人历史的时间轴,在几个阶段重复这种过程,大致上就是这样。"

……强度越高的记忆,消失的顺序就越往后。

"第四,白发痴呆的病患几乎没有出现阿尔兹海默症常见的多动或来回走动的症状;另外,也不像尼曼匹克症会明显地产生激烈的个性变化。你母亲的症状也吻合这些现象。"

"——没错。"

若林副教授将手边的病历表推到肘后,双肘撑在桌上,十指交握。接着,还是用他那几乎令人觉得可恨的一贯沉着的眼光看着我。

"其他还有两三项比较次要的指标,这些指标之中如果有几项获得确认,就能够在症候论上得出确定诊断。而你母亲的病症,完全符合刚才我所说的四个主要指标。你了解了吗?"

我什么也没说,只轻轻点了头。

副教授又说:"所以,刚才所说的基因诊断就失去了意义。白发痴呆和阿尔兹海默症不同,这种病到目前为止还完全找不出它的原因和发病机制;就算具有遗传性,也不知道相关的基因会在哪一个染色体上,所以……"

我依然一言不发地轻轻点头,低着头过了一会儿……

"这种病,会遗传吗?"我眼睛朝上,看着对方的嘴唇问道。

"这个问题很难说。"若林副教授回答我。

"很难说……什么意思？"

"我自己认为，根据目前已经掌握的病症，其中属于'家族性'的约有半数，在这里面有很高的几率确定会遗传。但是另一方面，判断为'偶发性'的病例也占了剩下的一半。不过，实际上如果要讨论你母亲究竟是哪一种，现阶段我只能回答你'还不清楚'。"

"还不清楚，是吗？"

"有可能是'家族性'，也有可能是'偶发性'。可能性各占一半。所以，目前称得上是线索的，就是你过世外婆的状况了。你母亲的亲生母亲，到底是如何痴呆而死的？她的症状是不是白发痴呆？如果知道这些，至少可以当作相当有用的判断材料……"

如果相信若林副教授的诊断，那么母亲的病就不是早发性阿尔兹海默症，而是一种叫作"簔浦＝雷玛症候群"，通称"白发痴呆"的病。和阿尔兹海默症似像非像，但目前仍是原因不明的怪病。

当我知道不可能借由基因诊断听到确定的"判决"时，不知道自己是不是应该松一口气。说不定真是如此。关于这件事，只要我不要再想太多就行了……不对，但我无论如何也无法放下一切什么都不想，我实在办不到。

看不清楚这种病的真面目，结果只会更增加心里的不安——这才是我所要面对的现实。阿尔兹海默症在日本属于"家族性"的比例大约是百分之十，但另一方面，白发痴呆却高达百分之五十。这个数字沉重地压在我心头。

简而言之，根本的问题一点都没有改变。对我来说，对水那子来说，母亲的病到底是不是"家族性"，所有的问题都和这一点息息相关。

听说发病时期最早的病例是在近三十岁的时候。我已经二十六岁了,如果母亲得的是"家族性"白发痴呆,如果我身上也带有某种致病的因子……

这种不安和恐惧一天一天地膨胀,在我阴暗狭窄的心里,已经快要压制不住了。

10

结果，我还是没有把详情告诉唯。虽然几次都很想干脆全部告诉她，然后听听她的意见，但最后还是踏不出那一步。

"我可以去看你妈妈吧？"

离开酒吧之前，唯再一次问我。我没有像刚才那样告诉她"别去！"只是沉默地回了她一个暧昧的颔首。

离开饭店后，坐进 Barchetta 车里，唯说声"拿着"，就将名片交给我。

"之前应该已经给过你了。今年春天开始，调换了部门，不过手机号码还是一样。"

"——这样啊。"

"波多野，你有手机吗？"

"有，不过不常开。"

"为什么？这跟没有不是一样吗？"

"是吗……我不是很喜欢手机，好像勉强被这个世界拉住的感觉。"

"嗯。这种感觉我也不是不懂啦。"

唯又拿出了一张自己的名片，连同笔一起交给我。

"还是把手机号码告诉我吧，可以吗？"

"哦，好。"

我一边在名片后面草草写上号码，一边告诉她。

"房间的电话还是跟以前一样,不过我通常都会转成语音信箱。"

"E-mail 呢?"唯问道。

"我最近终于有了自己的电脑。自从休学以来,我就很少上网。因为以前用的是大学的服务器。"

"哦,这样啊。"

夜空已经不见雨的踪迹。唯发动了 Barchetta 的引擎,在出发前打开了车篷。

傍晚那场雨打湿的树木气息,乘着清爽的风来搔弄我的鼻子。真是舒服啊!这时候我发现,好像已经有很长一段时间,没能像现在这样安心平静过了。

Barchetta 轻快驶过夜色逐渐深沉的街道。从前座望向天空,一轮形状几乎接近满月的蓝色月亮,没有半点云朵的遮拦,泛着清亮的光芒。

——那就是上弦月。

小时候母亲说过的话,突然在耳边响起。

不是,妈,我在心中对她说,那是满月。不对,还差一点就是满月了,还差一点,那是……

"你要振作一点哦。"

握着方向盘的唯对我说。夹在风和引擎的声音里,听得不太清楚,不过也没有必要特意再问一次。我"嗯"地应了一声,点了点头。

"嗯。我没事的。"

"勉强自己强打起精神当然也不好。不过今天的波多野真的太奇怪了,这个样子叫人家别担心你,那才奇怪呢!"

"——是吗?"

"不要想太多,如果你跑去中央线卧轨自杀,我会生气的,知道了吗?"

"——我会小心的。"

闭着眼,许多声音就会夹在风的低语之中,渐渐清晰。

母亲吹的草笛,孩子们在紫云英花海中奔驰玩耍的声音,秋日祭典的热闹人声,神社里传出的日本太鼓声响,摊贩气势慑人的叫卖台词,还有……啊,还有。

——是蝗虫。

是蝗虫——

——是蝗虫在飞的声音。

那里也听得到精灵蝗虫振动翅膀飞舞的声音。

够了!我用力地摇头。

今天晚上已经够了。

我受够了蝗虫的声音,还有那道雪白的闪光、紧追不舍的无头杀人犯,还有濒死前的哀鸣、惨不忍睹的溅血飞沫……我明明已经受够了,我明明已经快要受不了了。

但是,说不定我已经被逼到一个无路可退的角落,再也逃不开这些东西。我自己心里比谁都再清楚不过了。

第四章

1

北新宿出现过路杀人魔？
惨绝人寰！小学四年级男童
被锋刃利器割伤惨死

八月的最后一个星期一，三十号的早报社会版上出现这样的标题。我并没有订报纸，近中午时走进常去的咖啡厅才发现这则新闻。店里的几份报纸，报道内容都是大同小异。

昨晚，八月二十九号的晚上，在那个公园里被残杀的孩子身分已经确定，是住在附近的小学四年级生——城户佳久小朋友。据研判，意外可能发生在当天下午七点多。被害者脸部和颈部有多处被锐利的刀刃割划，发现被害者的民众通报后，警方和救急队赶到现场时，被害者已经因失血过多而死亡。目前仍未出现罪行的目击者，现场亦未发现凶器……

"警察到达之前，有一名大学生装扮的可疑男子从现场附近逃走……"还好没有这样的报导，不知道该不该说是幸运，总之先松了一口气。

就算警察真的来调查，也总有办法证明自己的清白。关于杀人事件，我也没有任何可疑的地方。不过，要是真的和那个事件有更深的关系，我实在无法忍受。如果可能，我甚至希望把那天晚上在那里看到的可怕影像全部从记忆里取出，完全和我切割开来。

我真心地这么期望。

八月结束,这一周进入后半周,报章媒体并没有报道更新的进展,也没有警察来找我。然而那天夜里的景象,仍然不愿撤离我的心里,不仅如此,它还带来一种逼真的恐怖,盘踞在我脑中不走。

因此,我几乎每天晚上都作梦。当然都是可怕的噩梦。这些噩梦有着共同的图像和细节,每个梦境都很相似。

我一直在逃。

这里是老旧的医院,或许是在大学的研究大楼里面。我一个人在没有开灯的长廊中,在陡急的楼梯上,上气不接下气地逃着、躲着。

后面有个人紧追不舍。是那家伙,穿着肮脏衣服的男人……不,也说不定是女人。是男是女,从外表很难判断,因为那家伙没有脸——因为他没有头。

那家伙的手上握着一把闪着邪恶光芒的利器。那家伙挥舞着高举的刀,紧追着我。

再怎么逃,我都甩不开他。我这么用尽全力拼命奔跑,那家伙的步伐却悠悠哉哉。

突然降下一道强烈的闪光,世界顿时成为一片雪白。同一时间响起的,并不是雷声,而是那蝗虫的声音。尖锐地震动着空气,精灵蝗虫挥动翅膀的声音。

踩着惊惧的脚步,我的视野突然被同声飞起的无数昆虫填满。我忍不住惊叫出声。孩子的——许多不知名的孩子们的惨叫声,重叠在这个画面上。

我捂着耳朵呆站着。

这时候,眼前出现一具孩子的身体直挺挺倒下。滚落地面的孩子面朝上方,整张脸被残忍地切割,从伤口不断喷涌出鲜血,就像是廉价的发条玩具般,手脚一缩一缩地痉挛着。他的头发被自己的血染成一片红黑色,不过下一个瞬间,头发却又慢慢褪色变白……

……不要。够了。

"……够了!"

被自己的声音从睡梦中惊醒,已经不是稀奇的事了。

"够了。不要再来了……"

虽然我已经醒了,也在床上坐起身来,但我还是用手掌盖住双耳,摇了好几次头,就像是……对,就像医院里的母亲身上的那一阵狂乱,直接移转到我身上来一样。

之后,我一定会到洗脸台去看看镜子里自己的发色有没有变得雪白。我整个人陷入了这种神经上的不安。

——喂,小朋友。

在我注视的镜子角落,有时候会突然出现那张狐狸面具。

——喂,小朋友,你一个人吗?

不过,只要我用力地闭上眼,告诉他"不是!"狐狸面具就会马上消失。

下落合公园发现惨死尸体
被害者又是小学生男童
是否与杀害城户佳久者为同一犯人？

看到这篇报道，是在早前那起事件发生一个星期后。那是九月五日，星期天的早报。同一天晚上，水那子打电话给我。她告诉我预产期是这个月的十九日，不过感觉好像会提早生。肚子里的孩子好像已经知道是男是女，但水那子只说是"秘密"，坚持不肯透露。听说在产前检查时，也已经确定身体并没有发现特别值得注意的障碍。

"希望能平安生下来，早一点让妈妈见到孩子。"

虽然显得有点疲倦，不过话筒那头水那子的声音基本上还是很开朗，一点阴霾都没有。

"这算是妈第一个真正的孙子呢。"

母亲的真正病名是"篑浦＝雷玛症候群"，也就是"白发痴呆"，这个事实水那子和骏一哥都已经知道了。不过，关于这种病是否可能遗传的问题，我对他们只字未提，其实是说不出口。若林副教授应该也不会擅自透露太多资讯。

去年秋天，当我们确定了母亲病情的严重程度后，水那子就下定决心要早点生孩子，希望能在痴呆化越来越严重、所有事都完全无法认知之前，让母亲看见孙儿的脸。对怀抱这种心情的水那子，我实在说不出口。"母亲的病说不定有遗传性，所以别生孩子了。"这种话，我实在说不出口。

这样就好了,这样是对的——至少我现在是这样想的。一个没有办法明确知道答案的未来,一种找不到出口的不安和惶恐,只要我一个人来承受就够了。

2

没有任何装饰的灰色墙壁前,许多孩子的脸整齐地排列着。这是我从今年春天开始打工的某所知名补习班"明星中学入学班"里聚集的优等生。我原本不太愿意教小学生,但是在补习班的要求之下,我答应教这一班的理科。

他们都还是小学四年级生,为了两年半以后的中学入学考,现在每周有三次要到这间补习班来上课。学校里上的课不够充实……不,这些优等生们都深信,光是听学校上的课,根本无法让他们通过入学考试。

我不知道其他学校的状况,不过在这间人数二十人的教室里,从小小的讲台上环视学生们,大致称得上非常认真守规矩。其中有人揉着困倦的眼睛,也有人呆呆地望向窗外,但是绝对没有人在教室里聊天吵闹。讲师一开始上课,他们就专心倾听,一字不差地抄下黑板上的文字,一提出问题大家就竞相举手,实在非常认真守规矩。在这个国家本该最具权威的议会里,那些勤于吵闹、打瞌睡的大人们最好跟这些孩子学学。

但是,另一方面来说……

这些孩子坐在那里的那些样子,为什么有时候会让我感到无法形容的异样呢?不是所谓"少了孩子气"那种老掉牙的感觉,那是一种完全不一样的……

他们的心其实是朝向哪里的呢?他们注视着我在讲台上的动

作,而那眼睛的背后,真正在看着什么呢?

我慢慢想起自己和他们一样年纪的时候。小学四年级的时候,应该是满九岁或十岁吧!已经是十六七年前的事了。那时候的我……

我突然发现,最前排右边第二个位子空着。

我还记得平常坐在这个位子的孩子,也记得他一脸聪明伶俐的样子和他的名字。我看了一下整间教室,看不到他的身影。这么说来,上一次,也就是一星期前的星期三在这间教室上课时,也不见他的身影。

"坐在那里的……呃……"

应该记得的名字,却突然想不起来,我一阵慌张。想不起来?怎么可能!

"呃,他叫作……"

我慌忙翻开放在讲桌上的档案夹,找出这一班的名册。

"老师是说岛浦吗?"坐在空位旁一个胖胖的男生告诉我。

"啊,没错。没错,岛浦。"我试着平静下来,"岛浦充,对吧!他怎么了?他上次好像也没来。"

"岛浦也没去上学。"

胖男孩——我记得他的名字姓宫原——马上就回答我。看来他们两个人是同一所小学的朋友。

"已经好几天了,一直都没来。"从他的口气里感觉不出一点担心朋友安危的忧虑。

"是不是身体不舒服呢?"

"不知道。"

"你什么都没听说吗?"

小胖子很快地点头说"没有",稍微停了一下后,又继续说道:

"不过,岛浦一定是不见了。"

"不见了?"

"对啊。"

"什么意思?"

我皱着眉问他:

"你是说他可能搬家了吗?"

还是,离家出走。或者是……

一瞬间,星期天在报纸上看到的下落合公园事件掠过我的脑中——但是,不对。那篇报导上写的被害者并不叫"岛浦充"。

小胖子什么都没回答,只是稍微嘟着嘴盯着我的脚边。在我眼中,他那张冷漠的脸就像在说:"这种事怎么样都无所谓吧!"让我更加困惑。

急忙偷偷看看其他学生的样子。果然,每一张脸上都贴着同样的表情。

这是怎么回事?我的脑中越发混乱。

这到底是怎么一回事?什么叫作"不见了"?到底是……

——这种事,不是常听到吗?

从整齐端坐的孩子们背后,有什么东西慢慢地出现,开始无声地回答我的疑问。

——不见了,又不是什么稀奇的事。

不是什么稀奇的事,是这样的吗?

——是啊。你为什么这么惊讶呢?

为什么会"不见"?为什么会消失呢?

——就是会消失,没有别的原因。其实,你是知道的吧?

干脆让我自己……

——反正消失之后,过了不久,大家就会忘记的。

干脆让我自己从这个世界消失算了。

——老师你以前也发生过吧!一样的事情。你只是忘记了而已。

忘记了?啊,是这样的吗?只是忘记了……不,不对。不可能有这种事。我绝对没有忘记,我绝对不会忘记。我记得。我的记忆是这么清楚,再小的事情我都能回想起来。我学会的知识也一点都没有失去条理,所以我才能好好当补习班的讲师。而且我的头发还是黑的,一点都没有变白。我……

"最近经常发生危险的事件,你们回家的路上也要自己小心。"

我干咳了一声,清清嗓子告诉他们。孩子们一致无声地点点头。我拿起讲桌上的理科课本,一边看了手表确认今天的日期和时刻:九月八日,星期三,下午六点十分。

3

"你好,这是波多野森吾的电话对吧!我是蓝川。呃……昨天晚上真是巧,谢谢你后来陪我。你现在一定很辛苦吧!千万不要太钻牛角尖哦!我会再打电话给你的。"

——八月三十日,星期一,下午八点十四分。

"啊,我是蓝川……你最近怎么样啊?还好吗?如果有什么我可以帮得上忙的,要告诉我哦。我实在很担心你,一直放不下心。有空跟我联络一下吧。"

——九月二日,星期四,下午二点三十分。

"嗨,我是蓝川。真是的……你真的老是让人家留言诶。手机也打不通。我的留言你听到了吧?喂!波多野先生,你还活着吧?不要被这点小事打败哦!"

——九月五日,星期天,下午五点二十三分。

"我是蓝川。我有点事要跟你说,跟你说真的,一定要跟我联络。还有,也要跟你商量一下去看伯母的事。啊,不过我明日下午开始要出差,暂时不在东京……怎么办呢,我回来再打电话给你好了。先这样啰……"

——九月七日,星期二,下午十一点五分。

从那天晚上偶然重逢到昨天晚上为止，我房间的电话共有四通蓝川唯的留言，但是我连一次都没有主动跟她联络。

想和她再多说一点话的心情，并不是一点都不存在。干脆把自己身处的这种状况更详细地跟她坦白吧！虽然事情的状况不会因此有任何改变，不过我确实有这种想法。但就在我考虑要不要回电话的时候，最终就像以往一样，觉得其实都无所谓了。

第四通——也就是昨天晚上，当她打电话开始留言时，我人在房间里，就在电话机旁，同时听着唯的声音从扩音器里流出来。这期间，有好几次都想伸手去拿话筒，但就在终于下定决心时，电话挂断了。

唯现在到底在哪里呢？她说因为出差要离开东京，到底是要到多远的地方呢？

想一想，这两三年我都没有到哪里旅行过。大学时代刚买摩托车时，我经常骑车到处远征。最后一次离开东京市区，是多久以前的事呢？

4

　　下午八点五十分。我从教室墙壁上的挂钟和自己的手表确认了这个时刻。

　　"还有十分钟。"

　　我环视埋着头安静作答的学生们,平静地依照规定说出这些话:

　　"已经写好的人,也最好再小心检查一下,不要留下不小心犯下的错误。"

　　这是我星期三的工作时间表中的第三堂课——中学二年级的数学课。今天这堂课上,我的工作就是负责监考每月一次的模拟考。

　　补习班位于东中野车站附近,一栋十三层大楼里的八层。应该是在考试刚开始的时候吧! 外面下起雨来。窗户的那一头早就已经暗下来了,不过,走到窗边把脸贴近玻璃的话,还是可以清楚看见滂沱大雨的丝丝雨线。

　　真是一场激烈的雨。

　　上个月底去探望母亲时的情景,自然地浮现脑中。去病房的那个黄昏,那场激烈的大雨,震动窗边花瓶和小桌的那阵突如其来的雷声,还有……

　　"咿……"母亲微弱的哀鸣,又回荡在我耳际。

　　简直像算准了时间一样,就在这时候……可怕的雷鸣声,真的在窗外轰隆响起。

受到惊吓的不仅是我。那一瞬间,教室里一阵吵嚷。这是相当自然的反应。不过,学生们的注意力很快又回到桌上那张数学考卷上,一句多余的耳语交谈都没有。大家非常认真守规矩。

笔芯滑过考卷上的声音,自动铅笔按出笔芯的声音,空调里吹出冷风的声音,外面不断落下的雨声……

经过几秒的间隔,响起了比刚才洪亮几倍的雷声。我不由自主地瑟缩着身体,在我眼中,窗外有一瞬间被闪电染得一片苍白。

怪事是在这之后发生的。教室里的灯突然全部熄灭,一片漆黑。停电了。

考试还没结束,大家慌乱了一阵。还好过了几秒之后,灯又亮了。从学生口中发出此起彼落的耳语和安心的吐气声。

天花板的日光灯闪了几下,白色灯光重新点亮,空调也恢复了运行。

"应该没事了。大家继续吧。"

我一边催促着大家,一边走回讲台旁,单手支在桌上,另一只手抵着额头,轻轻摇着头。接着,我继续像刚才一样环视埋头安静作答的学生们。就在这时候……

我惊愕地瞪大了眼睛。

教室的最后面,隔着许多学生,和我正好面对面的那个位置上,出现了一个原本不应该存在那里的东西。

……那是。我全身僵硬,不能动弹。

那是——那家伙他……

就像刚刚还走在倾盆大雨里一样,黑色衣服完全湿透了,两手戴着黑色手套,看起来算是偏瘦的中等体格,双肩之间原本应该连接着头的部分,但从那以上被一层无以名状的深黑烟雾裹住,所以无从判断里面到底有没有那家伙的脸。

那家伙,现在,的确坐在那里。但是学生们却没有一个人注意到。

我拼命地想叫出声来,想对学生们说:"快逃!"但是……

不管我再怎么用力,都发不出声音来。想移动身体,却连一根手指头都无法随意动作。

那家伙完全不在意这个无计可施、只能睁大眼睛站在这里的我,慢慢走近坐在最后一排的学生背后,伸出左手,揪住那学生的头发,硬是把他从椅子上拉了起来。那个学生一点声音都发不出来。

那家伙的右手上,握有某件闪着邪恶光芒的东西。朝着被他拉起的学生苍白的脸上,那只手渐渐接近,就在接触到皮肤的那一瞬间,鲜红的血飞散到四处。大量飞溅的鲜血,让人想不到仅凭那样一刀就会喷出这么多血来。伤痕累累的学生,还是一点声音都没有发出来。

桌子、椅子、地板、天花板,都渐渐被喷出的鲜血所染红。坐在附近座位的学生身上也都沾染了鲜血,但是……

他们看起来就像什么事都没注意到一样,规规矩矩地坐在座位上,安静地作答。

脸颊被刀割伤的学生,最后被割下耳朵、切下鼻子,眼睛一只一只被刺穿……他真真正正地成了一个血人,当场瘫倒。

那家伙现在转向我这里。本应该是头的地方,笼罩着一片黑,从那里面突然响起了一种骇人的唧唧声……啊,这是……

——是蝗虫。

我终于使劲全力抬起双手,捂住自己的耳朵。

——是蝗虫在飞的声音。

"……住手!住手啊!"从我绷紧的喉咙里挤出的声音,终于解除了咒语。

我站在讲台桌旁,单手支在桌上,另一只手抵着额头,轻轻摇着头。

外面可以听到激烈的雨声,以及远处传来的低沉雷声——抬头一看,学生们都一脸惊讶地盯着我。

时间到,考试结束的钟声开始响起。

5

这天的工作结束后,回家时和几个学生一起进了电梯,其中也有几个是我所教的理科那班的小学生。姓宫原的那个小胖子也在里面。

电梯到了一楼,我一走出来,就听到其中一个小学生叫住我:"老师……"小小的鼻子上戴着看来度数很深的黑框眼镜,看上去是个弱不禁风的男孩。我记得他的名字是……

"波多野老师,你在大学里学的是很难的东西吧?"

"啊啊,是啊。"

我虽然觉得奇怪,还是尽量装出沉稳的声音。

"不过现在算是在休息。"

"你都学些什么东西呢?"

这孩子,为什么突然问我这些问题呢?我觉得不太对劲,对现在自己的状况也不想解释太多,不过也不能不回答他的问题。

"我学的是关于翅膀的东西。"

在回答他时,我无意识地眯上了眼睛。

"在天空飞的东西的翅膀。"

这孩子——他的名字,好像是姓龙田——愣了一下,歪着他的头说:"是飞机的翅膀吗?"

"这个嘛……没错。飞机的翅膀是最有代表性的。"

"你在学习翅膀?"

"我在研究很多不同形状的翅膀。"

"哦。"

走向出口的一群学生中,那个小胖子朝这里举了举手说:"喂!"好像是在呼唤正和我说话的男孩。

"啊,我该走了。"

那孩子低声说着,把提在手上的那个看来很沉重的书包重新背上肩膀。

"老师,谢谢你。"

"等一下。"正要从这里跑开的孩子,这次换我叫住他了。

"——是?"

"对了,今天一开始上课的时候,不是提到岛浦同学的事吗,那是怎么回事……"

"岛浦他,不见了。"一边说着,这孩子向小胖子那边瞥了一眼。

我继续问:"你们不觉得奇怪吗?不想知道他为什么会不见、去了哪里吗?"

这孩子突然像变了一个人似的,带着一种异常清醒、又隐约有点寂寞的表情说着:"嗯……还好啊。"

他冷冷地回答了我的问题。

"那老师,再见了!"

他格外有礼地打过招呼,正要离开我身旁。

"等一下。"我又忍不住再次叫住他。

那孩子轻轻转过头来,我弯下身将自己的脸贴近他。

"喂,我问你,"我说着,"活着好玩吗?"

这么突然的问题,他的心里一定吓了一跳。不过,他一点都没有露出明显的动摇。

"嗯,好玩啊。"他满不在乎地这么回答。

——真的好玩吗?

——喂,小朋友。

他又说了一次"老师再见!"就快步跑走了,追上走向出口的那群孩子,来到小胖子旁边。这时,两个人同时朝着我的方向,轻轻点了头。

——喂,小朋友。

——活着好玩吗?

——真的好玩吗?

——喂……

"怎么可能好玩呢。"

我觉得这句话好像会从他们两个人嘴里异口同声地说出来。我就这样呆站在那里,点起已经隔了好几个小时没抽的香烟。

外面还在下雨。

激烈的雨势看来暂时不会转弱。

我正在担心不知道孩子们有没有带伞,马上就发现这担心真是多余。大楼前停了几辆轿车,车里都是来接孩子下课的母亲们。

第五章

1

　　自从八月最后一个星期天那个黄昏以来，我就没再见过母亲。

　　骏一夫妇和水那子在那期间偶尔会去探望，打过几次电话告诉我状况。待在房间的时间里，我通常把电话设定在自动转接留言的状态，如果是他们打来的电话，我一定等到确认对方是谁之后才拿起话筒。

　　对于我不常去母亲的病房探视，骏一和水那子都多少有些不满，也觉得奇怪。以前也是一样，只要有机会说上话，他们一定要问我："最近去看妈妈了吗？"听到我回答没去，一定会念上两句："你该多去看看她的。"这时我总是用"嗯，说得也是"之类模棱两可的话来搪塞。

　　进入九月之后，母亲的病情似乎越来越严重。

　　她连骏一和水那子的脸都几乎认不出来，更别说大嫂文子和她的孩子，往往从头到尾都像对待陌生人一样地招呼他们。自发性的行动明显减少，几乎一整天都躺在床上，能说的话也减少了许多，很难以对话来表达自己的意志。

　　"哥，你为什么这么冷淡呢？"水那子曾经不只一次地这么对我说。

　　"你都不想多陪在妈妈身边吗？"

　　我当然并非一点都不想。在我心里，也跟一般人一样，会挂心自己的母亲。我想应该会的。

那个夏天的傍晚、冬天的夜里，还有那个春天的午后和秋天的黄昏……每一个遥远往日的鲜明记忆之中，都有她的身影、她的声音，和她手里的温暖。总是那么美丽的母亲，总是那么温柔的母亲，不管对任何人，都一样地亲切。

时光飞逝，我渐渐长大成人，而母亲也渐渐不再年轻。即使如此，我仍然会将留存在幼时记忆中的样貌重叠在她身上，不过……

才不过一年几个月这么短的时间内，她的身上就产生了如此剧烈的改变。有太多东西已经从身体里面流失的她、终于无法保有"波多野千鹤"这个身分的她、连亲生儿子的我是谁都无法理解的她，这样的她，就算我频繁地去见她，就算我陪在她身边，又有什么意义呢……

不对，当然是有意义的，怎么会没有意义？姑且不论对谁有意义，姑且不论是什么样的意义。

如果她得的是有生命危险的病，或是其他的疾病呢？像是癌症、白血病，或是心脏病……不对，我自己也很清楚，这种假设和比较根本毫无意义。对她本人和家人来说，正在一步一步侵蚀她的生命、将她推向死亡的疾病，哪有"好"、"坏"之分。就像是同为癌症末期，胃癌是不是比肝癌"好一点"等等，讨论这些一点价值都没有。

就算知道这个道理，我还是忍不住会想，就算要生病，至少希望母亲得的不是痴呆症。至少希望她的意识里仍然可以保有连续的自我意识，以这个自我为核心，维持着去感受、去思考的能力。

自己的孩子来探病，可以单纯地觉得"高兴"，相反地，也会有

"悲伤"、"痛苦"的感觉,以这些感情为基础,能够和对方建立起正常的人际沟通。就算终究要面对死亡,也能够自己思考应该如何度过剩下的时间,能够和家人讨论。然而,现在的母亲却……

多么不堪的病啊!

不管对她本人或是周围的人而言,都是多么不堪,多么残酷……啊,不对,得了这种病的人,根本连觉得"不堪"、"残酷"的能力都没有了。

我不再是"我",迫不得已地失去了形成我这个人的所有记忆,我现在在这里思考的意识本身,都将崩溃瓦解……只要想到这些状况,我就会被一股足以让我失神惨叫的恐怖袭击。比起失去手脚,比起失去视觉或听觉……比起任何苦难,都不能比这更让我恐惧、害怕。想想看,对这样的状况感到"恐惧"、"害怕"的"我",就要活生生地解体了,还有比这更恐怖的事吗?

结果,都是因为这股恐惧,是吗?

母亲的"白发痴呆"也有可能遗传给我,说不定我也有可能变成和发病的母亲一样。水那子不知道这个事实,而我知道了,所以……

去见母亲,也就是最近距离地面对这个事实,对我来说很可怕。太可怕,所以我才逃避。不仅如此,我的内心深处一定有个部分甚至在咒骂、憎恨母亲带来这令人难以忍受的恐怖。我讨厌这样,甚至几乎到了作呕的地步,所以……

"森吾,你的心情我也不是不懂,不过以后后悔的可是你自己。人走了,你再怎么想都见不到面,就算想为她做点什么也都不可能了。"

骏一曾经这么对我说过。

"事情要看你怎么想,有人说这种病对身边的人来说,是比较仁慈的,因为可以有很长的时间做好心理准备,比起没有任何预兆,哪天身边的人就突然从这个世界消失要好多了。"

他的母亲,也就是过世父亲的第一任妻子,在骏一还只有七岁时,死于一场肇事逃逸的车祸。之后与父亲再婚的母亲,对待骏一和对待自己亲生的我和水那子,没有任何区别,一样地爱护培养,因此,骏一对母亲有着说不尽的感谢和感恩。骏一来不及为自己的亲生母亲尽一点力,所以连同对亲生母亲的心意,都一并投注在母亲身上。

我非常了解骏一的心情。身为母亲的亲生儿子,我非常感谢骏一;作为弟弟,我也觉得他是值得尊敬的兄长,但……

他毕竟和母亲没有血缘关系。在我昏暗狭隘的心底,竟然会有这个想法,连自己都觉得可耻。

骏一身上没有母亲的血,他和我跟水那子不一样,将来没有患上跟母亲一样疾病的可能。所以……

……啊,关键还是在这里,还是离不开这里。

我就这么只在意自己吗?比起死期将近的母亲,我更关心自己的未来吗?我是从什么时候开始变成这种人的?或许,这种令人厌烦的利己主义,才是我这个人真正的本质。

2

持刀杀人惨案，再次于上高田发生
一连串的事件是否出自同一凶嫌？
现场发现作案凶器菜刀

九月十五日，星期三，敬老节这天的早报刊登了一则发生于前一天傍晚的新事件。

这次的被害人也是小学男童，和之前的两个被害者一样，身上有多处刀伤，失血而死。在案发现场公园内发现的凶器，是一把刀刃长十五公分的柳叶形菜刀。目前正加速搜证，确认刀刃的形状与前两起事件被害者的伤口是否一致。如果形状一致，这三起事件极有可能出自同一犯人之手……

这天夜里打完工回到家，听到大嫂文子的电话留言，原来水那子比预产期提早四天，安全产下一子。

3

第二天,十六日的下午,我回到久违的吉祥寺探望水那子。进入产期之后,水那子就回到娘家待产,并且选择在吉祥寺的个人妇产科生产。妇产科就在井之头公园旁的安静住宅区中。我进门时,感受到一股莫名的强烈胆怯。我在柜台询问水那子的房间号码,职员的应对都相当开朗亲切,很快就消除了我一开始的胆怯,但是,一种自己好像来错地方的感觉,还是挥之不去。

虽然同样是医院,我却感到这里和母亲住进的精神神经科病房有着不一样的气氛。在医院里擦身而过的人们,脸上的表情也大不相同。在母亲的医院所见到的表情,多半写满了"紧张",但在这里看到的,却绝大多数都是笑脸。这也是当然的。用个老掉牙的比喻来说,在那里见到的宛如"坟墓",而这里看到的则是"摇篮"啊!

旧的生命逐渐老朽病弱,新的生命也同时诞生。世界就是由这种无止境的重复所形成。生命的均衡如果严重崩溃,很快就直接影响到世界的存亡……我仿佛现在才知道这个简单的道理,边想边来到了刚才柜台告诉我的三楼某间病房门前,确认了房间号码和名牌后才敲门。

"请进!"很快听到房里传来很有精神的招呼声。我打开门探头进去。

"啊,哥,你来看我啦。"水那子从床上坐起身来,开心地对我说。

"昨天晚上文子大嫂通知我的。恭喜啊!"

"嗯,谢谢。"

不只是声音,水那子连脸上的表情和身体的动作都显得很有精神。这是一间有大扇窗户的朝南单人房。

不巧今天外面天色阴沉,不过就算关掉电灯,室内的光线也够亮了。

"还有谁来过?"

"大嫂一直到刚刚都还在。早上骏一哥也来过,还有我婆婆和小姑、阿姨她们也来过,很热闹呢……"

"累了吗?现在可以四处走动了吗?"

"嗯,听说生第一胎像我这样,算是很顺利呢!每个生过孩子的人都说得怪吓人的……结果我还觉得,咦?怎么这样就生出来啦。"

水那子说着说着,自己咯咯地笑了起来。我大致看了一下房间里面,问道:"听说是女孩子?我听文子大嫂说的。"

婴儿不在房间里,应该还在新生儿室吧!

"听大嫂说母女都很健康,我才安心来看你们。"

"今天晚上开始,就可以把孩子带进房间了。"

"名字呢?想好了吗?"

"本来就想好了,如果是男孩子就叫真人,女孩子就叫千花,我以前也跟哥哥你说过吧!"

"你跟我说过吗?"

"真是的,你都忘记了。"

忘记了？我心里很自觉地对这句话产生反应。

忘记了？水那子告诉我的那些话,我真的忘记了吗……她这么一说,又好像的确曾经听过。男孩子就叫真人,女孩子就叫千花。真实的"真"加上"人",真人；女孩子就叫千花,一"千"朵"花",千花……

"你还是一样很少去看妈妈吗？"

她把话题一转,我漫不经心地答道："啊？嗯。"

"每次都想着过一阵子就去看看,不过,最近比较忙一点。"

"……是吗？"

对这件事水那子没有再多说什么,她满脸洋溢着微笑问我："要不要看小宝宝？"

新生儿室就在同一层楼的护士站旁边。被厚玻璃墙包围着的房间里,几个这两天生下来的婴儿躺在小小的并排的床上。

"你看,就是她。最右边的那个。"

水那子在玻璃这头指向一个小小的、脸上布满皱纹的婴儿。床上挂着一张写着"浅井水那子的宝宝"的名牌。婴儿的眼睛当然还闭着,双手是握着拳头的状态,完全没有感觉到自己的母亲就在隔着一片透明墙壁的那头。

"大家都说长得像妈妈,真的吗？哥哥,你觉得呢？"

我将额头靠在玻璃上,凝视着那孩子的脸,但是和睡在同一间房间的其他婴儿一样,我只觉得他们像是"没有长毛的猴子",看起来很奇怪,还谈不上到底像不像水那子,不管怎么放进感情,就是无法觉得宝宝可爱。当然,我没有将这些感想说出口,对水那子的问题,我只是歪着头说了声:"是吗……"随便带过。

"真想早点告诉妈妈,让妈看看宝宝。"

水那子接下来说的这些话,又让我不知该如何反应才好。

昨天才刚降临这个世界的新生命,说不定在她身体里面,已经埋下了什么遗传性的因素,将来有可能患上"白发痴呆"。如果母亲的白发痴呆是"家族性"、"遗传性"的疾病,理论上,孩子有四分之一的可能性患病。

我小心翼翼地注意不要暴露出心事,回到房间后,也随意和她聊着无关紧要的话题,终于有一位护士进来跟水那子说话,我借机告辞。

"下次再来看你。"我留下这句话,离开了医院。

4

我没有回吉祥寺的家,而是直接走向车站,搭上中央线的电车。差不多是下班下课的乘客人流开始增多的时间,幸好往东京方向的车厢并不太拥挤。

原本想在中野站下车,换乘东西线,临时作罢,突然决定直接坐到新宿站,到T＊＊医科大学医院看看。虽然不是很想这么做,不过,有一股强烈的情绪驱使我,至少想在今天去见母亲,直接告诉她孙女已经平安出生了。尽管就算我再怎么费尽唇舌,她也一定无法理解"水那子生孩子"这件事。

黄昏时的新宿车站和平时一样,人多到令我无法理解。我用宛如屏息在水中前进般的心情穿过人潮,走上西口的地面。阴暗多云的天空,虽然只有稀稀疏疏的水滴,看来还是随时都可能会降下大雨。

我凭借着大概的方向感,开始走在黄昏余晖下嘈杂的路上……

路上经过的大型家电用品店门前,由几台电视并排而成,组合为一个大画面,我的视线突然被吸引。

龟山和之(31)自称陶艺家

我先注意到的是这条字幕。接着,是字幕上方的一张脸部特写照片,那显然就是字幕上"龟山和之"的照片。

他是谁？我一时好奇,停下脚步,听着从扩音器里传出的声音。

"……在上高田公园里发生的小学生遭残杀事件的嫌犯,已经在今天下午逮捕。警方逮捕到住在新宿区中井一丁目、自称陶艺家的龟山和之,现年三十一岁。凶器菜刀上残留的指纹和该嫌犯的指纹一致。另外,从嫌犯家中已经找出附着大量血液的衣服……"

犯人……就是这个人？

我惊愕地张口结舌,眼睛紧盯着电视画面,站在那里一动也不动。

"……警方认为,上个月二十九号和本月四号所发生的两起小学生被杀事件,也极有可能是该嫌犯所为,将彻底进行侦讯……"

画面又出现了同一张照片,我认真地凝视那张脸。就是这个男人吗？他就是那天夜里一刀刀刺杀那孩子的犯人吗？

他的脸整体看来线条纤细,好像很忠厚老实。发型说不上有明显的特征,加上没有特征的轮廓,连金属框眼镜也是常见的款式。镜片后的双眼,就像被捕上岸的深海鱼一样,瞪得斗大,看了是有一点不舒服,但并不特别感觉邪恶,也不觉得藏有惊人的疯狂。这张脸实在是太平凡了,好像随时随地都可能见到,或许曾经看过一两次,不过马上就会忘记的脸。——啊,从某种意义来说,这也叫作"没有脸"吧。

切换到下一个画面。

荧幕上出现嫌犯龟山在大批警察和媒体记者包围之下坐进移送嫌犯用的厢型车中的影像。嫌犯的头部整个被盖上类似黑色夹克的东西，完全看不见他长什么样子……啊，从某种意义来说，这也叫作"没有脸"吧！

又切换到另一个画面。

和刚才报道的新闻影像完全不搭的亮丽明亮，播放着新发售的饮料广告。我深呼吸了一口气，离开店门口，开始步行在小雨中，一边走一边想。

刚刚看到的那照片上的男人，真的就是杀害孩子们的凶手吗？真的不会有错吗？

已经有了那么多证据，我想一定不会有错。顶着"陶艺家"这个奇怪的头衔，那个三十岁的男人，为什么突然犯下这样的凶案呢？这其中一定有他的动机，不管其他人是不是能理解，一定有什么原因吧！

不过……他的动机就能解释一切吗？光是动机，就能交代这一切吗？

我并不是希望犯人另有其人。不是这样的。杀害孩子们的，我想应该就是那个男人。只不过……

我在小雨之中加快了脚步，继续前进，终于在林立高楼的细缝间看到T＊＊医科大学医院的建筑物，也终于看到盖在它旁边、像躲起来似的精神神经科病房大楼。

在那栋大楼的其中一间病房里，母亲现在一定正躺在病床上，度过茫然和孤独的时光。我站在这里试图想象她的样子，总是会不由自主地想起最后一次来探望那天她的样子,将那个影像重叠在脑中的画面上,当时她的表情、动作、话语,都过于清晰地一一在我脑中生动重现。

……咿!……咿!

震动整间病房的尖叫声。

……不要啊!不要啊!不要啊!不要啊!不要啊!不要啊!不要……

双手捂住脸,胡乱摇头的她。

……不要啊!不要……别过来。不要过来这里。住手。不要杀我。

……别过来!不要杀我。啊!不要……

让她如此讨厌、让她如此恐惧的,就是……就是"那家伙"。

……那家伙要来了。

随着突如其来的全白闪电出现的那家伙,身穿肮脏黑色衣服的那家伙,没有脸、没有头的那家伙……

……是蝗虫。

……蝗虫在飞的声音。

每当精灵蝗虫飞舞的声音响起时,世界就会充满飞溅的鲜血和惨死前的哀鸣。

自白发痴呆症发病以来,母亲一天天逐渐丧失她的记忆。从现在的记忆到过去的记忆,以一种近乎刻板的规律逐渐忘记。不仅如此……

强度越高的记忆,就越晚失去……没错,就是这样。

病情逐渐严重,终于接近末期的她,心里至今仍然深刻留有几桩记忆。就像她懂事后不久所经验的那次"恐怖事件"的记忆,即是其中代表性的一桩。纵使以后病情再继续发展下去,失去更多的记忆,说不定也只有这个会继续残留下来。到了最后……

……是啊,那又怎么样呢?我反问自己。

就算真是如此,那又怎么样呢?

这时,我忽然想起那个假设,忍不住打了个寒颤,马上自己推翻掉。

……太离谱了。不会那么离谱的。

我刻意将眼光避开那栋藏身在高楼之间的病房大楼,用拳头捶着自己的太阳穴,捶了好几下。

怎么会有那种离谱的事。不可能的……

好像想向谁求援般,我惊慌失措地环顾四周。

傍晚的办公区,雨势比刚才强了几分。人们急忙走在被雨水打湿的灰色人行道上,其中有一半以上都撑着伞,黑的、红的、绿的、白的……各色各样的伞,完全藏住了他们肩膀以上的部分……没有脸。啊,大家都没有脸。

交叉来往的车阵中,红绿灯的信号变了,朝这里开来的送货上门卡车,猛然点亮了头灯。这一阵突然的白光让我眼前昏花,不寒而栗的恐惧袭来,我呆立在当场,不能动弹。

它又紧追不舍地追着我……

遥远的上方,好像有什么异样的声响。

仿佛将地面上的喧嚣完全消除般,那震天价响、激烈的声音究竟是什么?……啊,原来是直升机的轰鸣声啊。我一方面尝试要冷静地掌握状况,不过却在那里听到了慌忙拍动翅膀飞舞的蝗虫声音。

"咿!……咿!"

和病房的母亲相同的哀鸣无法抑制地冲出我的喉咙。听到自己声音的那一瞬间,好不容易维持的一点理性顿时瓦解。

"走开!别过来!"

狂乱的嘶喊正要出声,我竭尽全力逃出了那里。

5

我是从哪条路、怎么走过来的,已经不太记得了。不,我不是不记得……即使在这种状况下,不这么确认的话,我还是按捺不住不安的情绪。总之,我一心想离开那个地方,没有余力去想要往哪个方向走,就这么跑着,就这么不断地跑着,所以才不知道。只不过如此而已。一定是这样。

小雨不知何时已经停了,太阳也完全西沉,路上没有来往的行人身影,也不见车子的头灯,更听不见直升机的轰鸣。

偶然走到这里,在大都市正中央一片令人难以置信的奇妙寂静中。这里是?啊,这里是……

我走在似曾相识的公园旁。

天刚刚黑,不知为什么路上这么冷清,看不到成群结党的年轻人,也没有流浪汉的影子。街灯苍白的光线下,公园里成排直立的树木和植栽,看起来就像是全黑的剪影。

这里是……

这座公园,这幅景象……

眼前不安定的视觉暂留现象让我有些踌躇,但还是踏着踉跄的步伐走进公园里。公园里,几只乱了生理时钟的秋蝉仿佛已经久候多时,开始高声鸣叫,我的内心里也开始响起恼人的吱嘎声响……

突然发现对面树荫下的长凳上,好像坐着一个人。

一片黑暗之中,朦朦胧胧地映着他穿柠檬色T恤的背影。他背向这里坐着,从体格上看来,应该还是个年幼的孩子。

我小心翼翼地走在被雨淋湿浸润的地面上。秋蝉的叫声掩盖了脚步,长凳上的孩子看来没有注意到身后的我。

"你怎么啦,小朋友?"

我在相隔二三公尺的地方停下脚步,轻声开口问他。

"怎么在这种地方呢,你一个人吗?"

面对我突然的问话,他并没有特别惊讶的样子,甚至没有回头看我。

"嗯,对啊。我一个人。"

我听到他这么回答。声音还是童音,是变声期前男孩子的声音。我猜想,大概是小学校二年级或三年级左右的年纪吧。

"你在那里做什么呢?"

我继续问他。

"有什么好玩的吗?"

这孩子还是继续背向着我,说声:"这个嘛……"稍微歪了歪头。

"——其实也没什么。"

"这样,不太好吧。"

"什么不太好?"

"天已经黑了,该回家了。"

"为什么?"

"最近不是发生很多不好的事件吗?你一个人待在这种地方,很危险的。"

"我没关系的。"

"可是,小朋友……"

"而且犯人已经抓到了,不是吗?"

"啊,这个……"

"我知道哦。他杀了三个人,正准备找第四个人下手的时候被抓到的。"

"话是没错……"

"不管什么时候,不管在哪里,大人都会杀小孩,小孩会被大人杀掉,一定会这样,一直被杀掉的。"

"等一下,你为什么会这样想呢……"

我这时忽然觉得,自己遭到一种莫名的挑衅。我直勾勾地看着对方的背影,又朝长凳走近一步。

"大哥哥,你为什么会在这里?"

现在轮到他问我了。好像吃了一记暗枪,我没能马上回答他。

"你为什么会在这里?"

"我吗?我只是刚好经过。"

"刚好经过?"

"——没错。"

"你想要待在这里吗?"

"你这么问,我也不知道从何回答起。真的只是刚好在这里,也没有特别想待在这里。"

"你不想待在这里吗?"

"这个,我刚才已经说过了……"

"如果不想待在这里……"

他一边说，一边慢慢从长凳上站起来，身高只到我的胸部左右。他依然背向着我。

接着，这孩子静静地继续说："可以不用待在这里啊。别勉强自己。"

"什么？"

"消失不就成了。"

"你……你说什么？"

我忍不住奔向长凳，将手放在那孩子的肩膀上。

"你究竟是……"

那孩子对我施加的力量一点都不抵抗，慢慢地转过头来。

当我看到街灯泛白光线照射下的那张脸的瞬间——

"哇！"我将手抽离对方的肩膀，顿时往后跳了好几公尺。

"消失不就成了。对吧，大哥哥？"

那孩子站在长凳边，完全看不出有什么动作，只是盯着这里看。这张脸我看过。

嘴巴的两端到脸颊被残忍地切割，除了露出的牙齿和牙龈，还有脸颊、鼻子、额头，全都被红黑色的血染得黏答答的。

这张脸，这孩子，这是……

"消失不就成了。"

他静静地重复着相同的一句话。

"其实你是知道的吧。是吧，大哥哥？"

我闭上眼睛、捂住耳朵大声惨叫。或许是被我的声音惊吓，秋蝉的鸣声倏然停止。

6

我是从哪条路、怎么走过来的,已经不太记得了,总算走回高田马场自己的房间时,已经是满身大汗。

打开玄关大门时,我相当紧张。我有预感,那家伙正等在那一头,在我开门的那一瞬间,他就会扑上前来袭击我。

还好,这个预感没有成真。进房之后,我的恐惧依然没有平息,苍白的闪光好像现在就会从某个地方出现,那不祥的蝗虫拍翅声好像现在就会从某个地方传来,仿佛现在就会……

……啊,不行。我好不容易才镇定下来。振作一点,森吾。

我呆站在玄关门内,拿自己的额头撞了墙壁好几下。

振作一点,你要冷静下来。

刚刚在公园看到的那孩子,一定是我的幻觉,听到的声音当然也是我的幻听。没错。一定是这样没错。

在西新宿路上看到的,只不过是撑着伞的人群,只不过是卡车的头灯,我听到的只是恰巧飞过上空的直升机轰鸣。没错,只不过如此而已。所以没什么好怕的。杀害孩子们的犯人也已经被逮捕了。一个姓龟山、今年三十一岁、自称陶艺家的男人,现在正待在拘留所里。有很多确实的证据显示那个男人就是犯人,所以什么都不用想了……

但是,我心里依然有挥之不去的疑虑。那时候,当我看着高楼细缝间的病房大楼时,突然浮现的念头是……

……好像听到了什么声音。

从房间里面,传出了不知为什么让我觉得很怀念的声音,那声音正在房间内回响。

我脱了鞋,踉跄走进很久没整理的杂乱客厅。

原来那声音是电话铃声。铃声很快就中断,开始播放现成的语音讯息,最后终于听到……

"呃,是波多野吗?好久不见。"这轻快的声音我曾经听过。

"我是蓝川,现在回到东京了。你怎么啦?我一直很担心你。拜托你,跟我联络……"

……是唯。

我简直要哭出声来,将手伸向话筒。

第六章

1

"妈,你好啊。"我尽量表现出一派轻松的样子打招呼。

母亲躺在病房床上,望向这里的眼神显得比以往还要空洞。失去光泽的白发和瘦削的脸颊,没有血色、干涩龟裂的嘴唇。就算认出了我,在她茫然的表情上也几乎看不出一丝变化。光是这样就知道,我没来探望她的这半个多月,病情的确在持续恶化中。

"是我啊。我是森吾。认得我吗?"

我走近床边,弯下身问她。她还是没有反应,连歪头思考的动作都没有,只是躺着,呆滞地看着我。

"我是森吾啊。妈。波多野森吾。你的儿子,森吾啊!我是森吾。森、吾!"

"……啊。"

嘴唇稍微动了动,终于发出像蚊子叫一样微弱的声音。

"森、吾……啊,森吾,森吾。"

"没错没错。"我用力地点着头,"今天有个好消息要告诉你。说不定骏一哥他们已经告诉你了。水那子生了,是个健康的女孩子,是妈的外孙哦!"

我慢慢地、像是把一个字一个字嚼烂、喂食般说给她听,不过母亲依然没有明显的反应。我的话不知道她到底了解了多少。

她呆呆地看着上空,过了一会儿,稍微慢慢地动了动躺在枕上的头。

"你知道吗?水那子生孩子了。是你的外孙女啊。"

"……啊。"

她的嘴唇又稍微动了动。

"外孙……水那子、森吾……"

"水那子生孩子了,妈的外孙女。是个女孩子,长得很像水那子,名字叫千花。"

"水那子、森吾,水那子、森吾……啊、啊、啊、啊、啊……"

她不断重复发出"啊"这个单调的呻吟声,突然之间,她的脸瞬间变得僵硬冰冷。我实在不懂这变化的来龙去脉,说不定,根本不该期待会有什么合理的逻辑。

她维持着"啊"的唇形,像冻僵般停止所有表情。从她的表情里慢慢渗出来的,是……

强烈而深刻的害怕。

看着看着,这害怕逐渐膨胀为激烈疯狂的恐怖……

"……咿!咿!"

母亲用双手捂住耳朵,发出那种像有什么东西卡在喉咙里的嘶哑声。

"咿!咿!咿!……不要!咿!不要!不要啊!"

胸口剧烈地上下起伏,用力闭着眼,整张脸扭曲变形,不安地扭动身体,就像想逃开什么东西一样。

"啊,波多野太太。"

从柜台陪同我一起来到病房的这位四十多岁的护士,急忙跑到床边,将自己的手掌重叠在母亲捂住耳朵的手上。

"没事的,波多野太太。没有什么可怕的事,别害怕。没事的,波多野太太。"

护士耐心安抚之后,母亲喉咙发出的声音静止了,胸口的上下起伏也逐渐变小,压住耳朵的双手力量慢慢减轻,依着护士的诱导,将手放回身体两侧。

"最近老是这个样子。"护士回头对我说,"只要有一点点不对劲,马上就会像这样大闹,一直叫着不要、不要,或是好可怕什么的……总觉得她醒着的时候,一直有什么东西让她很害怕、很恐惧。"

"这样吗……"

……一直有什么东西让她很害怕。

——是蝗虫。

"请记得,尽量用温柔的声音,轻声细语地跟她讲话。"

"好的,我知道了。"

……有什么东西让她很恐惧。

——是蝗虫在飞的声音。

"那我先出去了。有事情再请你按护士铃叫我。"护士说完便离开了病房。

房间入口附近,身穿象牙色套装的蓝川唯站在那里。她虽然事前已经有心理准备,但亲眼看到,还是掩饰不了内心的震惊。小巧眼镜的镜片后方,她睁着那双大眼睛,两手捧着浅蓝紫色的花束,直站着不动。

"请进。"我对她说,"别担心,她不会伤害人。只是痴呆的状况跟一般人不太一样罢了。"

2

九月十八日,星期六下午。

前天晚上接到唯的电话时,我的精神状态不是普通的不安定,甚至可以说处于一种危险状态。讲过两三句话后,她当然也察觉到我的不寻常,但是没有追问我到底发生了什么事,而我当时也没有办法好好解释。

当时,从电话里听到唯的声音,的确让我的心情安定不少。自己也说不上为什么,感觉很不可思议。所以,那时候当她说想探望母亲时,我也实在说不出"还是不要吧!"这句话。

"我今天带朋友一起来了。"

我重新打起精神,对病床上睁着空洞双眼的母亲说。

"她说很想来看看你。"

我朝唯招了招手。

"她是蓝川。记得吗?我的小学同学。"

"您好,伯母。"

唯露出开朗的笑容,点头打了招呼。将手中的花束放在窗边后,静静走到我身边。熏衣草甘甜的香气微微飘在空气中,稍微滋润了充斥着药味和病人体臭的滞塞空气。

"伯母,好久不见,我是蓝川。"

唯一边说着,一边窥探母亲的脸。但母亲的反应仍然很迟钝——或者该说,简直等于没有反应。她那不知道有没有焦点的视线缓慢地转向唯的方向,失了魂般无神涣散的表情一动也不动。从半开的嘴唇一端,朝尖细的下巴肮脏地流下一条口水。

"小时候曾经到伯母家打扰好几次,您还记得我吗?"

唯不改她的笑容,继续说着从前的事。当然,母亲一样没有反应。

"都已经这么久的事了,也难怪不记得。波多野那时候啊,人既老实又胆小,老是被班上的男生欺负,我每次都看不下去,常常出手帮他……不过,波多野说,要是被其他人知道他要靠女生帮忙,一定又会被欺负……"

"喂,蓝川,别提了。"

我不禁插嘴阻止她。小学的时候的确发生过这些事,而这些记忆本身也让我自己感到相当难为情。

"你说这些,我妈也不懂的。"

"没关系。"

唯斜眼瞪了我,坚决地回头继续说。

"我告诉您哦,伯母。"

唯一边说着,又再次窥探母亲的脸。

"有时候我送波多野回家,伯母总是对我好亲切。我自己的妈妈已经不在了,所以觉得好高兴。您还请我吃自己做的萩饼和布丁,真是好吃,那个萩饼的味道,我到现在还记得。"

热心说着话的唯,什么反应都没有的母亲。我抱着一种无可奈何的心情,视线在这两个人之间来回,同时……

啊,也曾经有过那段日子啊。一股感伤突然袭上我昏暗狭隘的心里。

我和唯从小学二三年级开始,就一直是同班同学。那时候的我,的确是个既老实又胆小甚至有点封闭自己的男孩子;而她则和我完全不同,是个非常活泼、有男孩子气、正义感很强的女孩……

升上六年级之前,我因为父亲的调职离开了那个小镇,转学到东京的小学。从那之后,我和唯好像互相寄了几次贺年卡和暑假的问候信。不知道从什么时候起,就连这样的联系也断了,所以……

上了大学后过了几个月,偶然在校园里和她重逢时,那偶然的机缘深深让我惊讶。不只是惊讶,我几乎不知道该如何反应,整个人一片空白。

"您还记得吗?伯母。"

唯还是热心地和母亲说话。

"我是蓝川,蓝川唯呀!伯母以前都叫我'小唯'、'小唯'。"

"……啊。"

母亲那和往常一样保持着没有反应状态的嘴唇,这时微微地动了动。

"小、唯。"

她用没有抑扬顿挫的虚弱声音,低声念着。"唯"这个名字,或许和现在还残存在她大脑里的那一点点记忆发出了共鸣吧。

"唯……唯。"

"您记得我吗?"

唯将脸靠近母亲问道。

"您记得我的名字吗？我是小唯啊。蓝、川、唯。"

"……唯。"

母亲用那没有抑扬顿挫的虚弱声音重复着。

"唯……啊。"

"您还记得吧,唯这个名字。对吧,伯母?"

"……唯。"

之后有几秒时间,母亲突然停止了,合上双眼,双眉之间的皱纹又多了几道……看起来就好像正在用力回想什么事情一般。接着……

"……我。"

她突然睁开眼睛,再次开始发出那种像是自喉咙深处挤出来的声音。

"我……唯,我。"

——这时候,她又……

从她空洞地望向天空的眼睛、她的表情中慢慢露出强烈的恐惧神色。

"唯……不对。"

母亲一边说着,一边在枕头上缓慢地摇着头。

"啊。不对……唯,不对,不对。"

断断续续吐出这些宛如幼儿一样的字句。这些字句之间的间隔终于渐渐缩短,配合着"不对"缓慢摆动的头,动作也慢慢越来越快、越来越激烈……

"不对,不对,不对……"

"伯母?"唯惊讶地问她。

"妈,怎么了?"我也开口问。

"不对,不对,不对,不对……"

就像控制装置坏掉,失去控制,母亲重复说"不对"的声速越来越快。摇头的动作,连带着肩膀的动作,激烈的程度甚至让人怀疑,这真的是一个痴呆症末期躺着不动的人吗?

"不对,不对不对不对不对……"

那激烈的动作,看起来甚至像是死前的发作。我开始害怕起来,嘶哑地喊着:"妈!"

"妈,你振作一点!"

"不对不对不对不对不对……"

"妈!"

"不对不对……"

"妈!你镇定一点。"

唯按住母亲持续痉挛扭动的双肩,就像包覆住她全身一样,这个时候……

从唯夹克的内袋里,有个东西掉落到床上。我马上就注意到了,不过唯本人却没有发现。我正想捡起那埋在白色棉被里的小小的银色机器,母亲瘦削的手却快我一步抓住了它。

"啊!"这时唯才终于发现。

"对不起。那个……"

母亲手里拿的,是小唯的手机。

"啊,那是我的……"

母亲好奇地歪着头,盯着手中握住的银色机器。她应该不是第一次看到手机，对于已经丧失了许多记忆的她而言，现在这东西在她眼中也成了一个以前从来没见过的奇妙物体吧！

就在这个时候……

"咿！"

才听到她骇人的惨叫声，手机就从母亲的手里落下。

"咿，咿！"

掉落的手激发出微弱的蜂鸣声，我马上想到那应该是手机的震动模式。

"……是蝗虫。"

从母亲喉咙里挤出来的声音，比以前高了好几倍。

"是蝗虫，蝗虫的声音……"

那是手机的震动模式。那震动的声音唤起了母亲退化的记忆中，"蝗虫飞舞的声音"。

"……不要。不要啊！"

母亲将手机从床上扫落，跟刚才一样两手捂着耳朵，用力闭着双眼，无法遏抑的恐怖扭曲了整张脸，然后……

"不要啊！"

狂乱的叫声响遍整间病房。

唯呆呆地站在那里。我捡起掉落在地上的手机，塞进她的手里。机身的震动还在持续着。

"对不起。我忘记关电源了。"

接过手机，唯急忙看着手机的液晶银幕，接着马上转身快跑出病房。

3

出了医院之后,我和唯谁也没有说话,不约而同地朝新宿中央公园走去。喉咙虽然很渴,但即使要进咖啡厅,也想尽量找一间离医院远一点的店。

已经过了下午四点半,但太阳还是一样炽烈。九月已过了一半,夏天的余威慢慢缓和下来。

这一天,头上是整片清澈透亮的蓝天,称得上是秋高气爽的天气,湿度应该也不高。

这片广大的公园位于超高层大楼林立的副都心西端。很奇怪,一踏进公园境地内,就连空气的味道都变了,隐约闻得到植物和土壤的味道。车辆排放的废气、柏油路面的热气都被隔绝,吹过的风意外地凉爽,十分舒畅。现在想起来,刚才在病房里发生的事就好像一场属于另一个世界的噩梦。

不过,走了一会儿,我感觉到这里萦绕着某种异样的气氛。

虽是星期六下午,却看不到孩子们玩耍的身影,也不见年轻男女情侣的身影,但是广场四处有几个走动的人影。

有些人看起来像是流浪汉打扮,其中也有西装笔挺、打着领带的上班族男子。应该是由于长久以来的经济不景气而被裁员的上班族吧!老人的身影也很醒目,也有老太太。在树荫下的长凳上、草地上、水泥楼梯的一角……他们每个人都一样塌着肩头,低头坐着,也有人直接就地躺下。

什么也不做，他们就只是这样静静待着，仿佛停下了一个人该有的所有动作。

他们是没事可做，才这样待着的吧！他们是不是不知道该做些什么才好？他们在想些什么？他们什么事都没有办法去想吧！这些长成人形的物体，不完整的、伤痕累累的物体。

上次走进这公园是什么时候的事情呢？感觉好像已经是好几年前的事了，那时候这里也是这副光景吗？

无云的晴空、凉爽的风，还有茂密的绿意；以及丧失了生气、像物体般的人群，两者的对比让我感到非常异样，我不由自主加快了脚步。

……这个世界，到底是怎么回事？我突然有了这样的疑问。

要是有人突然这样问，对方应该也不知道该怎么回答，或者根本就是嗤之以鼻吧！

这个世界，到底是怎么回事？为什么这个世界，会以这种形式存在呢？还有为什么，这样的我会待在这里呢？为什么非待在这里不可呢？

——不用勉强自己待在这里。

——消失不就成了。

啊，这是前天晚上的，那个……

——其实你是知道的吧。是吧，大哥哥？

草地上静止不动的其中一个人影，乍看之下像是和我拥有同一张脸的肮脏老人。我不由自主加快了脚步。

4

我们并肩走在公园的步行道上,唯不停地跟我说话。我一边注意着她,回应着她丢出的疑问,一边慢慢开始说明自己现在的状况。

母亲去年开始发作的这场病,最早被诊断为早发性阿尔兹海默症,不过最近开始怀疑说不定是其他的痴呆症。目前研判应该是"篸浦＝雷玛症候群",也就是通称"白发痴呆"的这种病。母亲几乎确定得了这种怪病,所以才尽早让她住进刚才那间大学医院。

除此之外……

如果白发痴呆是"家族性"的话,还有亲子间遗传的问题。听说母亲的妈妈也是死于痴呆症。我对遗传的可能性抱着强烈的不安和恐惧,但这件事对家里的任何人都说不出口……

"你说遗传?"

唯显得有点惊讶,暂时停下了脚步。

"你真的现在就开始担心这个了?"

"如果早的话,这种病三十岁之前就有可能发作。不在意才奇怪吧!"

"不过,这还不确定吧!只不过有这种可能而已吧!"

"当然有可能,有很大的可能。"

"什么叫很大的可能?"

"你刚刚也看到我妈了吧。"

我一边说着,一边以严肃的视线看着唯的侧脸。

"如果发病的话,只要一两年就会变成那个样子,这种病就是这样,到现在还找不出原因,也没有治疗方法。慢慢丧失记忆,智力受损,最后只有死路一条,没有别的路可走。"

"不过……"

"当然不是百分之百的可能性,不过也绝不是零。我有很高的可能性遗传到我妈那种病的致病基因。这是一个客观的事实,所以……"

"所以?"

"今年春天开始没去研究室,也是这个原因。"

"……"

"你想想看嘛!不管我再怎么热心继续研究,万一有一天发病了,那就真的是一点意义都没有了。这么一想,就觉得这一切真是好笑。"

唯仍是看着前方,稍微嘟起嘴来,不知道是在烦恼还是在生气,也没有表示任何意见。

从前的我,自认对自己有志从事的研究拥有多人一倍的热情。为了考上理想的大学,也没有受谁的鞭策,就自动自发地念书准备。考上之后也一样。为了具备必要的知识和修养,不惜任何努力,每天脑中只想着将来的研究课题……终于实现了考上研究所的愿望。

成为研究生之后,每天还是重复着同样的努力。学习之后"了解",根据所得的知识去"思考",做实验、写论文,朝着原创的发现和发明迈进。我一直相信,这就是对我而言最具有意义的行动,然而……

母亲的白发痴呆是"家族性"的可能性有百分之五十。如果是家族性,遗传给我的可能性也有百分之五十。单纯计算之后,我的大脑将来有四分之一的可能会和母亲患上相同的疾病。一旦如此,我到目前为止学习的所有东西,在短时间内,全部都将化为乌有……

"真是荒谬。"嘴里吐出的这句话,应该也是我真正的想法。

一切都变得荒谬,变得空虚,让我一点力气也提不起来。所以,我不再去研究室——从社会上所谓的一般常识看来,我的决定真有那么可笑吗?

我们往南边的方向穿过公园,周围的景象稍微有点不一样。

最初通过广场时所感受到的那股奇异感慢慢淡去,穿过一座有年轻人在玩着滑板的天桥、进入公园的新区域时,刚才觉得像是"长成人形的物体"的人影一个也不见。

终于看到一块写着"儿童广场"的标示。秋千、跷跷板,结合了攀爬的铁架子和溜滑梯的设备等……四处都是专为儿童准备的游戏设施。不过,在这里看不到一个玩耍的孩子,广场显得冷冷清清。

附近刚刚发生过那么惊人的杀人案,这副光景也并不令人意外。虽然说嫌犯已经被逮捕……

"你和当时的女朋友亚夕美分手,又是怎么回事?"

沉默许久的唯冷不防地丢出这个问题。

"你把刚刚跟我说的事也告诉她了吗?"

我应了声"啊!"听来更像是叹息声。旁边正好有张黄色长凳,我便弯身坐了下去。

"她……"

话说了一半,总觉得不知道该如何启齿。像是故意拖延时间一样,我慢慢地取出香烟,放在嘴边。

"我只告诉她……一些重点而已,详细的地方就没有说了。"

"为什么?"

"我想,说那么清楚也没有用。"

"为什么……"

"因为我已经知道答案了,所以也不用解释太多了。"

"答案?"唯歪着头坐在我身边。

"什么答案?那是什么意思?"

"很简单啊。"

我点上香烟,又像是故意拖延时间一样,慢慢地吸进一口烟。那是一种苦得让人忍不住皱起眉头的味道。

"她……中杉亚夕美和我曾经约定有一天要结婚。她爱的是我身为一个研究者的优秀才能和头脑。我……我也是,说不定我也是一样。她当然也有很多其他的魅力,不过,我最欣赏的,还是她身为一个优秀同行的才能。

"我们以前经常聊到,将来我们之间不知道会生出什么样的孩子。她总是会说,同时拥有我们两个人的基因,一定会是个优秀的孩子。我们的孩子,一定会非常优秀,从现在开始就可以期待……她总是这么说。"

我偷偷看了唯一眼。她和刚才一样,不知道是在烦恼还是在生气,稍微嘟起嘴来,没有表示任何意见。

"所以啦,答案从一开始就很清楚了。她在我身上追求的东西,我没有办法给她。我没有办法回应她的期望。我也不可能装作不知道那种病的遗传性生下自己的小孩,绝对不可能。所以我不能和她结婚,所以决定分手。"

"——怎么会这样?"

唯开了口。

"怎么会这样……那她接受了吗?不可能那么简单,说分手就分手啊?"

"她算是接受了吧。只听了我说明的'重点',就轻轻松松地答应了。"

我半自嘲地回答。

"从生物学的观点看来,这是非常合理的态度啊。是吧?其实我也并不恨她或是怪她……"

"真的吗?"

"——嗯。"

"你心里不觉得难过吗?竟然这样说。"

"这个……"

当然不可能不难过,这是当然。我毕竟不是一个那么冷酷的人。即使想,我也没办法当个冷酷的人。我……

"你说的道理我不是不了解……"

唯又嘟起了嘴。

"但这样还是很奇怪吧？你也是，她也是。喜欢一个人，应该不是这样的吧？一定是很想跟这个人永远在一起，如果希望有婚姻的形式，两个人就自然会结婚……当然总有一天，也许会想有孩子，但是不应该只是为了传宗接代啊！"

"是吗？"

"当然是啊。如果是我的话……"

"如果是你的话？"

唯顿时闭了嘴，安静片刻后轻轻叹了口气。身后的风吹乱了她染红的短发，发丝飞舞，像是要遮住这粉色脸颊一样。

我将燃烧到底的香烟丢在脚边，又点起一根新的香烟。在这根烟化为灰烬之前，沉默又缓缓在我们之间流动。

"肚子有点饿了。"

唯突然从凳子上站起来这么说。

"我们去吃点什么吧！今天就让我请客。"

我心想，应该是说"今天也让我请客"吧！我突然想到了刚才的电话。

"刚刚的电话呢？是不是有什么急事？"

"哦，那个啊。只是无聊的工作联络。我们这一行基本上是没有周末假日的。"

"没关系吗？"

"OK 啦。而且……"

唯走离长凳几步，迅速转过身来面对着我。

"我还有很多想问的事没问呢。走吧！"

5

或许因为时间还早,店里的客人稀稀落落。这间时髦的酒吧兼餐厅,位于中央公园南侧一栋高楼里。

一坐定,唯就点了和上次见面时一样的鸡尾酒。对她来说,"吃饭去吧!"和"喝酒去吧!"几乎是同样的意思。虽然不是特意要配合她,不过我也少见地点了含酒精的饮料。感觉没什么食欲。

"'蝗虫的声音'是什么啊?"

唯开口问我。是我意料之中的问题。

"为什么波多野伯母会那么害怕蝗虫的声音呢?"

"正确来说,应该是'精灵蝗虫'。"

我回答了她的问题,心里已经决定,要对她说出所有的真相。

"更精确地说,应该是'精灵蝗虫飞舞时的声音'。"

"精灵蝗虫?"

"你没听过吗?这种虫在飞的时候会发出叽叽叽的声音。又叫作'剑角蝗虫'。"

"叽叽叽叽……哦。"唯稍微点了点头,"原来是那种虫啊。嗯,剑角蝗虫。我记得以前曾经看过。"

"在东京几乎都看不见了吧。'精灵'这两个字,就是妖精的'精'加上灵魂的'灵'——'精灵蝗虫'。"

这种虫广泛栖息在日本全国,成虫在夏天到秋天之间出现。听说最常见的时节就是农历的盂兰盆节,也就是精灵会的时节,所以冠上了这样的名字。身体长度上,雄的约四公分,雌的则长达八公分,在国内蝗虫类中属于最大型的尺寸。

"在河边的草地上,或是校园的草丛里都经常看得到。你有没有看过男孩子抓到的虫子?"

仿佛回想着遥远的季节般,唯眯起了双眼。

"叽叽叽叽的声音,是翅膀的声音吗?"

"前翅和后翅互相撞击之后,就会发出那种声音。不过,只有雄的虫会发出声音……"

"为什么?"

唯又再次提出她的疑问:

"为什么伯母会那么害怕精灵蝗虫的声音?"

"她从以前就这样了。"

我有意识地按捺住自己的情感回答她。

"我是什么时候知道这件事的呢……"

小时候的某个春天午后,紫云英盛开的田地旁,我抓来玩的蝗虫——并不是精灵蝗虫——被母亲看到了。

——不可以!森吾。

母亲的脸上顿时失去血色。

——放下,森吾。把它丢掉,快把那东西丢掉……

这,就是我最初的记忆。

为什么母亲不喜欢蝗虫呢?当时还小的我,以为女生原本就不喜欢那种虫子,但并非如此,母亲讨厌蝗虫,似乎不是这么单纯的问题,我后来终于了解了。

"我妈她以前好像曾经有过很恐怖的经验。那是在上小学之前,还很小的时候。究竟是为什么会遇到那种事,详细的经过,她说已经记不清楚了……"

她不确定到底是几岁时发生的事。上小学之前的话,应该是四岁或五岁左右吧!

听说是发生在秋天里的事。隐约记得是发生在秋日祭典那天的黄昏……总之,母亲有了那个"经验",只要稍微想起那个恐怖的经验,就无法控制自己保持平静。

不知从哪里出现的人,突然袭击了在那里玩耍的母亲和她的一群朋友。

一道雪白、宛如闪电般的刺眼光芒倏然降下。那一瞬间,眼前一阵昏花,什么也看不见。接着,听见了这样的声音。

——那是……对了,那是蝗虫的声音。

周围响起了一阵精灵蝗虫飞舞时那种独特的翅膀声。

——蝗虫飞起来的时候,那种声音……

紧接在这之后,刚才一起玩耍的"大家"一个接一个地倒下。脸、手、头、肩膀……鲜红的血从身体的每个地方喷着、流着。有的孩子大声惨叫,也有的孩子无声地瘫软倒地。那个人朝母亲走来。蝗虫飞舞的声音又响起了。母亲不可能抵抗了,她一个人从那里逃了出来。那个人紧追在后。近在耳边的恐怖咆哮声,还喊着母亲的名字。母亲拼命地逃走。莫大的恐惧让她不断哭号,总算是逃走,捡回了一条命。

这件事,是在我刚上小学后不久,母亲第一次说给我听的。

所以她才这么害怕闪电的光芒,所以她总是说:"蝗虫在飞的时候,人就会死。"那么害怕那个声音,就连看到长得相似的昆虫也觉得害怕,所以……

——不可以哦,森吾。你这样一个人乱跑。

说不定就是因为这样,所以她在秋日祭典的那天,才会那样责备我。

——特别是像今天,这种祭典的日子,这种黄昏的时候。有这么多人聚在一起的地方,一定会有可怕的人混在里面,所以……

"白色的闪光,蝗虫的翅膀声……"

唯低声念道,轻轻点了几下头。

"先不管那究竟是什么,总而言之,伯母遇到了那种专门找小孩下手的杀人魔。这也难怪心里会有阴影啊!"

6

"我妈的右手,在上臂的地方有一道旧伤痕。听说是那次意外的时候,被'某个人'袭击所受的伤。伤痕很大,当时一定流了很多血,还好她幸运逃过,没有被那家伙追上。"

"那家伙是什么样的人?男的?不会是女的吧?"

"我想应该是男的,详细情形我也没听说。她关于那方面的记忆好像很模糊,我以前就算想问得更清楚,我妈也只是害怕地摇着头。唯一知道的就是——"

我轻轻闭上眼睛,叹了一口气。

"唯一知道的就是,那家伙穿着肮脏的黑衣服,手里好像拿着像刀一样的东西……还有,那家伙没有脸,就这些。"

"没有脸?"唯诧异地皱着眉头,"什么意思?"

"就是说……"

这些话都是我在去年第一次听说的:"肮脏的黑衣服"、"像刀一样的东西"、"没有脸"……就这么多。

——那家伙穿着肮脏的黑衣服。

黄金周假期回家时,母亲突然说起自己诞生的故乡的事,就在那之后。

——那家伙啊,没有脸呢。

那时候她看到电视画面里的螳螂,又想起了从前那件事,显得慌乱不安。我问她:"你已经不记得更具体的内容了吗?"那时候她是这么回答我的问题的：

——他手上，好像拿着刀子一样的东西……

白发痴呆患者在发病之前，记忆力会莫名地呈现异常亢进，或许是因此而唤回细节的。

"'没有脸'，也就是'没有头'的意思吧。我马上想起以前在某一本漫画上看到的'无头男'。"

"'无头男'，那根本是个妖魔鬼怪嘛。"

"是啊，一点也没错。"

"所以说，伯母是被一个妖魔鬼怪袭击的？"

唯看起来有点不以为然，鼓起了半边脸颊。

"你觉得真的会有这种事？"

我什么都没说，暧昧地摇摇头，将那杯琴汤尼送到嘴边。视线移到窗户，外面的天色已经暗下许多，天空布满着被夕阳染成红黑色的云。

"犯人抓到了吗？"

唯问道。我依然拿着杯子。

"听说没找到人。"我这次确实地摇摇头回答她。

"可是，伯母有很多朋友被攻击，浑身是血……一定也有很多人死掉吧！应该是很严重的事件啊！"

"是啊……不过……"

"在那个小镇上发生过这种大事件？是伯母小时候发生的事……不过，就算是四十五年前发生的事，这么大的事件我为什么连一点流言也没听过呢？"

"啊,你误会了。"

我又摇摇头。

"我妈遇到的那次事件,不是在我们俩长大的那个小镇。"

"是吗?那是……"

"我妈以前住在其他地方,好像是某个山里的小镇。她在那里出生,小时候一直住那在,之后才搬到我们那个镇去。到柳家——就是我外祖父母家,被收养当养女。"

"养女?"

"对。刚刚在公园里我稍微提过吧。听说我妈妈的妈妈也是因为痴呆而死,虽然不知道她得的是不是白发痴呆。那位'痴呆而死'的外婆,不是柳家的外婆,是住在另一个城市,我妈的亲生母亲。"

"在哪里啊?伯母出生的故乡。"

"——不知道,我没问。"

"哦……"

"总之,就是这么一回事。发生那次事件的地方,不是我们知道的那个小镇,而是另一个地方,我妈妈出生的故乡……"

我用干涩低沉的声音说完这些话后,再次将视线移到窗外。

被染成红黑色的天空下,可以看到正往街道那头下沉的夕阳的光影。和小时候的夏天黄昏看到的太阳相比,不管是大小或色调都很不一样。不过……

——那就是血的颜色。

我的耳边还是不由自主地回响起母亲那天的话语。

——和人身体里流的血,一样的鲜红。

在她小时候,第一次亲眼见到的"血的颜色"。

——如果受了伤,身体里面的血流掉很多的话,人就会死掉哦。

被身分不明的"某个人"切割的"大家"。说不定,鲜血从那些身体里喷出来的颜色就是那个颜色。

——人会死掉。变得全身血淋淋的,一动也不能动。

"夕阳真美。"

唯循着我的视线看向窗外,轻轻说道。

"好像已经好久没有像这样看夕阳了。总觉得,美得有点吓人。"

7

　　我随意吃了几口唯点的菜,喝下第二杯琴汤尼。已经很久没有喝醉了,喝醉的感觉虽然不太舒服,但是借由酒精强制提高体温的感觉,让我感到一种异常的新鲜感。

　　"波多野,我还是觉得你有点奇怪。"唯越过桌子不断盯着我看。

　　我用指尖搓着火热的脸颊,问道:"很……奇怪吗?"

　　"我大概知道事情是怎么一回事了。不过就算是这样,你看起来好……"

　　"好奇怪?"

　　"我也不知道该怎么说,好像整个人失去了平衡一样。"

　　失去了平衡。没错,正是这样。这几个月以来,我完全失去了精神上的平衡,我自己也很清楚。自己明明知道这样不对,不能继续这样下去,可是……

　　"我前天打电话给你的时候也是一样,我那时没有问你,可是真的很怪。你的声音在发抖,很僵硬,就好像快哭出来一样……喂,发生什么事了?你是怎么了啊?"

　　我不知道该怎么回答。

　　就算把我心中那种昏暗狭隘的状态化为言语,说明给她听,她又能了解多少呢?

　　"喂,波多野?"

"——啊……"

我一口喝尽第二杯剩下的液体,身体热了起来。全身血管的律动听来比平常又加重了几倍。我翻起眼来看着唯,接着……

"我很害怕。"我终于开了口,"我害怕到不知道该如何是好。"

"害怕……怕这个病会遗传吗?"

"那也是一个原因。只要发现自己没办法想起一些事情,记忆变得模糊不清,头发里看到几根白发……只要有一些这种现象,我就会吓得提心吊胆,每次都会担心自己是不是已经出现那些症状。不过,最近这一阵子,还经常有另一种恐惧。再这样下去,我怕自己真的会疯掉。"

我越说越觉得身体渐渐热起来,脉搏也变快了。受到这种变化的牵引,目前为止被我尽力压抑的情绪,又高涨了起来。

"上个月底,和你巧遇的那个夜晚,我不是告诉你,之前在公园看到小孩子被残杀的尸体吗?那时候我也看到了……没错,我觉得自己看到一道白色的闪光,听到蝗虫的声音。一开始我也以为是自己多心,应该是幻觉或幻听之类的,可是,我又想……"

"你又想到什么?"

"也就是说,从前攻击我妈妈他们的怪物,说不定现在还会活生生地出现在我眼前。"

"什么?"

"说不定那家伙,现在还到处找小孩子下手。"

"怎么可能。"

唯慌张地眨了好几下眼睛。

"你在说什么啊,波多野。那个杀害小孩的连续杀人嫌犯,前几天已经抓到了啊,你不知道吗?"

"——不,我知道。"

龟山和之(31岁)自称陶艺家

商店门前的电视机里的那张脸;在哪里都有可能看到过的平凡脸孔;看过一次、两次,很快就记不得的那张脸;那张脸……

"我知道。可是,我心里还是觉得……"

"你是说,抓到的嫌犯可能不是犯人吗?"

"——不是。也许那个男的真的亲手杀害了孩子。不过,那究竟是不是出于他自己意志的行为……"

"你是说,也许不一定?"

"——没错。"

我缓慢又深深地点了点头。接着,又开始将前天傍晚走在西新宿路上想到的"某个假设"说给唯听。

"我刚刚告诉过你白发痴呆的病情演变。记忆会从现在到过去、从新的记忆开始依序消失。强度越高、印象越强烈的古老记忆,就会一直留到最后。这么一来,我妈最后会变成什么样子?"

"什么样子……"

"病情发展到现在这样子,在母亲脑袋里留下的状态,几乎可以说只剩下那个'具有强烈印象的古老记忆'了。看到她今天的样子,我更确定了这个想法。她的脑袋,已经充满了以精灵蝗虫翅膀声为代表的'恐怖记忆'了。现在虽然还留有一些其他的记忆,但那些记忆终究会先后消失,最后可能只剩下那个部分。这样一来,就表示我妈她将来每天都要不断被同样的恐惧折磨……你说对吧,蓝川?"

"……"

"你觉得那会是什么心情呢?不管是醒着还是在睡梦中,每天想的都是这件事,脑子里只有这件事,日子就这样一直不断持续下去。说不定,一直到临死之前,一直到她生命的最后,我妈她都永远笼罩在蝗虫的声音、白色闪光以及还有没有脸的杀人鬼这些恐惧之下。这些就名副其实地成为她的'最后记忆'……"

"……"

"那种恐惧真是吓人,就算是现在,一定也很吓人。每天渐渐失去其他的记忆,相对的,这些'恐怖记忆'就好像被熬煮得越来越浓稠、越来越厚密。然后,被熬煮到不能再浓的这些'恐怖记忆'……该怎么说呢……如果它们超越了界限,没有办法乖乖待在那个人的身体里,终于跑到外面的世界来了呢?如果它——如果'切割孩子的无脸杀人鬼'这个观念,对现实世界发挥它的'力量',那会怎么样呢?"

唯一脸惊愕,歪着头说:"什么啊,你这样想是认真的吗?"

"你一定觉得很不现实、很不科学吧?"

我认真地反问她:

"的确是很不科学的想法。我也知道这实在很荒谬,不过,我就是忍不住会有这个想法。它从我妈身体内跑出来,说不定并没有一个实际的形体；说不定它就是过度恐怖所产生出来的'观念的化身'。不过，假设逮捕到的那个嫌犯，在精神上原本就有某些偏差状态，而它对那个人的精神造成了某种影响呢？"

"你的意思是说，实际上下手的是那个男的，不过真正的犯人是那个'观念的化身'？"唯说罢，又歪着头问，"真的？真的很荒谬，也太牵强了。又不是三流的恐怖片，现实生活中怎么可能发生这种事呢？"

"——是吗？"

"当然啊！你真的有问题耶，波多野。"

"我也知道自己说的话不合情理。用一般常识来看，这种事绝对不可能发生，一点也没错。我都知道，我心里都清楚。可是，我还是……"

我双手抱着头，整张脸贴在桌上。因为醉意而暖和起来的身体，现在又急速陷入一股冰冷的感觉。我的手臂、肩膀和膝盖，都开始微微抖动。我很想阻止这种震动，却怎么也停不下来。

"我很害怕，总觉得它……受到它影响的某个人、某种东西，这次会来攻击我。我也害怕，说不定自己会受到它的影响，被它附身。像这样认真想着这些既不科学又荒谬的假设，还真害怕，这种精神状态也让我自己害怕。我上星期在补习班的教室里看到那家伙了，前天也看到听到一些奇怪的东西。啊，所以我……我……"

8

身体一旦开始冷却,体温就这么顺势往下滑,冷到了谷底,最后是不是会成为永远不会融化的冰块呢?抱着这种荒唐无稽的预感,我依旧趴在桌上发着抖。我昏暗狭隘的心又更加昏暗、更加狭隘了,我的情感和思考慢慢失去弹性,固定成一种扭曲的形状……

我承受不了了、我不行了、我受够了,就在我想这么叫喊出声的时候……

"没事的。"

我听到一个声音对我轻声说道。

"没事的,波多野。"

比我皮肤温度更高的指尖轻触着我紧抱着头部的双手。

"现在的情况也许朝不太好的方向发展,不过,你既然能告诉我这么多,一定没事的。"

指尖从我的手、我的头部抽离。我慢慢抬起头来。然后……

我和唯四目相望。在我眼中,当她还是我小学同学时候的脸孔和现在面前长大成人已经变了样子的脸孔,模糊地重叠着。

"你平常很少喝酒吧,才喝这么一点就醉成这个样子。"

唯的指尖从我已经停止发抖的手上移开,对我说。

"你要不要去接受一次心理咨询?我认识很好的咨询师,可以帮你介绍。"

我不说话,微微地摇了摇头。

"你不想去我也不勉强。嗯。那……"

唯将双肘杵在桌子上,食指交叉,放在尖细的下颚下。

"你刚刚说了一大堆自暴自弃的话,其实,波多野你自己也觉得'不对'。其实,事情不是这样的,是吗?"

"……"

"你一定也有想回研究室的念头吧!"

听她这么说,我忍不住发出"啊"的一声。

"——不,我没有想过。"

"你一定有想过,否则,既然你真的觉得一切都很荒谬、很无所谓,想要放弃一切的话,何必休学呢?干脆退学就好啦!一定是因为心里觉得有一天会回去、想要回去,才会休学的吧!不是这样吗?"

听到她这么分析,我也第一次察觉到——我想应该是的。或许就像她所说的,虽然讲出这么多悲观的大道理,结果,在我心灵深处还是希望相信自己身上没有问题,努力想相信自己没事。真的是这样吗?

"停下来,只会让事情更糟。"

唯说着。在她的表情里,看不出一点疑虑、猜忌、厌恶或惶恐。她的眼光笔直地看着我,但说话的样子好像并不特别费力。

"心里如果有不安或担心的事情,一定要尽量行动,这是我自己的想法啦!应该说,这是根据我目前为止不多的经验所决定的方针。"

"——行动?"

"停着不动,就什么都不能解决,对吧? 与其不去行动光是想这想那的,不如先找些能做的事。如果有悬在心上的问题,就尽量开始试着采取行动,说不定有助于解决问题。"

"——可是,我也不知道该从什么地方开始行动。"

"无从动起?"

"——应该是。"

"没有那回事。"

"——真的没有头绪啊!"

应该怎么做才好? 应该朝哪个方向、怎么行动才好?

"从我今天听到的内容来看,"唯将手肘从桌子上提起,挺直背脊说,"我想,应该先到那个小镇去看看。"

"那个小镇? 你是说我们以前住过的地方?"

"没错。到那里去找线索。"

"线索?"

"去找有关伯母诞生的故乡在哪里的线索。要是不回去,就一点办法也没有了吧?"

"——也许吧!"

"养育伯母的双亲,他们现在……"

"柳家的外婆很久以前就过世了。"

我慢慢卷回记忆的线轴。最后一次见到外祖父母,已经是十多年前的事了吧,他们的身影浮现在我脑海里,就像一张陈旧的彩色照片褪色的影像一样。

"自从搬到东京来以后,和柳家就不太常联络……祖母的葬礼,我记得只有我妈去参加。骏一哥就不用说了,连我和水那子也几乎没有和他们联络。"

"那,如果去问还在世的外公,说不定有希望,他应该会知道伯母的亲生父母住在哪里。"

"——嗯。"

打电话问当然也是个方法,但这种重要的事,还是亲自见面问比较好吧!我想。

"如果知道伯母的故乡和老家,下一步就是到那里去。这样一来,就可以确定伯母的妈妈是怎么死的了,对吧?"

"嗯……"

若林副教授也说过。母亲的亲生母亲是怎么"痴呆而死"的,必须弄清楚这个事实才行。虽然心知肚明,但我到目前为止,一直都懒得去查明真相。

如果确认了母亲的亲生母亲也是白发痴呆患者这个事实,那我自己遗传到这个病的几率就从四分之一跳升到了二分之一。一想到如果这已经确定成为不争的事实,就有一种说不出的恐惧,所以我……

"说不定,在那里还可以找到以前伯母遇到的那个事件的线索。"

唯就像拉着踌躇踱步的我,迅速明快地说着。

"搞不清楚状况的状态,是最糟糕的。心里的'不安'都是来自于'不清楚',很多时候,只要稍微弄清楚真相,就会变得轻松很多了,就算是不好的结果也一样。如果真是那样,到时候再想想具体的解决方法就是了,对吧?"

"——也许吧。"

"那,我看……"唯瞄了一下自己的手表。

"今天是十八号,那就……可能要到下星期的后半了,就定在那个时候如何?"

她突然劈头这么一问,让我阵脚大乱。

"打工的工作应该可以请假吧?我这边最好是连着周末,工作上比较方便。"

"等一下,蓝川,你的意思是说……"

"我跟你一起去啊。"

唯露出她悠哉自然的笑容说道。"红毛的小老鼠。"上个月见到她时浮现的印象,这时又忽然出现。

"好久没回去了,我也想去看看那个小镇。怎么样?走吧?"

看着不知该如何回答的我,唯用无可奈何的眼光瞪着我,这么说道。

"我跟以前一样,就是放心不下你。"

II

第七章

1

小时候,那是一个夏末的午后吧!父亲、母亲还有我,三个人走在海边的小径上,附近看不到其他人的身影。小径沿着和缓弯曲的海岸延伸,那遥远彼端几乎看不见的地方,我曾经以为那里就是世界的尽头。飘摇着微微波浪的海水颜色,是万里晴空般的蔚蓝。以水平线为界,填满上方的天空颜色,是仿佛平静海水般的蓝色。这两种蓝在我看来,都是深沉却没有一丝阴影的,非常特别的颜色。

"天空里一定也像海一样,有很多很多水吧!"

对于我这无心的一问,记得那时候,母亲只是静静地微笑,什么都没有回答。

海潮的气息让我觉得神清气爽,我来回比较了大海和天空的样子好几次,又继续说道:"所以天空才会下雨啊,云就是'天上的波浪'吧!"

我记得,在一旁的父亲看着微笑的母亲,脸上也带着同样的微笑。为什么我们三个人会那样在海边小径散步,我已经记不清前后的情形了。

犹如万里晴空般的海洋,仿佛平静海水般的天空。

就像重现了小时候那个下午的画面一样,深沉却没有一丝阴影的一大片蓝色突然出现在前方,那一瞬间,就像是已经冷却凝固的内心,突然抽痛了一下,这种意料之外的感觉让我不知所措。当时唯驾驶的 Barchetta 穿过长长的隧道,奔下一道陡急的坡道,视野正逐渐开阔。

车子终于驶上海岸线。

初秋的蓝天里,只挂着几朵像棉花糖般的白云。蓝色大海在天空下方摇动,无数浪头的白沫,看起来就像是"海上的云朵"一样。

我后来才知道,天空和大海的颜色看来这么相似,其实是很不常见的。这么说来,这算是出生的故乡这块土地上的大自然,对久未归乡的游子表示欢迎之意吗?一种也许并不适合现在的甜蜜感伤填满了我的胸口。

十几年不见的故乡的大海,完全看不出岁月带来任何变化。我不想仅仅用一句"令人怀念"来带过这一切,心里充满了复杂的感慨。那是一股自惭形秽、无从排遣的感觉,同时又是那么悲哀,让人想逃开。我竟然变了,竟然变了这么多。

"变得好不一样哦。"

我听到唯这句话,忍不住"啊?"地歪过头去,望向她坐在驾驶座上握着方向盘的侧脸。

"这条国道以前又窄又弯的,沿路连一间店都没有。"

红色头发被窗户吹进来的风翻动飘扬,唯一边说话,一边把视线移向我这边。

"你看那边,不是盖了很多房子吗?以前那边完全没有住家吧!"

"啊……是吗?"

我把双手枕在头后,深深地吸了一口气,胀起薄瘦的胸膛。

"你以前在这里待到什么时候啊?"我问道。

"到初中。"

唯稍微调高汽车音响的音量,回答我。

"升上高中那年,我爸爸下了很大的决心辞掉当地公司的工作,在东京找到工作搬过去。"

"所以,差不多隔了十年?"

"是啊。我家在这里也没什么亲戚。"

"小学、初中的朋友呢?"

"后来还有一两个人会继续互相写写贺年卡。很奇怪吧!我以前应该有不少'好朋友'的。"

从我在高田马场的住处出发,已经过了五个多小时。中间虽然休息过几次、但始终是一个人开车的唯,脸上不太看得出疲倦的神色。反而是我,一路来,不过只是坐在前座看着窗外,一不小心还会打起瞌睡,却疲乏地觉得好像已经快要过完一整天。

汽车音响放出来的音乐,都是我听了名字也没有印象的国内地下乐团作品。以痉挛般的速度连珠炮似的发出片段的偏激字词,或是衬着奇怪的慢拍子的钢琴说出的古怪独白,又或者类似一九七〇年代摇滚扭曲旋律的猜想曲……这些音乐,看来都是唯的偏好。无论是哪一种,对我来说,听起来都是没有意义的噪音,但是我也没有资格抱怨什么,只好安静地听下去。

车子顺畅地驶在沿海的国道上。

不久之后,前方出现了一座白色桥身,那是跨过镇外小河的桥,我马上注意到,这和我记忆中的那座桥明显不同。

"这座桥也翻新了啊！真的变了好多哦!"唯也说出一样的感想。

"你还记得到外公家的路吗?"

"路我倒还记得。"我一边回答,一边慢慢在脑中翻开陈旧的地图。地图上有两个晦暗的光点,是我家住的房子和柳家外公外婆的住处。

很好,我没忘记。我的记忆还很正常。啊,我又开始这样说服自己。这种应付眼下的不安镇静法,好像已经变成一种习惯了。

"街道的样子有点改变,不过应该不至于找不到。"

"知道了。我相信你。"

唯瞥了一眼仪表板上的时钟,踩下油门。

"我们花的时间比预计的长了点,不过总算安全到达了。接下来怎么办？先找个咖啡厅休息一下吧!"

2

九月二十四日,星期五。

这天早上,我被唯的电话叫醒。手机放肆地发出平常几乎不会听到的来电铃声,困倦的身体不得不离开床上。

……对了。结果是今天啊?结果还是非去不可吗?

"嗨!波多野。你醒了吗?醒了没?"

从拿起的银色手机里,传出唯清楚响亮的声音。

"我再过十五分钟就到你那里了,快点准备出门哦!听到了没?"

唯叮咛完了之后,听到我回答"嗯",才挂上电话,但是我仍然无法积极"行动"。过了十五分钟,唯来到我家门前时,我还是穿着一身皱巴巴的睡衣,抱膝窝在房间的一角。

上个星期六,我们两个去探望母亲后,依照当时谈话的方向,照理来说,我应该已经下定决心采取"行动"了。那天晚上,和唯道别回到房间,顺着醉意进入梦乡之前,好歹也算是确定了这个方向,然而……

过了一天,又过了一天,随着时间的推移,应该相当坚定的心意,却相当轻松地瓦解了。

这段时间并没有发生什么特殊的事件。新的一星期开始,我又到补习班去打工,像平常一样上班,像平常一样对待学生,像平常一样一个人回家……做着这些千篇一律的事。或许就是因为这样,一时高昂的情绪才会完全冷却下来。而且,就好像对那个星期六晚上唯在身后用力驱策的反动一样,整个人的力气急速地减退……

"都无所谓了。"至少在前天,也就是星期三的晚上,这是我心里再诚实不过的声音。

那天,我也在补习班教那个小学生班级。"不见了"的男孩岛浦充依然没有出现。学生们依然对此表现得漠不关心。除了岛浦以外,上星期还有两个孩子连续缺席。

——消失不就成了。

我心里非常在意这件事,但是问学生也问不出个所以然,所以只好作罢。

——其实你是知道的吧!

那家伙不再像上次一样出现在教室里,但我还是像惊弓之鸟一样,不断担心回家的路上会不会看到什么、听到什么奇怪的东西。终于进到自己的房间时,心头总是袭上一股无力感,认真考虑是不是要辞掉这间补习班的工作,而且……

"都无所谓了。"我发现自己一个人低声吐出这句话来。

都无所谓了。母亲的亲生母亲到底是如何痴呆而死的,都无所谓了。我的身体里面到底有没有白发痴呆的致病基因,都无所谓了。不管我最后是不是会得到那种怪病,都无所谓了。会怎么样就怎么样吧……

"二十四号出发哦!"就在同一天的晚上,唯告诉我出发日期时,正好就是我陷入这种状态的时候。她计划利用二十三号秋分休假那天处理好手边的工作,这样隔天就可以休假了。

"你不用太勉强,不去也没关系的。"我记得自己是这么不干不脆暧昧回答她的。但是唯不容我反悔,已经决定好了行程。

"我们后天出发,就是星期五早上。本来想搭火车去的,但想想,还是开我的车去比较方便。反正我已经习惯长途开车了,一个人开也没什么问题。天气预报说周末是个大晴天哦,这趟车程一定很愉快。你外公那边当天没问题吧?明天要记得告诉他我们的计划,问问他方不方便。知道了吧?"

够了,我不想"行动"了——这句话,我实在说不出口。不,应该说,我连说的力气都没有。

唯昨天晚上又来了一通确认的电话。

"我去接你之前会打一通电话。你睡觉时也不要转到语音信箱去,记得手机电源要开着。"

听到她这么交代,果然,这时候怎么也说不出自己想放弃的话,只能敷衍地答了声:"哦……"

"怎么了?波多野。你到底想不想出门?"打开门,看到我一身睡衣的样子,唯一脸惊讶地看着我。

"——其实,不怎么想。"

我用有气无力的声音回答她。

"对不起,还让你特地安排……"

"为什么?都已经到这个地步了。"

她走向低着头的我，从身旁窥视我的脸。

"你害怕吗？"

唯问着。

"你怕去调查这些事之后，会知道事情的真相？"

"啊啊……不……"

我慢慢摇着头，想逃避她的视线。

"已经都无所谓了，随便它吧。"

"你在说什么梦话啊，怎么可能无所谓呢？"

"没关系了，真的。"

"喂！波多野！"

"我身体很累，不太想动，连一点力气都没有。"

"你在说什么啊！"唯突然举起右手，按在我的额头上，"没有发烧。你乖乖坐在前座就好了，根本不需要动。你说没有力气，那就让我来想办法。"

"可是……"

"你这样是不行的，波多野。"唯认真地直瞪着我，"你这样，只是在逃避而已。"

"……"

"我上次不是说过了吗？停下来不动只会让事情更糟而已，你当时不是也同意了吗？"

"啊……嗯。"

"继续这样下去，波多野，你真的会完蛋的。看你是要现在和我一起出发，还是去找专门的咨询师？你选一个吧。"

停下来不动只会让事情更糟——没错,一点也没错。这个道理我了解,完全了解。面对面听到这一番教训,我总算能够重新提起精神。

"快点,先换好衣服再说。接着我们得尽快出发!"唯显然是将我的沉默解读为选择前者,她一派轻松地催促着我。

"——我……旅行的行李什么的,都没有准备啊!"我小心翼翼地说着。

"随便整理一下就行了啦!不够之后再买就好了。不过,别忘记钱包和手机。好了,快点动起来动起来!"她爽朗一笑。

就这样,我这天的"行动"终于开始了。我带着一个几乎什么也没装的小背包,钻进唯 Barchetta 的前座时,记得是早上十点多。

3

"你已经告诉外公今天要过去的事了吧?"

离开严重塞车的市区,Barchetta 终于开始奔驰得像部跑车,唯轻念了声"对了"转头向我确认。呆滞地望着飞逝景色的我,靠在车门上的肩膀突然移开。

"啊,这个……那是……"我语无伦次地拼凑回答的字句。

"你该不会没有联络吧?"

"我……那个……"

"前天讲电话的时候不是提醒过你了吗……算了,既然没联络,那也没办法。"

唯好像想整理自己的心情般,甩了甩头,接着说道。

"你好像说过,打过一次电话过去,是吗?"

"——嗯。我在电话里告诉他们,最近可能会过去,对方说随时都欢迎,我想应该没问题吧。"

"要是有问题就麻烦啦。"

唯"呼"的叹了口气,打开驾驶座的窗户,猛的调高了汽车音响的音量。

那是五天前,十九号的星期天。

趁着前一天晚上的高昂情绪还没有降低,我翻出旧笔记本和电话簿,找到了柳家的电话号码。我的常识告诉我,事前应该要先和对方联络，于是当天下午马上就拨了电话过去，接电话的是和外公同住的舅舅，那声音是我依稀还有印象的圆润的男中音。

"喂，好久不见了。我是波多野千鹤的儿子，森吾。"

我畏畏缩缩地报上自己的名字，舅舅——他的名字叫要一郎——在话筒那一头大声地说了声："哦哦！森吾？是你啊，森吾。哎呀，已经好久没有看到你了，最近好吗？"

舅舅比母亲小两三岁，所以现在应该是四十七八岁。在我的记忆中，他嘴边长满茂密的胡须，总让人联想到松狮犬的样子，现在他是不是还留着一嘴同样的胡子呢？

"我听你妈说，你好像在研究所做一些很难的研究啊，要记得多锻炼身体啊！"

"啊……好的。"

"现在还骑摩托车吗？有空的话，偶尔骑车旅行过来玩玩也好啊！"

对了，我记得要一郎舅舅在五年八个月前父亲猝死时，曾经来参加过葬礼。当时虽然打过招呼，但应该没能好好说上话，不过他好像听旁人说过我骑车的事，还对我说起他自己以前也爱玩车，玩到可以加个"狂"字，有过好几辆车。

我这个不懂人情世故的外甥，几乎长年没有跟他联络，突然之间打来一通电话，舅舅的反应让我格外感到温暖。我的紧张也稍微减轻了一些，但还是不知道该如何切入话题，我心里正在犹豫着。

"你妈还好吗？"

舅舅这么问着,更加深了我的犹豫,同时心口也隐隐作痛。母亲发病住院的事,舅舅完全不知道。这是当然,我和水那子还有骏一,都没有把这件事告诉外公或舅舅。

这是作为当事人的母亲自己的意思。去年底开始住院时,她凭着当时仅存的一点理性告诉我们,不要把生病的事情告诉柳家,她不想让他们多操心。我想,在她心里面,对事实上没有血缘关系的家人,多少还是有一些消除不去的顾忌吧——我自己这么暗自猜想。

"——怎么了?"

应该是感觉到我的欲言又止,要一郎舅舅稍微调低了声调问我。

"怎么了,森吾。你是不是有什么困难呢?"

"其实……"

话说了一半,我将话筒继续压住耳朵,慢慢地深呼吸。

"其实,我有一些事想当面问问外公。"

"问老爸?这么突然?是怎么了?"

"这个……总之,我想过去拜访一次,当面问他。"

"——嗯。"

或许是察觉到了什么,舅舅没有继续追问下去。

"没问题,随时欢迎你来。"他答道。

我心里放下一块大石头,继续问他:"呃,如果这个周末左右过去拜访你们,方便吗?"

"哦哦,当然没问题。老爸也快八十了,现在身体老是这里病那里痛的,听到东京的外孙要来玩,说不定会有精神一点。什么时候都没关系,随时欢迎你来啊!"
　　母亲其实是柳家收养的养女,这件事,身为她弟弟的舅舅到底知不知道呢?谈话的时候我一直很在意,但终究还是没能在那时候问出口。

4

中午之前,在第一次休息时停留的路旁餐馆里,我在唯的催促之下打了电话到柳家。电话号码抄在新的笔记本上,幸好我还记得把那本笔记本放进小背包的袋子里。

我握着不惯用的手机,按错了好几次按键。唯看着我的样子说:"你平常真的不用手机耶!"她讶异地眯着眼。

接电话的是舅舅要一郎的儿子,名叫雄喜,是小我五六岁的表弟。这十几年来,我们一次都没见过,我只记得他小时候的长相。当然,声音也是,所以一开始听到他的声音,我还稍微愣了一下,心想到底是谁。

"……啊,嗯。我听爸爸说了,你是今天来吗?"

我把事情说明了一遍后,雄喜并没有显得特别讶异,告诉了我柳家今天的状况。

"我爸爸出门工作了,大概要晚上才会回来。爷爷今天傍晚好像到附近参加聚会,也是天黑后才回来。我下午也会出门……对了,我妈她说,欢迎你早点过来。"

"那,这样好了,我晚上过去拜访,尽量不会太晚……大致是这样,没问题吧?"

"我想没什么问题的。我爸和爷爷都很期待你来。前一阵子嘴上就一直说,森吾要来玩了。"

"这样吗? 那,我们晚上见……"

在一旁听着我们对话的唯,轻轻发出了一声安心的叹息声。

挂断电话后,我背向唯,手指插在牛仔裤的前口袋里,仰头向上看。眼前是一片无云的明亮晴空,而我的心情却依然那么苦闷、沉重。实际上,如果可以,我立刻就想逃回家去,这念头现在仍然占据我心里若干分之一的空间。

第八章

1

"……那么,不是就在这附近吗?"

"很近啊!就在公营游泳池前面的坡道上去……"

"啊,我知道了。原来是那里啊……"

"没错,就在小学上学路线的旁边……"

"是前天晚上吗?"

"听说是啊!"

"然后呢,那个小孩……"

"你没看新闻吗?"

隔了一张桌子,断断续续听到邻座这样的对话。这种喊喳耳语要是不刻意仔细听,就会听不清楚。

"……好残忍,怎么做得出这种事……"

"我弟弟说他看到了,他说秋千上还有痕迹。"

"痕迹?你是说血吗?"

"对啊!还有血迹附着在上面,所以现在禁止使用秋千……"

"……好可怕。"

"很可怕吧。"

声音的主人来自两个年轻女客人,看起来像是当地的女大学生或是专校生。

"最近发生好多这种事件哦。"

"真的耶。"

"东京也是啊,你看,前一阵子不是闹得很大吗?"

"已经抓到犯人了,不是吗?"

"嗯,很怪吧,那家伙。"

"就是啊,超怪异的。"

"听说他自己也不知道为什么会那样做,就好像脑袋里有一支特别的手机,被某个人打电话来命令他做一样。那叫什么啊?这种危险的……叫作……"

"……电波?"

"啊,没错,就是这个。那种事件要是发生了一件,之后就会到处出现类似的家伙……"

……到底在说什么?到底是什么"事件"在"这附近"发生了呢?

我忍住胸口涌起的不安骚动,将嘴上叼着的香烟点火。

在冉冉升起的紫烟之间,有一瞬间……

——其实你是知道的吧。

摇晃着被残忍撕裂、浑身是血的男孩脸孔。

——是吧,大哥哥?

啊啊,这是那时的……

用力摇着头,我用微微颤抖的手拿起冰冷的杯子,不用吸管直接让里面的姜汁汽水滑入喉咙。

对面的位子上没有唯的身影。她点的蛋糕和冰红茶,动都没动,还放在桌子上。

"……我觉得,下次还会在这附近发生事件。"

"不要吧,真是的。"

"听说没有找到目击者,抓到犯人之前,不知道还会有几个人牺牲……"

"别再说了,不要吓我。"

"我们没关系的啦,下次被盯上的,一定还是小孩子。"

"是吗?你怎么知道他不会改变心意?反正那个犯人的脑筋不太正常不是吗……"

"啊,你还真的被吓到啦?"

……不行,别再听下去了,我不想听。我不想在这里,听到这种话题。

我把抽了一半的香烟放进烟灰缸,用双手掩住耳朵。我仿佛听到了不同于女客人的喊喳耳语,不可能出现在这里的声音。

——是蝗虫。

不知从哪里传来,我慌张地在店里张望。

——是蝗虫在飞的声音。

站在收银台旁的女服务生一脸讶异地偷偷看着我。我尽量让自己平静下来,但还是依旧用两手盖着耳朵,将视线移到窗外。

这里是一间开在国道旁的咖啡厅。简朴的木屋式建筑和不时兴的乡村风格及西部风格很搭。店门前宽阔的停车场上,停着我们的 Barchetta。这是一间和开在旁边的便利商店共用的停车场。那间便利商店现在已经是经常能看到的全国连锁店,不过我记得从前住在这个小镇时,这里还没有这间店。

还不到下午四点,天空还保持着一样的蔚蓝。多希望可以将这洒落下来的炫目阳光稍微放进我昏暗狭隘的心里去。

我突然诚心希望这个想法能够成真。虽然现在想这些也毫无意义……说不定已经来不及了。不管我再怎么发慌挣扎，反正……

突然间……

眼前的风景有若干分之一，就好像哪里被关掉了开关一样，暗了下来。飘过来的云影遮住了太阳，在地面上投下大大的阴影。配合着云的动向，将风景划为明暗两边的分界线也慢慢移动。仔细看着，那律动似乎带着某种神秘感，又好像会带来莫名的恐怖。

阴影终于吞噬了整座停车场。唯的那辆 Barchetta 的颜色，和上一刻看来像是感觉全然不同的色调。

我抬头望向天空，于是……

遮住阳光的薄灰色云朵，这时的样子看起来格外奇怪。它的形状每秒每刻都在变化，如果只是被风吹动，这变化也未免太不自然了。总觉得，有说不出的异样，十分不平常。

这，这些云……

它们并不是被风吹动。难道，是靠自己的力量在移动的吗？

我屏住了呼吸，将脸贴近窗边玻璃，竭尽全力凝神看着。于是，我看清楚了，那并不是云，那是……啊，果然如此。那些细小的东西，许许多多。那些细小黝黑的东西，许许多多。那些细小黝黑在蠢动的东西，许许多多……

——是蝗虫。

是一群蝗虫，那是几千只、几万只，不，应该有更多……数也数不清的大批蝗虫成群飞着。就像云一样……

——是蝗虫。

忍不住就要叫出声来。

——是蝗虫在飞的声音。

有无数可憎的蝗虫翅膀声音,现在正在我的上空盘旋。我拼命想阻止那声音穿透玻璃。捂着耳朵的双手使劲到发疼,我趴在桌上,全身不住地颤抖,心脏的跳动加速,呼吸紊乱。我趴下来,用力地摇着头。渗着黏汗的额头紧贴着桌子。在我死命闭上的眼睑内侧,袭来一阵血色,那是好似烂熟的柳橙和苹果缠绕交融般的……

——那就是人的血的颜色。

……啊,妈,那家伙来了,他追我追到这里来了。

——那就是人的血。

妈,那家伙来了。从你记忆里满溢出来的"恐怖",就快要到这里来了。这一次,他一定是要来切碎我的身体。

我死了半条心,将手拿开耳朵。

"那个人在做什么啊?"

我听到的不是精灵蝗虫的翅膀声,而是两个女客人一边窥视着我一边惶恐地低声交谈的声音。

"从刚刚开始就有点奇怪。"

"该不会是……电波……"

"嘘!……我们走吧。"

"好……"

2

和离开的两人擦身而过,唯回到了店里。

她的一身打扮仿佛刻意搭配爱车的颜色,暗橘色衬衫加上牛仔夹克、黑色皮裤,还是跟平常一样,看起来有模有样,甚至有点讨人厌。或许跟她纤细修长、比较偏向中性的体型也有关系。

她手上除了自己的包包,还拎着一个白色塑胶袋,原来是到隔壁的便利商店去买东西了。

"久等了!"

一坐到桌前,唯就将吸管插入冰红茶的玻璃杯里。

"怎么样啊?"她问我,"是不是稍微有点力气了啊?"

我什么也没回答,余悸犹存地望向窗外。我抬头看看蓝天里飘着的云朵,确认了那的确是云,没错,才暗暗放下了心。

"没事吧?波多野?"唯担心地侧着头,看着我害怕的脸,"你不舒服吗?是不是因为坐太久的车,太累了?"

"没有……"我低着头,含糊地回答她。

我决定绝对不要说出刚刚看到大批蝗虫的事,反正那一定也只是因为我精神不安定而产生的幻觉。

我清了清喉咙,伸手去拿烟盒,里面已经空了,于是唯将放在她身旁的便利商店购物袋放到桌子上。

"香烟我也买了。Caster Mild 对吧?"

"啊……嗯。"

"我随便买了一些需要的东西。"

"——真是不好意思。"

"还缺不缺什么东西啊？你检查看看。"

我把袋子拉到手边，听她的话确认东西。牙刷组、刮胡刀、梳子、毛巾、手帕……连换洗内衣和袜子都有。

"我刚刚打了电话，订好今晚住的地方。不过是便宜的商务旅馆，我想用品应该不太齐全。"

"……"

"而且，说不定你会住在外公家吧，所以我想还是准备充分一点比较好。"

实在不用设想这么周到的……这时候我真痛恨自己的不中用。

"我不知道你内衣的尺寸和喜欢的款式，就随便挑了，但总比没得换好吧。啊，还有这个。"

唯稍微前倾身子，望进我手边的袋口。

"还有一台携带式照相机，那个你拿着。"

"携带式照相机？"

正式的一般名称，我记得是"附镜头式底片"。零件可以回收使用，所以才不叫"抛弃式"，而称为"携带式"吧。

"本来想带我的相机，结果忘了。"

"为什么？"

"我想拍几张伯母老家的照片。"

"为什么？"

我又重复问她。

"拍那些照片做什么?"

"我想,可以拿去给伯母看看。"

"……"

"说不定可以给她一点刺激,多多少少对病情会有帮助啊……"

原来如此,原来是这么回事。

唯的心情我可以理解,也很感谢她这么费心,但是另一方面,我心里也希望她不要插手管太多。我当然十分清楚,这种焦躁、不耐,都来自于自己的任性。

唯开始吃着她称为"能量补给"的蛋糕。我在这期间,不时望向窗外,确认上空的云朵有没有奇怪的动作,持续着闭塞的沉默。终于,唯吞下她的"能量补给",拿起餐巾擦了擦嘴边。

"好,接下来……"

她一边看着手表。

"还有不少时间嘛。你刚刚说尽量不会太晚的时候去外公家,对吧?"

"啊,是啊。"

"那,在那之前陪我去走走吧。"

"——去哪?"

"好久没回来了……机会难得,我们去逛逛一些老地方吧。"

3

越来越多的城市人口由以往的中心逐渐向周围的新兴住宅区流动，这就是所谓的"甜甜圈化现象"，这个小镇也不例外。从前我和唯所住的，是靠小镇西郊的山手地区，我记得那附近的田地农园逐年消失，慢慢改建成新的住宅。

打开 Barchetta 的车篷，我们凭借着儿时的记忆，朝着度过孩提时光的地方驶去。

在穿过的街道中，只要发现哪个地方留有当年的风貌，就会浮起一股既高兴又惆怅的感觉，令心口一痛。不过，让我们感叹"变化好大"的地方也的确不少，这些又以另一种形式让我们心痛。越接近从前的生活圈，这两者之间的冲突就越频繁。

那家店不见了，这里新盖了大楼……唯只要看到什么，就会感慨良多地说着。有些变化我也感觉到了，也有些地方并没有多大印象。唯比我在这块土地上多待了四年之久，这段落差当然会带来不同的反应。

我们到达以前读的小学正门前时，我忍不住发出"哦哦……"的惊叹声。虽然事先有心理准备，但没想到现在和当时的样貌真的完全不同。

记忆中的木造校舍已经被拆毁，改建成钢筋水泥四层楼高的新校舍。进门之后，我记得以前是一片草地，草地上有养鲤鱼、金鱼的小池子和百叶箱，现在也变成铺着柏油的停车场。还有一栋全新的体育馆。虽然已经过了傍晚放学时间,不过附近完全看不到小孩的身影,倒是零零星星有几个朝校内走来的大人。近年来由于少子化①使得儿童人数减少,学校设施开放给地区居民使用的趋势越来越普遍,这也是其中一环吧。

我在这里上学的时候,学校里有哪些老师呢？我努力地回想,却想不起任何一个人的脸孔或者名字。但我知道,这些记忆并不是最近才失去的。所以,没错,不需要害怕。

早在更久以前……升上六年级之前,在我离开这个学校不久后,我就已经忘记这间学校老师的长相和名字了。这种话说出来别人或许会觉得不解,但对当时的我来说,他们是一群存在与不存在根本无所谓,或者,最好不要存在的大人——我想自己或许就是这么想的。

"波多野,你记得这里吗？我以前住的地方。"

唯一边说着,一边在一片住宅区前停下了车。这个地方距离学校小孩步行大约二十分钟左右,盖了几栋老旧的钢筋水泥公寓。

"最边上那间,A栋三楼。"

"我去你家玩过吗？"

"只有到门口。"

"你没让我进去啊？"

"因为我家很小,而且我爱面子的程度可不输人哦……真是讨厌的小孩。"

说着这话的唯的脸上,有一股少有的自嘲神色。

---

① 指生育率下降、造成幼儿人口逐渐减少的社会现象。

"我家里没有妈妈也没有兄弟姐妹,爸爸因为工作关系也回来得晚,就是所谓的钥匙儿童啦!所以我以前一直很羡慕波多野家,非常羡慕。"

距离唯住的公寓大约小孩子步行十分钟左右,就是我以前的家。调到这个小镇分店的父亲认识了母亲,再婚时租下这里当做新家,虽然不大,但好歹是一栋朝南有庭院的木结构二层楼建筑。

通往我家的路上的风景,也确实和当时不一样了。慢慢开着车的唯,到了这里之后竟然异常沉默。在她心里,一定交错着对过去记忆的种种心境吧。不知为什么,这时候的我,竟然能有余力观察到这一点……

不久之后,我马上知道从前我住的地方已经不再是从前的那个地方了。从前的左邻右舍也已经不存在。这附近的整块区域,盖着一栋近几年来新建的时髦公寓。

——那就是上弦月。

我想起母亲在二楼窗边这样告诉我,又陷入了复杂的感慨之中。

——从现在开始会慢慢变圆,然后变成满月。

还有紫云英盛开的那个田园。

——那就是紫云英。

——为了当作田园的肥料,才播下种子的。

还有远处那一片油菜花田。

——你看,到处都开满了好多黄色的花呢!

现在,一定都不存在了。不需要再到附近寻找,我心中如此确信着。

4

　　时间飞快地流逝,一回神,我们已经身在暮色之中。确认了时间,已经快到下午六点了,唯让 Barchetta 驶向流过这个地区的大河旁,看来她一开始就决定要到这里来。

　　我们顺着堤防上的道路,朝下游前进。

　　映着夕阳的天空,映着夕阳的河水,映着夕阳的城镇……染成一片暗红色的风景那头,已经可以嗅出一点夜晚的气息。这些屋舍看起来就像惧怕着最阴暗、最冰冷的黑暗记忆,屏气凝神地互相紧紧依靠。

　　河边远远那头,隐约可以看见一座轮廓特别的大型建筑物阴影,那是……

　　以前就已经存在的 S＊＊化妆品工厂。虽然不知道实际上生产过哪些产品,不过还记得我们擅自叫它"香水工厂"。

　　"我们以前都叫它香水工厂,对吧?"

　　看来我们正在想着同样的事情,唯说着。

　　"原来还在啊。我搬走的时候,听说那里快要关厂了。"

　　"那么,现在是废弃的工厂?"

　　"应该是找不到买主,就这样放着吧!"

　　又走了一会儿,唯发现一条从河堤走下河边草原的路,开始慢慢转过去。下车的地方设有铺着水泥地的停车空间,现在只停着几台自行车。

一关掉引擎,就能听到许多声音。吹过河边草原的风和草木的窸窣声、河流的水声、蚤斯或蟋蟀的叫声,远处还有茅蜩的叫声。孩子们的嬉闹声不知从哪里传来,也夹杂在这些声音之中。

环顾了一下四周,稍远一点的地方有个小运动场。那里有几个孩子在玩,看起来像是传接球。

"以前我们一起来过这里,记得吗?"解开安全带、大大伸个懒腰后的唯说道,"两个人骑着自行车,一起远征到这附近来。"

"有这回事吗?"

"怎么可以忘记呢!"

"不……嗯。不过听你这么一说,我好像有点印象。"

"那是四年级升五年级的春假吧,骑着你的自行车,不过是我载着你。那时候也像今天一样,天空布满夕阳余晖,波多野的脸和我的脸都被夕阳照得红红的。"

"——啊……"

"天黑之后,你很想快点回家,可是我硬是把你留下来,还记得吗?"

"——慢慢想起来了。"

"太好了。"

唯好像露出一抹寂寞的微笑,她将座椅往后倾,双手枕在头后方靠着。

"其实,我那时候原本想骑到香水工厂去的。那时候不是有一些传言吗?说那间工厂地下室有一座秘密迷宫,有好几个小孩进去之后就出不来了。如果真有那种地方,我真想去看看。而且,我也想干脆就这样不要回家了。"

"不想回家?"我讶异地看着唯。唯依然靠在椅子里。

"也不知道为什么。"她回答道,"就是想离开到别的地方去。并不是真的想在那个迷宫里迷路,只是不知道为什么,很想去那里。这种感觉你没有过吗?"

"到别的地方去……"

——喂,小朋友。

不知道是什么样的逻辑,我心里又出现了那个狐狸面具,用含糊的声音低沉说着话。

——活着,好玩吗?

"……啊。说不定也有过吧!"

"真的啊,果然是这样。"

"不过,还真叫人意外。"

"意外?"

"原来蓝川也曾经这样想过。"

"我想每个人都有过吧!特别是小时候,还有,你现在不也是一样吗?"

"不,我是……"

……我是?

不只是小时候。那时候,在那之后,还有现在,说不定,我一直都……

"我一直觉得,蓝川你从那时候开始,该怎么说呢,就很懂得怎么去处理许多事情。感觉比我成熟很多。"

"是吗?"

唯稍微看了我一眼,马上又把视线转回去。

"那是因为,很多时候如果不那么做,就没办法好好活下去啊!啊,你看!"

她的声音突然提高,右手直直指向天空。

"你看你看,是飞机!"

我顺着唯手指的方向移动视线,于是看到了在黄昏天空中缓慢移动的小小的红色闪光。

"哦,真的有诶!"

"那是飞机的防撞灯,对吧?"

"嗯。"

"那时候——以前我们一起到这里来的时候,也在天空里看到一样的红光。记得吗?"

"是吗?"

"我记得很清楚,那时候我看着那个红光说:'那是什么啊?'然后波多野就告诉我:'那是飞机的灯光。红色一闪一闪的,就是装在机体上的防撞灯。'……你应该还记得吧?"

"啊,好像记得。"

"后来波多野说的话,我也记得很清楚。你记得吗?"

"呃,这个……"

"你说'飞机真厉害'。还说,'人竟然可以在那么高的地方自由自在地飞哦!'"

唯说到这里停了下来,起身打开驾驶座的门,走到地面上,从车子的前方绕到前座这边来,双肘放在开着窗的门上,凝视着我的侧脸。

"那时候的波多野和平常的你完全不一样,一脸得意的表情,告诉我好多关于飞机的事。你还记得最后你说了什么吗?"

"我说了什么?"

"真是的,自己说过的话要记好啊。"唯苦笑着埋怨我,她伸直了背脊望着天空,说道,"你说:'等我长大以后,要发明没有人看过的新型飞机!'"

"啊……"

听到这里,当时的记忆总算清楚地重现了——没错。我的确说过这些话。

"你一脸认真的样子。我还对你说,你在做什么幼稚的梦啊……明明自己也是同年龄的小孩嘛!我以前真的是很讨人厌的小孩呢!"

"所以啊……"看到我没有任何反应,唯又把双肘放在前座的门上,接着说:

"所以在大学遇到你的时候,我真的很惊讶。"

"惊讶?"

"对啊!听到你说在理工系主修航空力学。"

"哦,原来是这样。"

"原来这个人一直在认真地朝着小时候的梦想前进,所以我吓了一跳,觉得好感动。"

"说感动就太夸张了吧!"

"才不夸张呢!"

唯断然地反驳我,身体离开车门,按着被风吹乱的红色头发,又补上一句:"这种人很少见的。至少,在我身边,目前为止都没见过,所以……"

5

小时候,该是深秋时分吧!我指着夜晚的天空里明灭闪烁的小小红色灯光,问道:"那颗星星叫什么名字啊?"
——那不是星星哦!
我记得,这么告诉我的也是母亲。
——那是飞机。飞机身上的灯一下子亮、一下子暗。
红色的灯继续闪烁,在黑暗的天空里移动,飞过无数颗星星。我一动也不动,一直看着飞机飞过的样子。
"它在那么高的地方飞,不会撞到星星吗?"我记得曾经这么问过。
——要是撞到就糟糕了。不过没关系的,星星都住在更高的地方。
母亲回答着,并且搂紧我的肩头。我们站在当时所住的家里庭院中。为什么我们两人会站在庭院里,前后的状况我已经记不清楚了。
"飞机为什么会飞呢?"我继续问道。
母亲说:"为什么呢?"稍微歪着头。
——应该是因为,有翅膀的关系吧!
"翅膀……像鸟一样?"
——对啊。不过,是比鸟更大的翅膀。
——更大,更坚固,用铁做的翅膀。

母亲回答我的这些话，应该只是随口想起的字句，然而在我听来却仿佛身处梦境。看着又和好几颗星星错身而过，最后从我视野里消失的红色光点，那时在我心里，描绘着什么样的"翅膀"呢？至于为什么又是从什么时候开始这么想的，我却怎么也想不起来。

第九章

1

柳家的位置，概略说来在离小镇中心稍微偏东的地方。我将脑中的旧地图对照着现在的街景，负责引导唯找到目的地，过程并没有当初想的困难。

这个地区还保留着许多旧时的建筑，不过，当然，经过这十几年的时光，有些街道的样貌也完全改变了。几次快要迷路都是因为街景的改变，并不是我的记忆有缺漏。——没错，这才是问题的关键所在。

小巧的门扉后方，是一栋咖啡色墙壁、黑色屋顶的两层楼房。虽然是极其平凡的房屋，但这里的宽敞悠然却是首都地区贩售的住宅所无法比拟的。外观和小时候的记忆大致相同，但也觉得有某些地方不太一样。说不定曾经改建过，毕竟过了这么长一段时间，想想也并不奇怪。

"哦！是森吾啊。等你很久了。"

按了门铃之后，出现在玄关应门的，是把蓝色工作服当家居服穿在身上的要一郎舅舅。他的声音和星期天电话里的一样圆润，用温和慈祥的表情迎接我。

"您好，好久不见了。"

我怯生生地点头行礼。

"呃，真不好意思突然来拜访。嗯，这个，这么晚的时间来打扰……"

再过几分钟就是晚上八点了。

"喂喂,不要这么拘束。大老远的,真辛苦你了。来,先进来再说。"

他的嘴巴周围仍然长着一丛胡子,和父亲葬礼上看到的样子没有太大差别。眼前让我不禁联想到松狮犬的这张脸,多多少少缓和了一些紧张的情绪。

"啊,好。不好意思。"

我还是不改拘谨。

"对了,舅舅,呃……"

"哦?怎么了?"

"其实……"

我还在吞吞吐吐的时候,唯突然从我斜后方走出来。

"晚安。您好。"她和舅舅打招呼。

"哦。你带朋友一起来的啊。"

舅舅一时间好像也有点不知所措,但很快就小声说着:"哦哦。"长满胡须的脸上满是开心的笑容。

"呃,她是蓝川……"

"原来如此啊,原来是这么回事啊,森吾。"

"啊?这么回事……是什么意思?"

"哎呀,你也别害臊了。"

舅舅的脸上的笑容看来越来越高兴。

"原来这就是你突然来看我们的理由啊……嗯,原来如此,是这样啊。"

"啊,请等一等!"

我大概察觉到他产生什么样的误会,连忙摇着双手。

"我和她是小学时在这里念书的同学,偶然在东京巧遇,也就是说……"

"知道了!知道了!"

舅舅豪气地点了头。

"两个人都别客气,先进来,有话慢慢说。"

"打扰了。"

唯站在我身旁,看起来一点都不紧张。

"我是波多野的朋友,应该说是小时候的玩伴吧!我叫蓝川唯。这次因为有点特殊的理由,所以陪他一起回来拜访你们。"

"哦。你叫,蓝川……唯……小姐?"

舅舅似乎用一种不可思议的眼光打量着唯,不过很快又恢复亲切的满脸笑容,对我们招手。

"请进来吧。老爸——你外公也一直在等你,不知道你到底有什么事要问他。我看雄喜应该也快要回来了……"

2

　　我们被领到客厅,放着颇为气派的组合沙发,一间宽敞的西式房间。我记得以前没有这样的房间,一定是最近几年有过较大规模的整修。

　　"欢迎啊,森吾。真的好久不见了。"

　　替我们端来茶水的舅妈也和舅舅一样,以温和慈祥的表情和态度迎接我们。

　　"那位是蓝川小姐。"舅舅看着唯说道,"森吾的……我想两个人应该是男女朋友,或者已经订婚了?"

　　"哎呀,真的啊?"

　　"不是的……"我慌张地摇头,"舅舅,我刚刚也说过了,她是以前的……"

　　"不用这么紧张。"

　　舅舅坐上沙发,将左右手分别伸进工作服的袖口里。

　　"我猜应该是这样吧。你们两个希望不久的将来能在一起,可是被千鹤姐——也就是森吾他妈妈强烈反对。束手无策之下,你们才想到这个方法,到这里来找我们。也就是想和我跟外公说明原委,让我们帮你们说说好话,是吧?"

　　"真的,不是那样的啦!"

　　我再次加强了语气,断然否定了舅舅的猜测。

　　"真的不是那样。她真的只是一个老朋友,因为担心我,看我一个人办事不牢靠,所以才陪我一起来,真的只是这样。"

我转向唯的侧脸,寻求她的支持,虽然有一瞬间担心她会不会说出什么轻率奇怪的话,不过她却老老实实地点着头。

"波多野说得没错,真的只是如此而已。"

于是舅舅噘着厚厚的嘴唇,"嗯……"地低哼了几声,来回打量了并肩坐在沙发上的我和唯。

"——这么说来,那……"

舅舅双手交叉在胸前。若有所思,他身旁的舅妈问道:"森吾,晚餐吃了吗?"

"啊,刚才经过餐厅,简单吃过一些了。"

"这样啊,真是的,千万不要客气啊!要是肚子饿了,随时跟我说啊!"

"啊,好的,不过,真的不用麻烦了。"

"那,要不要喝点酒呢?"

"不用了。我酒量不是很好。"

"蓝川小姐呢?"

再怎么样,唯也没有在这时候强调自己的肝功能能有多强。

"谢谢您。不过我还得开车。"

"我一路从东京搭她的车来的。"我补上一句。

"真的吗?那真是辛苦你了。"

"你不是骑车来的啊?"

这句话是舅舅说的。他好像带着一点不满,又噘起了嘴唇。

"不过这身轻松打扮也不适合长距离骑车就是了。"

接着舅舅对舅妈说：

"给我啤酒好了。爸爸呢？"

"他才刚进去洗澡呢。"

"这样啊！洗好了告诉他一声，说森吾来了。"

"我知道。你们两个慢慢坐啊！"

舅妈走出客厅，要一郎舅舅一只手放在沙发的扶手上，撑着下巴，又看着我的脸。我和唯的关系，总之算是解开误会了。

"怎么样，你们家最近还好吧！本来很想参加水那子的结婚典礼的。"

这么说来……我试着回想。去年六月水那子结婚时，原本舅舅夫妇都要出席的，后来因为临时有急事不能赶来。好像是舅妈娘家出了些事，我记得是这样。

"水那子前几天平安生下了孩子。是女儿。"

"啊呀，那真要好好恭喜她。千鹤姐一定也很高兴吧！"

"——这……"

"姐姐——你妈她还好吗？"

"呃……啊，不，这个……"

星期天的电话里也被问到同样的问题，我没能马上说出令人满意的答复。舅舅狐疑地蹙眉，不断注视着我的嘴，再次重复了他的问题。

"你妈她，是不是身体哪里不好？"

"——啊……"

"这样吗……是哪里不舒服？"

"这……其实……"

这时候应该怎么开口、说些什么、到底该不该说,其实我心里并不清楚,心里事先也并没有打好草稿。

"波多野伯母她生病了。"

回答的是唯。我想她是终于看不下去,才出手帮我一把。

"已经住院好几个月了。"

"生的什么病?"

舅舅又进一步追问。或许因为看到我的脸色和态度,感觉到状况的严重程度,刚才的慈蔼笑容从他的脸上消失了。

"好像是早发性痴呆症。"稍微看了我一眼,唯又继续回答。

"痴呆?"

"——是的。"

"可是……应该还不到痴呆的年纪吧?"

"所以叫作'早发性'。"

"嗯——现在的状况呢?"

舅舅的这个问题,我用无言的摇头来回答他。舅舅的眉头挤出几道深刻的皱纹。

"森吾,你妈她……"

我刻意挺直背脊打断了舅舅的话,严肃地看着他,喊了一声"舅舅",然后接着说:"舅舅和我妈,其实是没有血缘关系的姐弟吧。这件事舅舅您应该也知道吧?"

舅舅的反应很大。他"唔"地发出一声低沉的吟声,僵住了。这时候,舅妈刚好准备了啤酒进来。

"你们是不是在谈什么复杂的事?"

舅妈这么问舅舅,应该是立即察觉到了当场的紧张气氛。

"我是不是回避一下比较好?"

"啊,不要紧的。"

"要不要请爸爸快一点呢?"

"啊……不用,没关系的。"

"是吗?"

舅妈没有再多问,将放在桌子的杯子倒满啤酒,再次走出房间。看着她走出去,舅舅重新慢慢转向我这边,脸上明显看得出困惑的神色。

"森吾。"

舅舅谨慎地问我。

"刚刚那些话,你是从千鹤姐——从你妈那里听来的?"

"——是的。"

我小心地点了头。

"去年春天左右,意外听到的。"

"这样吗……姐姐她……"

宛如自言自语般,舅舅伸手拿起啤酒杯,大口灌下肚里,用手背擦去沾在胡须上的泡沫。沉默了几秒之后……

"我记得是我三岁左右的时候。"

舅舅的视线放在自己的膝头,开口说道:

"我还记得第一次见到姐姐的时候,感觉很不可思议。有一天,老爸和老妈带着一个陌生女孩子回来,告诉我说:'今天开始,她就是你姐姐.'在那之前,这个家里只有我一个小孩。不过那时候我心里并不觉得奇怪。家里突然多了一个姐姐这件事,我到再大一点才知道它真正的意义。"

"所以说,我妈是在其他的家庭出生,在舅舅三岁的时候,才被柳家收养当养女的。是这样,没错吧?"

舅舅"嗯"地点了点头,慢慢提高视线。

"这件事我一直尽量都不告诉别人。"

"连舅妈也不晓得?"

"应该是的。"

"算是一个秘密啰。"

"也不是,感觉不太一样。并不是想把它当成一个秘密,或是刻意隐瞒……该怎么形容呢? 我自己认为,老爸和死去的老妈还有身为弟弟的我,从以前开始就尽量不要去想这件事。"

"这是什么意思?"

"我想,应该是老爸他们不希望在养育孩子的时候,有所谓的亲生儿子或是养女的区别吧! 我也了解他们的心情,所以从某一个时期开始,我心里就一直把千鹤姐当成有血缘关系的亲姐姐。"

停顿了一下,舅舅一口气喝干杯里剩下的啤酒,这次他并没有用手背擦去沾在胡须上的泡沫,就继续说下去。

"虽然如此,好像姐姐心里,多多少少还是一直抱着些自卑或是顾忌,我隐约有这种感觉,虽然她是一个绝对不会显露出来的人。"

"妈和爸结婚生下我……离开这里搬到东京去之后,和这个家就完全疏远了。这也和她的身世有关吗?"

"——说不定吧!"

舅舅回答着,并且百般无奈地叹着气。

"其实我自己也一直把这件事放在心上,不过,没想到姐姐竟然会得那种病。"

"……"

"为什么不早一点通知我们呢?"

"——我妈她,叫我们不要说,说是不想让舅舅你们操不必要的心。"

"唉……"

舅舅又再次叹着气,往玻璃杯里重新倒满啤酒。唯一动也没动,静静地在旁听着我们的对话。我又再次刻意挺直背脊,稍微提高了声调。

"舅舅。"我说着。

"什么事?"

"我妈她是从哪里被领养的呢?她出生在什么样的家庭里呢?"

"这个……这些事我也不是很清楚。"

"外公他应该会知道吧?"

"啊。我想他是清楚的。"

"应该是吧!我这次就是因为想问清楚这些事,所以才……"

这时候,舅妈又进来了。她迅速扫视了舅舅、我还有唯三个人的样子。

"爸爸洗好澡了。"

她告诉我们。

"他想请你们移驾,到后面的和室①谈。"

---

① 和室,日本传统房间,地面上铺叠席,叠席大小固定。

3

我们被带进一间弥漫着新榻榻米香味的八叠大的和室,壁龛旁放着黑色佛坛。佛坛前面坐着一位老人,他和舅舅穿着相同的工作服,头已经全秃了。这是我十几年不见的外公,我记得他的名字应该是叫哲郎。

"哦哦。都长这么大了,森吾。上次来的时候还是个孩子呢!"

布满皱纹的圆脸又皱得更深了,外公说话的音量几乎可以传到玄关门口。以他今年将近八十的高龄,耳朵一定也听不太清楚,所以我的嗓门也跟着大了起来。

"您好,外公。好久没来探望您了……"

"不要紧,过来坐下吧。难得来一趟,先给你过世的外婆上炷香吧。"

说到这里,外公发现一旁的唯,歪着头,喊了一声:"咦?"

"这位是?是谁家小姐啊?"

"呃,她是……"

"森吾的未婚……啊,不,是他小时候的玩伴,陪他一起来的。"舅舅介绍着。

"我叫蓝川唯。请多指教。"唯恭敬地行了礼。

外公"哦"了一声,深陷眼眶的眼睛眨了几下。

"你说你叫……唯,是吗?"

怎么了——我这时感到一股异样。刚刚向舅舅介绍她时也一样,他们听到"唯"这个名字,好像都有着奇特的反应。

外公移动到一旁,空出佛坛前的坐垫。我端坐在垫子上,用烛台上燃着的烛火点起线香,插上香炉,双手合十了一会儿。

佛坛上挂着外婆的遗照,穿着和服的外婆露出娴雅的微笑。我记得她名叫千枝,也记得曾经听说,外婆过世时享年六十岁。

这张照片是什么时候拍的呢?看起来完全不像是上了年纪的女人。看她的脸型五官,年轻的时候一定相当美丽,在那张脸上,我隐约可以看到母亲的影子……不,不对,这不可能。因为这个人不是母亲的亲生母亲。母亲是在其他家庭出生,被柳家收养的。

"千枝,你妈她过世几年啦?"外公问。

"爸,刚好过了十年。"舅舅答道。

"十年……已经这么久啦。"外公闭上眼睛,缓缓地摆着头。

"一开始是染上感冒病倒,谁知道状况越来越糟,就这样走了,好像不知道从什么时候开始,肝脏还是胰脏出了问题。"

我只能发出"啊……"的声音,神情凝重地低下头。外公以平稳清晰的速度和发音继续说下去。

"她心里一直挂念着住得远的千鹤,千鹤很少联络,她心里大概也很在意。临走的时候没能让她们见上一面,现在想想,真是后悔啊……"

"——是。"

"千鹤怎么样啊?过得还好吗?"

"是,这个……"

"爸爸,其实……"这时,舅舅接过话去,替我说明了状况。

"姐姐好像得了严重的病,现在身体状况不太好。听说已经住院好几个月了。"

"严重的病,那是……"

"啊,好像叫早发性痴呆症。"

不知道外公对这病名的正确意义了解到什么程度,他有好一会儿不说话,接着深深地吐出一口气。

舅舅接着说:"她说不想让我们多担心,所以没告诉我们,千鹤姐好像是这样交代森吾他们的。"

"——她怎么这么见外。"

小声地说出这句话之后,外公又轻轻摇了几下头。

"那孩子一定是顾虑到我们吧,可是啊,唉,我们对待她可没有两样啊,怎么还是……"

最后一句话像是自言自语,几乎听不清楚。

"对待她可没有两样。"也就是说,对待身为养女的母亲和亲生儿子的舅舅,都一视同仁地像对待自己的孩子一样疼爱、养育他们的意思吧!我想起了小时候看到的母亲的笑脸。总是那么美丽的母亲,总是那么温柔的母亲,无论对任何人,都没有两样。

——没错。她一直是那样的。一样地疼爱、养育父亲与前妻的孩子骏一,以及亲生孩子的我和水那子,一定和柳家的外公外婆一模一样。

"那应该去看看她才是。"外公终于说出了这句话。

"不,我想……"我忍不住面露难色,"我妈的病是恶化性的痴呆症,现在症状已经很严重了,连看到我都认不出来是谁了,所以……"

"什么……"外公喃喃念着,又深深地叹了口气,低着头一时说不出话来。一旁的我也不知道该怎么接下去。

"森吾这次,是想知道关于姐姐亲生家庭的事,所以才来找我们。"

舅舅这时又再次替我告诉外公。

"森吾已经听过姐姐自己亲口说她是养女的事了,所以他想知道姐姐是在什么样的家庭里出生的。"

"——哦。"

外公慢慢抬起头来看着舅舅,接着将视线移到我脸上。

"森吾,你知道这些事,是有什么打算吗?"

"啊,我想……"

我一时不知该如何回答,马上回头望向唯那边。端坐在斜后方榻榻米上看着我们的唯,接到我的视线后,无言地对我点了点头。

"我想去看看,"我回答外公,"我妈是在什么样的地方出生、在什么样的家庭里度过小时候的时光呢?我想过去,自己亲眼看看。"

关于白发痴呆这种特殊疾病,还有它可能遗传的种种问题,我并不想在这里说出来。就算把详细情形告诉外公和舅舅,也不可能有任何解决办法,只会让他们更加担心。我想母亲一定也不希望我这样做。

"——那孩子的出生地是在……"

不知道他是在什么样的心情下接受我的请求。外公又眯起陷入深深眼窝的双眼,终于开了口。

"是一个叫姬沼的地方。离这里两三座山远。"

"姬沼。"我重复着这个地名,在自己的记忆里翻找。好像曾经听过,又好像没有……如果有,多半也是小时候——住在这个小镇的时候吧!

"那孩子,千鹤出生在那里一个叫绽谷的家里。"外公继续说着,"绽谷的老爷再三拜托,我们夫妻俩就收养了她,我永远忘不了。那一年,那孩子刚满六岁,正要上小学……"

4

"……姬沼是我出生的地方。说到绽谷家,算是那个地方最有名望的家族,从我爸爸那一代开始,我们就一直很受绽谷家照顾。我爸爸是出入绽谷家的种树工人,我后来也继承了他的工作。在那场战争结束之后,对,那时候心里有些想法,决定离开姬沼,自己到这个镇上独立创业。那时候绽谷的老爷——英胜老爷很是关照我,还帮我介绍了千枝这个老婆啊。千枝是绽谷家远亲的女儿,好像曾经寄住在绽谷家里一阵子……虽然关系很远,但是竟然能娶到绽谷家的女儿,我当时实在高兴得不得了啊!"

外公眯着眼睛望向空中一个定点,讲起前尘往事。这时他说话的速度和发音依然平稳清晰。虽然年近八十高龄,但看来他对过去的记忆仍旧非常清楚。

"那位英胜老爷有一次说,有重要的事情拜托我,还特地亲自到这个镇上来,一问之下,才知道他希望我收养那孩子——由伊,当我们的养女。"("由伊"与"唯"的日文发音相同,皆为"Yu-I"。)

"由伊?"

一惊之下,我忍不住发出声音。看看唯的样子,她也是一脸惊讶地睁着眼睛,紧盯着外公的嘴。

"您说什么?外公。由伊,那是……"

"那是千鹤姐的本名。"外公身旁的舅舅开口说道,"写成自由的'由',伊豆的'伊',由伊。绽谷由伊,这是姐姐出生时的本名。

这个你没听说吗,森吾?"

"啊,没有。是领养之后改名叫千鹤的吗?"

"没错。"

"户籍登记也是?"

"法律上承认改名,是过了很久之后的事,我记得是到了姐姐快二十岁的时候才改名的。"舅舅回答我。

"变更本名,必须要有合理的正当理由,法院才会许可。姐姐是因为长年以来大家都叫她千鹤这个名字,可以说已经在生活周遭生根了——基于这个判断才准许她改名的。"

"原来是这样。"

我终于了解,同时又看了唯一眼。她回给我一个仿佛说着"哦哦,难怪……"的眼神。

我们两人心中想起的,当然是上星期六一起到病房探望母亲时发生的事。听到唯的名字时,母亲突然有了反应。

"唯……唯……"母亲重复着这个名字,然后终于安静下来,闭上眼睛……看起来就像在努力回想着什么事一样,最后……

——我……唯,我……

——唯……不对……

她当时不是断断续续地吐出这些字句吗。没错,的确是这样。那是……

——啊,不对……唯,不对,不对……

——不对,不对不对不对不对……

那时候那种异样反应的理由,原来是因为这样。

原来是因为母亲的本名叫"由伊"。她听到发音一样的"唯",在痴呆现象持续恶化的脑中产生很大的混乱。自己以前叫做"由伊",不过现在不是"由伊",应该是"千鹤"。自己不是"由伊"。"由伊"是不对的。不对,不对,不对……

"不过,当时为什么要改名呢?"我丢出心里的疑问。

外公慢慢拿起手掌贴着额头。

"这个呢,那是因为原本由伊这个名字,好像有很多不好的回忆,那孩子似乎一点也不喜欢这个名字,既然如此,不如趁着离开绽谷家到柳家来的机会,干脆替她改个别的名字。"

所以,母亲才从养母千枝的名字里取了一个"千"字,有了"千鹤"这个名字。

"——可是,外公。"我直直看着外公的脸,"我妈她,为什么会被绽谷家送走呢?这其中有什么原因呢?"

"嗯嗯。她是因为……"

外公脸上露出些许犹豫,不久之后,吐出一口干涩的气息。

"原本呢,外面都谣传绽谷本家老是生不出男孩。实际上,英胜老爷上面也有好几位姐姐,好不容易才生出来他这个继承家业的男孩。"

"这又有什么影响呢?"

"英胜老爷的太太叫作光子夫人,他们两人在一起很久,都没能生出孩子。我记得是英胜老爷三十、光子夫人二十六那年,终于生下千鹤——就是由伊,但没能生下继承家业的男孩。不过,等到由伊六岁的时候,生下了一个婴儿,这回正是大家期待的男孩。"

"所以才送妈妈来当养女的吗?"

"其实那个男孩不是光子夫人生的。也就是说,他是英胜老爷跟外面的女人生的孩子。"

"咦,那……"

"虽然算是庶出,也总算有了期待已久的男孩诞生,英胜老爷很是高兴,所以他决定正式带回那孩子,当作绽谷家的继承人。这时候,由伊她,说难听一点,就是个麻烦了。"

"不过,生下我妈的绽谷太太——光子太太她应该很反对这件事吧?"

"应该是英胜老爷很坚持,不让她说不。要把外面生的男孩接回绽谷家养,如果由伊也在,将来总是会成为麻烦。最重要的还是身上流着自己血液的男孩,多余的女儿不要也罢。我想,英胜老爷应该是这样想的吧!"

"怎么会……"我几乎说不出话来。

怎么可能有这种霸道自私的事。

一想到光子,母亲的亲生母亲的心情,就有说不出的无奈惆怅。明明是一家人,却要被送去当养女,当时母亲的心情想必也是一样无奈。

在延续战前封建家族制度的地方望族里,这种事情竟然可以理所当然地发生,我的理智虽然能够理解,但心里终究还是无法接受。

5

"请问……"

始终不发一言的唯第一次开了口。

"请问,光子太太已经过世了,对吧?"

"哦,是啊。你知道得很清楚嘛。"

"是的,我听波多野说的。"

唯对我使了一个眼色,就像在说:"快问呐!"

我顺势接着她的话问外公。

"光子太太过世的时候……这也是从我妈那里听说的。听说她年纪大了之后,在很短的时间里痴呆而死。实际上,她到底是怎么死的呢?"

外公听了之后,歪着头说:"这个嘛……光子夫人过世的时候,我想想,是什么时候呢……她比千枝还要早好几年走,听你这么说,我好像也听过一些传言。在那之后……对了,刚才说到的,那个生下后嗣男孩的母亲,进门当了继室。"

"光子太太是怎么痴呆而死的,外公您知道吗?"

"怎么痴呆而死的?什么意思?"

"例如说……像是她有没有突然性格大变、脾气暴躁,或是身体有什么明显的异常之类的。"

"这个嘛……"

外公说着,又歪着头。

"我的确听说她是痴呆过世的,不过,更详细的事我也不清楚了。"

"——这样啊。"我垂下头,双手撑在榻榻米上,稍微抬起臀部。长时间持续不习惯的端坐姿势,两脚已经完全麻痹了。

舅舅发现我的样子,就像在告诉我"不用介意,没关系的"那样,自己先挪开端坐的脚,改为盘腿而坐。随后我也感激地模仿他。

"总之,就是这么一回事,总而言之,千鹤就成了我的女儿。"

外公接着往下说。

"我刚刚说的那些,我想千鹤自己也大概知道,不过,不管是我或是千枝,都尽量留心不在这孩子面前提到姬沼或绽谷这些话题。要一郎在这方面也很小心。那孩子自己也不太提到以前的家,想来是没有什么好的回忆吧!在绽谷家的六年,培养她的方法好像有点奇怪……"

"对了,外公。"我压着麻意消退的脚说,"还有一件事想请问您。"

"什么事呢?"

"我妈右手的上臂,现在还留有一个很大的刀伤痕迹。你们从柳家领养来的时候,就已经有那个伤痕了吗?"

"手上的伤……"外公很快地点了点头,"我们领养她不久后,千枝很快就发现了,可真吓了一大跳。"

"为什么我妈身上会有那道伤痕,外公您知道吗?"

"啊……那个啊……"

外公的话说了一半，皱起眉来眨着眼睛。

"听说是那孩子四五岁的时候被人攻击所受的伤，我听到的好像是这样没错。"

四五岁的时候——也就是距离现在四十五六年前。

"我妈是被谁攻击的？那是住在姬沼的时候发生的事件吧？这样一来……"

"不知道。"

外公斩钉截铁地摇头。

"我也一直很在意那件事，也问过那孩子，到底发生了什么事。可是啊，只要一说到那件事，那孩子总是很害怕，吓得直哭。"

也就是说，根本没办法问出更详细的真相。

"那，蝗虫的声音呢？"

"蝗虫？"

——是蝗虫。

"精灵蝗虫在飞的时候，翅膀发出的声音。叽叽叽叽的声音……我妈她，以前有说过什么吗？"

——是蝗虫在飞的声音。

"呃嗯……"

外公回想着，手掌按在额头上。

"你这么一说，我记得那孩子很怕蝗虫，还是雷声之类的。"

"雷声吗……果然她从小就……"

"森吾，"舅舅这时插进我们的谈话，"这是怎么回事啊？姐姐她的确以前就很讨厌蝗虫和雷声，一点也没错，我也记得很清楚。

但是讨厌的理由,再怎么问她也不说。"

"——没有,没什么特别的意思。"

我不知道自己为什么要这么说。在那一瞬间,我隐瞒了这个事实,一个可能是关于母亲种种问题的"核心"。我敷衍着回答舅舅的问题:

"我也一直觉得奇怪,不知道她为什么那么害怕。"

西新宿那栋大楼的病房里,母亲现在应该已经睡着了吧。而今天晚上的睡梦之中,被病魔蚕食的脑里所残存的"恐怖记忆",依然会折磨着她吧!

突然降下的白色闪光、鸣声四起的蝗虫翅膀声音、杀手步步逼近的影子,还有孩子们被切割得血肉模糊的惨状……

一而再再而三地反复,无路可逃,只有无止尽的惊惧不安。

我闭上眼睛,快速地甩了甩头,想要消除脑袋里母亲那张因激烈恐惧而扭曲的脸。

"怎么了?森吾?"

我听到舅舅担心的声音。

"身体不舒服吗?"

"啊,没事。"我急忙睁开眼睛,这次慢慢地大幅度地摆动我的头,回答道:"没事的……我没事的。不会有事的。"

回到这个小镇,拜访这个家,听了舅舅和外公的话……我又多了解了许多。听从唯的建议,像这样开始"行动",看来并没有错,至少我现在是这么认为的。不过……

母亲出生、度过幼年时光的地方——姬沼,还有绽谷家。总之,还是得过去一趟才行。

　　我对自己产生这种积极的念头觉得很惊讶,但同时又觉得这种想法是如此阴邪、如此可疑。

第十章

1

唯猜得没错,这天晚上我住在柳家。

虽然我推辞说已经在市内订好饭店,不过,这时候要一郎舅舅却亮出一副撒手锏:"你打算和既不是女朋友也不是未婚妻的女孩子住同一家饭店吗?"让我打消了继续抵抗的念头。但是,舅舅又用同一张嘴邀请唯:"留在我家住就好了。"

然而唯坚持推辞了舅舅的邀请,一个人到饭店投宿。这时候大约是晚上十点,刚好和回家的雄喜一进一出。

"那,波多野,明天我最晚十点以前会退房,再过来接你,可以吗?"

临走之际,唯这么提醒着我。这时候,我们心里已经有了共识,计划明日要坐着她的 Barchetta 往姬沼出发。

如外公所说,姬沼这个小镇,就在距离这里几座山远的另一头。现在的正式名称叫作 N＊＊郡姬沼镇,以前,每天有好几班公车来回这两地,但是早在几年前,因为乘客减少,就废除路线了。附近也没有火车经过,如果想搭火车去,会绕上一圈让人不敢相信的远路,还得换好几趟车,光是坐车,可能就要花上半天。最快、最方便的交通方式就是开车,大约一个半小时就到了。

去往姬沼的路,在舅舅特地翻出来的当地地图上已经确认好了。

"被山包围的小镇"、"山里的安静小镇"——母亲的确这么说过,但在地图上看到的,感觉却不像是个偏僻的山村。从规模上看,也足够算得上是堂堂一个"镇"。

地理形状沿着南北方向伸长,就像把人的胃袋上下拉长的形状——不知为什么,我心中浮现起这个不太优雅的影像。在北边郊外,有一个小小的池沼,或许是此地名称的由来。

据说这里从前盛行林业和养蚕业,是个相当热闹活跃的地方。但从大战后的复兴期一直到经济高度成长期,情况一年不如一年,人口流失也越来越快。虽然还是以林业和养蚕业为主要产业,却已不复往日的繁华。近年来,由于涌出不错的温泉,便开始以温泉的功效作为宣传,大力推展观光。

母亲出生的老家,究竟在这个姬沼镇上的什么地方呢?我问过外公。

"你当真要去吗,森吾?当然,我也不是叫你绝对别去。"外公这么说着。他的脸上虽然露出些许为难,但还是凭着从前的记忆,指引我大概的地点。

那是从距离镇公所所在的中心位置稍微向北走,一个叫"上系追"的地区,绽谷家就在这里。当年那座气派的大屋,占地之广,附近无人能及,现在想来也是一样。"只要问问附近的居民,一定大家都知道……"外公这么说着。

"你是不是想去见英胜老爷?"

他这么问,我一时之间不知该说什么。

"你想见他也是人之常情,毕竟是你亲生的外公。你的心情我也懂,不过,这样突然去拜访,他会愿意见你吗?"

"不行吗?"

"这个嘛……我也说不准。"

"英胜先生他,现在还健在吗?"

"这个嘛……他已经上了年纪了……我记得,应该有八十了吧。我听说,他最近身体状况一直不太好。"

"——这样吗?"

"我看,你还是不要抱太大的希望比较好。"

"——说的也是。"

那是我一次也没见过、连长相都不知道的亲生外公。只因为生下继承家业的男孩、就把母亲送走的外公,就算真能见到他,我又想怎么样呢?我想用什么样的心情,对他说什么呢?

"不过,我还是想去一趟,到姬沼去,就算一眼也好,只要能亲眼看看绽谷家的样子,那样就可以了……"

目送唯离开时,我顺便从停在门前的 Barchetta 里拿出自己的行李。外面的空气比白天更增凉意,晚风吹来时甚至觉得有点冷。黑暗的天空映着苍蓝的月光,大约再过几天就是满月了吧。

"那明天见啰!大约十点多哦!"

一个人坐进驾驶座发动引擎时,唯又再次提醒着我。

"手机的电源记得要开哦!我离开饭店的时候会打一通电话给你,在那之前要先起床、做好出门的准备,知道了吧?"

"没问题,我知道。"

我回答她,同时清楚地点着头。像今天早上那样,说着"不想行动"、让唯困扰的事,明天一定不会再发生了吧!但不知为什么,又觉得这么有把握的自己竟是如此阴邪、如此可疑。

2

唯离开之后，我还是拒绝不了舅舅的盛情，喝了几杯酒。我们和刚回家的雄喜，还有舅妈，一起回到一开始进来的客厅喝了一会儿。不过，外公并没有加入我们，而是先回卧房休息了。他过惯了早起工作的生活，有些季节，他起床时外面甚至还是一片漆黑，所以晚上不太能熬夜。

我们一边喝酒一边聊天，要一郎舅舅现在在市内经营好几家园艺用品店。我以前只知道舅舅在经商，这还是第一次听到关于他工作的具体内容。原本他想继承外公的衣钵，当个种树工人，可是他从年轻时起就很怕爬上高处，因此不久就碰到困难。不过，也算是因祸得福吧！园艺用品店的生意蒸蒸日上，让他每天忙得又累又高兴，心里也打算将来把店交给雄喜。

舅舅醉意渐浓，染红了整张胡须脸，说这些事正说到兴头上时，他的表情突然严肃了起来。

"你妈的事，要是有我可以帮得上忙的事，尽管说，别客气。"

"真的很谢谢。"嘴上虽然接受了舅舅的好意，但我的内心却虚弱地摇了摇头。

我想，没有什么事是舅舅可以"帮得上忙"的。对于生病的母亲本人来说，不可能有任何事能帮助她。久一点也只剩半年……在那之前，痴呆状况仍会不断恶化，对这样的她，又有谁能帮得上什么忙呢？就连身为她儿子的我，也已经抱着放弃的心态了。

今天晚上,我已经不想再思考母亲的问题了。放下喝了一半的玻璃酒杯,我点起一根烟,抽上一口。

"舅舅现在还玩摩托车吗?"我试着转换话题。

"别说了。"舅妈苦笑着回答,"院子里还为他的摩托车盖了车库呢!现在到底有几辆啊?"

"只有三辆。"舅舅回答,一边涨红了脸颊。

"全盛时期除了这些还有三辆呢!"

"其中一辆应该是哈雷吧?"

"没有。我没有太迷哈雷,连我自己都觉得奇怪。当然以前骑过一段时期,也觉得那辆摩托车的确很有意思。"

"那,现在主要是骑哪一辆呢?"

"BMW 的 R1100RT。今年刚买的,这辆车很棒啊!可以说是环欧车型的一种完成式吧!我明年打算骑这家伙纵贯日本。"

"哦哦——那雄喜呢?也骑车吗?"

"我也骑啊。你看我爸这个样子,要不受他影响也很难啊。"

雄喜的脸上稍微带着点无奈,将染成深咖啡色的长发往上撩。小时候见过以后,中间隔了十几年再和他面对面,虽然脸孔已经长大成人,完全变了样子,但像这样和他说话,并没有感到太大的隔阂。他从当地高中毕业,现在就读于跟电脑有关的专科学校。

"森吾哥也喜欢摩托车,对吧?"雄喜带着爽朗的笑容问我。

我略略低下头,回答他:"啊,嗯……不过最近这阵子,几乎不骑了。"

"为什么不骑了?"

"你妈现在这个样子,我想你应该也没有心思玩摩托车吧!"

舅舅亲切地安慰着我,接着看看我说:"汽车呢?"

"完全不开。只拿了驾照。"

"嗯。那还是很有可能回头玩摩托车的。"

"是这样吗?"

"是啊。从前一起玩摩托车的伙伴里,不知道有多少人开了汽车以后就放弃摩托车了。"舅舅感叹地说道,大口大口灌着杯里的酒。

"舅舅不开汽车吗?"

"不。工作上有需要的时候,不开也不行。现在有一辆轻型厢型车,不过一直停在摩托车车库旁边淋雨就是了。"

"哈哈。"

"那些变节去玩汽车的人的心情我也了解啦,骑摩托车既要淋雨,又沾风尘。夏热冬冷的,还有跌倒的危险,最多只能两个人坐⋯⋯该怎么说呢,摩托车的确是一种需要忍耐和意志力的交通工具。特别是上了年纪的人,常常会碰到很吃力的状况。不过,好东西就是好东西,这是没话说的。"

"没错。"

"下次过来的时候,一定要骑摩托车来啊。"

"——好的。"

聊着聊着,夜渐渐深了,我钻进房间里替我准备好的棉被时,已经是午夜一点多钟。这是一间位于二楼雄喜卧房隔壁的和室。

这天晚上,我在睡梦中看见了那个从来没去过的地方。

……没有人迹的路旁,有一面连绵不断的高大土墙。从那道墙中间的一块崩塌处,可以窥探墙里面广大、却又荒凉至极的庭院。正面有一座白墙仓库,附近飘着浓厚的丹桂香气……不知从何处传来几阵不合时节的风铃声响,那声音一边重叠,一边乘着徐缓的微风四处回响。

我藏身在土墙的崩塌处,像乌龟一样探出头偷看庭院里的情景。

开着无数金黄色小花的大丹桂树旁,有一大群孩子在玩耍,里面有男有女,也可以听到他们开心嬉闹的声音——说不定,母亲也在那里面。啊,没错,一定是的,她一定也在里面。

从土墙崩塌处撑起半个身体,我大声地叫着她的名字。不是"千鹤",而是她小时候的名字"由伊"。

听到我的呼声,孩子们全都停下了动作。声音霎时停止,大家都一样歪着头,慢慢地转向这里。我看到他们的脸的时候,忍不住大声惨叫。他们每个人的脸上,都戴着祭典摊贩卖的那种便宜面具,其中有一个人就戴着那张狐狸面具。不知道是男是女,是大人还是小孩子,下一个瞬间,那个含糊的声音就在我耳边低声说着。

——喂。

啊,不要再说了。就算不说,我也已经……

——活着好玩吗?

3

第二天早上，调好的手表闹铃声将我叫醒。

早上八点半。感觉已经好久没有在这种正常时间起床了，精神却意外地清爽，醒来时心情也很安稳，但身体稍微有点沉重，或许是昨晚酒精的余威。

换下向雄喜借来的睡衣，穿上自己脱下后散乱在枕边的衣服。咖啡色长袖无领衬衫加上黑色牛仔裤。袜子是昨天唯在便利商店替我买来的黑短袜。

我拿着同样是唯买来的牙刷套装、刮胡刀和毛巾，走出了房间。楼下应该是舅妈正在准备早餐，飘来淡淡的味噌汤香。这种在许多家庭相当稀松平常的光景，此时却让我感到无比的怀念，仿佛胸口被紧紧揪住一样。

我在二楼加设的洗脸台洗了脸、刮好胡子，确定镜中的自己，头发里没有混杂明显的白发⋯⋯

再次回到房间整理行李后，我走下一楼。厨房里穿着围裙的舅妈正身手利落地四处活动，要一郎舅舅坐在起居室兼餐厅的桌子上看着报纸，但不见外公和雄喜的身影。

"早啊，森吾。"舅舅从报纸上抬起头对我说，"昨晚睡得还好吗？"

"很好。托您的福，睡得很熟。"

"来来，坐下吧。等一会儿就开饭了。"

舅舅招呼着我，一边随意叠起刚刚看的报纸，丢在桌上。我正要拉开一张椅子坐下时，那则新闻的标题文字跳入了眼中。

"——什么？"声音从我喉头冲出。

"嗯？怎么了？"

"请借我看一下。"我将报纸拉近手边，还来不及在椅子上坐好，就先在桌子上摊开报纸。

废弃工厂发现他杀尸体

两名儿童遭利器乱砍

我注意到的标题就是关于这个事件的大篇幅报导，登在社会版的头条。

"这是……"

"啊，你说那篇啊。"

舅舅很明显地露出不愉快的表情。

"真是可怕。好像是小学三年级的男孩子，有两个人被杀了。你家以前应该就在那附近吧，那间废弃工厂。"

河边远远那头，隐约可见"香水工厂"的轮廓。昨天晚上，我和唯两个人坐在河边时，说不定那栋建筑物里面，已经躺着被残杀的孩子们的尸体……

——我弟弟说他看到了，他说秋千上还有痕迹。

国道旁那间咖啡厅里的两个女客人的对话，虽然不愿意回想，却还是清晰地浮现耳际。

——痕迹？你是说血吗？

——对啊！还有血迹附着在上面，所以现在禁止使用秋千……

"听说几天前这里也发生过小孩被杀的事件？"我抑制着心口越来越快的悸动问道。

"是啊。在三天前的晚上，小学生在公园被杀了，就是所谓的过路杀人魔吧。现在又有两个人被杀，这在镇上可是前所未闻的大事件呐！"舅舅忧心地紧蹙眉心。

"犯人是同一个人吗？"

"上面说很有可能。"舅舅将下巴朝桌上的报纸抬了抬，"东京最近好像也发生了几起小孩子被杀的事件吧！"

"啊……是啊。"

"我看到犯人被逮捕的新闻了，没想到这个镇上也有那种脑筋不正常的家伙，真是……"

我想继续看标题旁边的新闻内容，但眼神不定，无法顺利追着文字。我的心已经动摇不安到这个地步了。

——不管什么时候，不管在哪里，大人都会杀小孩。

"……追来了。"我这么想着。没有任何合理的根据。但念头一起，就怎么也无法回头了。

——小孩会被大人杀掉。

那家伙，追来了。

就像特意配合我回到这小镇的时间点一样，连续发生了儿童杀人案。实际的罪行究竟是在我昨天来之前或之后，并不是太重要的问题。起码三天前在公园发生的事件是"之前",但就算如此,没错,早在大约一星期之前,我就决定近日要回到这个小镇来啊!所以,那家伙先我一步……

这些话要是告诉唯,她一定又会一笑置之。但除了她以外,不管对其他任何人说,都是一样的吧!不仅会被取笑,甚至还会被怀疑脑筋不正常,可是……

——一定会这样,一直被杀掉的。

"那家伙,追来了。"在我脑中,理性怎么也无法控制的那部分,反复不停、反复不停地这么一直叫喊着。

那个家伙从母亲心中熬煮得浓得不能再浓的"恐怖记忆"跑到外面的世界来,然后又和在东京所做的一样,跑进了某个人的心里,操弄着他的肉体。说不定,那家伙本身已经化为一个实体形状了,然后……

……怎么可能?怎么可能有这种荒谬的事。

不管再怎么冷静地这么告诉自己,短路的思考已经停不下狂乱的步调。就算想抑制,悸动还是渐渐加快。我的颈后和背后渗出一片冷汗,眼前看到的现实景物的轮廓急速模糊,开始响起微弱的耳鸣,从尖细声音的另一端,慢慢地……

——是蝗虫。

不祥的声音逐渐接近,那是……

——是蝗虫在飞的声音。

"……实在是,这社会实在有问题。还真的是世纪末啊!"

不知为什么,身旁舅舅的声音听起来好像是从很远很远的地方传来的。

"要是不早点抓到犯人,家里有小孩子的父母亲真是要天天提心吊胆呐!"

到了早上九点,餐桌准备好了之后,外公和雄喜还是没有出现,舅妈便去叫他们两人。终于看到雄喜穿着睡衣、抓着那头睡得蓬乱的咖啡色头发从二楼走下来,接着,和昨晚同样一身工作服的外公也走了进来。在这之前,舅舅不时和我闲聊一些无关紧要的话题,我多半都心不在焉地敷衍着他。

"森吾,我找了一下,竟然很快就找到对方的电话号码了,刚刚先打了个电话联络过了。"

外公这么对我说时,我的反应相当迟钝。先是"啊"地虚应一声,直到大声发出"咦"时,说不定花了五六秒的时间。

"那是,您说的对方是……"我歪着头问外公,"该不会是绽谷家吧?"

"除了那里还会有哪里啊!"

"啊、是、不……"

"英胜老爷果然状况不太好啊!"外公在椅子上坐下,喝了一口杯里的茶后继续说道,"绽谷的少主人,就是我昨天说到的那庶出的男孩,我跟他说了一下事情的大概。不过,对方觉得很突然,好像也摸不着头绪。"

"——我想也是。"

"总之,我告诉他,说不定你今天下午就会过去拜访。你先报上柳家的名字,再把今天早上电话的事情告诉对方,我想至少看情面也不会赶你走吧。"

"——非常谢谢您。"我正对着外公的脸,深深低下头。

认真想想,这个人只是跟我完全没有血缘关系的"名义上的外公",但他却这么为我多方设想。要一郎舅舅也是一样。我对他们的用心觉得由衷感激。但在这同时,我内心有另外一半,或者更多的部分,仍然处于和刚才一样的混乱状态。

该不会,现在从某个地方,会传来那迅速拍动的蝗虫翅膀声吧!该不会,那握着沾染鲜血刀刃的家伙,现在会突然冲进这个家里来吧!我心里充满了这样的不安和恐惧,只要一有风吹草动,慌乱的视线便惊惧地四处游移。

4

　　等到唯和我联络时,距离约定的十点已经过了将近三十分钟。随着时间的经过,带着妄想的胆怯渐渐扩大,那家伙该不会对她……我甚至开始这样担心。就在这时,我的手机响起来了。
　　"波多野,对不起啊!"我听到唯上气不接下气的声音。
　　"你没事吧?"我连忙追问,"是不是发生什么事了?"
　　"真是伤脑筋啊,我的车不能动了。"
　　"你的车?"
　　"就是啊。"
　　唯回答的声音中有少见的消沉。
　　"退房之后正想发动,它就是不理我。好像是电气系统出了问题,已经打电话叫人来修了,不过他们说没有零件不能修。"
　　"嗯,那么……"
　　"所以,我就去问了一下这附近有没有卖这辆车零件的店,不过都找不到。"
　　"找不到,那怎么办呢……"
　　"这样下去也不是办法,总之,我先把车子放在这里,过去你那里再说。我现在正在等计程车。不好意思,你再等我一下?"
　　"车子出问题了啊?"雄喜问我。
　　听到我和唯在电话里的对答,应该很容易就猜得出来吧。
　　早餐时,雄喜看来十分困倦,打了好几个大呵欠。现在换好衣服,也理好蓬乱的头发,终于露出清醒的表情,正抽着香烟。

"昨天晚上停在家门前的那辆菲亚特吗?"

"啊,没错。"

我说明了事情的经过,雄喜"嗯嗯"地点着头。

"那种车好像很容易出状况。我有个朋友也有一辆,一个爱玩车的少爷,高中毕业之后家里就给他买了一辆。那家伙就常常抱怨,车子又哪里有问题了,不过好像还是很不赖的车。"

"附近有能修理的店吗?"

"有是有,不过听说光是调换零件,就要花五个小时左右。"

"果然还是要这么久啊……"

……该怎么办呢?我的手肘杵着餐桌,掌心托着腮,心里跑过种种想法。

当然不能等到 Barchetta 修理好。外公已经替我打过电话联络,而且,今天下午一定要到姬沼,一定要去拜访绽谷家才行……不对,如果不在意晚点回东京,也不一定非要今天过去不可。不过,那也就是说……

现在我心里迫切地希望尽可能早点成行。和昨天出发前完全相反的念头异常地强烈。

攻击孩子的残忍杀人魔徘徊的这个小镇,我希望越早离开越好,越快逃走越好——说不定这种心情也占了很大比重。

"这下麻烦了啊,森吾。"

一直沉默地看着我和雄喜对话的舅舅开了口。

"家里的厢型车工作上要用到,不然我送你们过去就行了。真不巧,今天下午实在抽不开身。这么一来,看是要租车,或者是……哦哦,对了,如果是摩托车的话,我可以借你一辆啊!"

"舅舅的摩托车?"

"除了 BMW 以外,还有两辆啊。"舅舅露出开心的笑容说着,"森吾以前骑的是什么样的摩托车?"

"是本田的 STEED。"

"嗯。那还是类似的车型比较好。我有一辆 XV 的 400,怎么样?虽然比较旧了,不过一直好好地保养。"

山叶 XV400——VIRAGO。和 STEED 一样使用 V 型二气筒引擎,畅销多年的日制美规车。

"那辆车两个人骑起来也比较舒服。不过,要先看她愿不愿意。"

"啊。不过,真的可以吗?"

"现在假如安排租车,还不如骑车比较快吧!也不用多花钱。而且,要是森吾因为这个机会重新骑摩托车,那我是最高兴不过的。嗯,真不错,真是皆大欢喜的点子。对了,另一台是 CLUBMAN,二百五十 CC 的单气筒引擎,感觉也不错哦。你想试试那一台?"

"孩子的爸,可是……"

这时,舅妈插了进来,担心地来回看着舅舅和我。

"真的要骑摩托车去吗?不习惯吧?"

"你说什么呐!骑个十分钟,感觉马上就回来了。剩下的,就是打起精神来了。打起精神来骑,也不会那么容易发生意外的。

怎么样啊,森吾?"

"那,我就……"我下定决心,点了点头。

虽然唯也有可能不愿意,但到时候,就算只有我一个人也照样要去。我心里这么打算着。

5

说定之后,舅舅马上就从车库里推出摩托车绕到玄关前。安全帽则向雄喜借,头部大小比较接近。他还好意地出借自己的皮夹克,说是"你这身打扮会太冷的"。虽然这个季节穿厚夹克还稍嫌过早,不过骑机车跑山路的话,穿这样倒差不多,万一跌倒也比较安全。

附有护面罩的银色安全帽中,还放着与夹克同色的黑色皮手套,这也是真正玩车的人不可缺少的道具。

"对了,雄喜你骑的是哪一种车?"我一时好奇问了他。心中暗自猜想或许会是NSR或TZR等两轮赛车的原型,不过他的回答却出乎我的意料。

"KATANA的二百五十CC。"

距今将近二十年前,铃木机车获得德国鬼才Hans A. Muth的设计,发表了这款GSX1100S KATANA,从其名称"刀"衍生出的崭新形状和性能,据说让所有爱车人叹为观止。我当时年纪还小,并没有直接感受到那时的轰动。

这几年,这台KATANA四百CC或二百五十CC的忠实复刻版再度开始生产,就算以现在的眼光来看,也一点都不感到老气,散发着特殊的存在感。虽是如此,像雄喜这样年纪的年轻人特意挑选这种车,应该还是很少见吧。我自己这么认为。

"我爸以前骑过原版的1100S。我那时候虽然还小,不过还是觉得看起来超酷的,所以我就一直希望总有一天自己也可以骑同样的机车……"

"原来如此。"

"对了,森吾哥,我下次也会去东京,到时候我们再一起骑摩托车吧。"

"啊!好啊!听起来不错。"

早上十一点多,唯搭着计程车来了。她已经完全从刚刚那种意志消沉的沮丧心情中恢复,还没看到我的脸,就开始说着租车的安排等等。在我对她说明已成定局的解决方案后,她稍微吃惊地眨着眼。

"摩托车,所以,是你要骑吗?"

"你有驾照吗?"

"我只会骑五十CC。"

"那当然是我来骑啊。"

"可是……"

"如果想一起去的话,你就坐后面,不然我就一个人去。"

"等……等一下啦!"

唯讶异得连忙举起一只手,掌心朝着我,阻止我继续说下去。

"都已经到了这个地步,怎么可以把我丢在这里啊?"

"好吧!那……"我严肃地点点头,"你坐过摩托车后座吗?"

"不用担心。我学生时代可是交过一个骑摩托车的男朋友。"

"哦,这我还是第一次听说。"

"——不过……"这时唯叉着双手,端详着我的脸,发出了"嗯——"的感慨很深的声音。

"什么啊?"

"你还真是变得不一样了。"

"昨天明明那副样子,是吧?"

"没错。"

"也不知道是好是坏。"我自嘲地低声说着,悄悄将手放在胸上。

自从今天早上在报纸上看到关于那个事件的报导后,我一直觉得心口的悸动比平常快了许多。我的害怕之情没有丝毫消退。那家伙该不会突然出现在我眼前吧?我始终还是放不下心来。

昨天在"香水工厂",有两个孩子被杀害。我正犹豫着要不要把这件事告诉唯时,要一郎舅舅刚检查完要借我的机车,腋下抱着一个有点脏的蓝色布袋向我走来。

"她也要一起去吗?"舅舅问道。

在我回答之前,唯抢先答了声"对"。

"那辆出了故障的车,我来帮你找人修理。雄喜应该知道哪家店可以修。"

"不好意思。"唯诚恳地低头道谢,"那就拜托了。"

"蓝川小姐可以借用我太太的安全帽。半罩的,戴眼镜也方便。也找件适当的外套给你。"

"好的,麻烦您了。"

"还有,森吾。"舅舅将拿来的布袋放在我面前,"虽然有点重,不过还是把这个放到你的小背包里去。"

"这是什么?"我问道。

"一袋护身符。"舅舅弯嘴一笑说道。

"护身符? 那还真大。"我歪着头说。

"这是很实用的护身符。"

"——怎么说?"

"你看看里面。"

"——啊!"我照着他说的,拿过袋子看看里面的东西。

"原来如此,这些是……"

里面有封箱胶带和透明胶带各一卷、铁丝和尼龙线各一卷、小型手电筒一支、爆胎的应急修理剂一条、扳手和大型美工刀各一支、军用手套一组、绷带和伤用胶带……

"不知道路上会发生什么状况啊!除了机车内附的工具之外,最好也带上这些。这是骑摩托车三十年的智慧结晶啊!如果能够不用,当然是最好。"

"事事让您费心,真的很不好意思。"

"没什么啦!"舅舅和蔼地笑笑,拍着我的肩膀,"我想应该不会下雨,如果下雨就不要勉强。"

"我们晚上应该就会回来。"

"啊! 不过看状况,说不定需要在那里过一夜。到时记得打通电话回来就好。"

"好的。"

接近正午时分,我们离开了柳家。唯的行李绑在靠背后面,我直接背着自己的小背包，跨上久违的摩托车。

我带着几分紧张发动了引擎。开始转动的V型二气筒独特的震动和排气声，听来既怀念又悦耳。

我向舅舅、舅妈、雄喜，还有外公，在玄关前目送我们的柳家一家人深深行了一礼，向后座的唯说声"出发了"，发动油门。

往姬沼出发。往五十年前母亲出生的小镇出发。往四十五或四十六年前发生悲惨事件、在母亲心里埋下强烈"恐怖记忆"的那个小镇出发。

我像是被小镇慢慢拉近似的，骑着摩托车上路。

第十一章

1

出了小镇、翻过第三个山头后不久,眼前又出现一段陡急的上坡路,我们就在这附近看到了写着"姬沼镇"的小小标识。

"攀过这段陡坡,应该就可以看到街道了吧!"我一边减速应付急转弯,一边这么想着。后座的唯似乎也在想着同一件事。

"快到了吗?"她越过肩头问我。

我推上安全帽的护面罩回答:"应该吧!"这时,听到她发出"唔……"的一声,重心瞬间偏向后方,好像靠在靠背上伸了个懒腰一样。

"累了?"

"嗯,有一点。已经好几年没有坐过摩托车后座了。"

"要不要休息一下?"

"不用,没关系。已经没有时间拖拖拉拉了吧。"

已经过了下午两点半。

"大约再过一个半小时就到了。"记得舅舅是这么说的,现在想想,那应该是指习惯路况的人所花的时间。实际上,出了小镇后,为了找到往姬沼方向的县道,意外地花了不少时间。接下来是一条单行道,连续弯道骑起来相当吃力,让我不敢掉以轻心;再加上很久没有骑摩托车,而且是第一次后座载人,所以要找回骑摩托车的感觉、掌握摩托车特性等等,也花了不少时间。舅舅虽然说"骑个十分钟感觉就回来了",可是当然还是有资质、能力这些个人差异。

后座载人也有影响。虽然我曾经有载人的经验，却不曾在这种状态下长距离骑车。紧张的程度自然提高很多，驾驶方面也比较困难。在这种山路上，更是如此。

然而，这并不表示一路骑来会太过辛苦。多亏了舅舅的悉心保养，虽然跑了相当长的里程，这辆 VIRAGO 的 V 型二气筒状况还是很好。开阔的风景和清新的空气，都是在城市里骑车无法体会的快感。后座的唯不时对景色的变化欢声赞叹，或是在急转弯、煞车时紧贴上来，也让我心情格外愉快。

仔细想想，没错。我记得和中杉亚夕美交往的时候，也几乎没有像这样两人一起骑过摩托车。她不太喜欢摩托车，曾经好几次对我说："怎么不改开车呢？"我之所以没有答应她，果然还是因为打从心里喜欢骑摩托车的感觉。

身体直接在风里穿过、奔走的感觉、转过弯道狠狠压低车体时的感觉，虽然平凡，但我却非常喜欢。说不定，那就是一种接近"飞过天空"的感觉吧！回想起小时候的那一天，看着夜空中闪烁的飞机红光，心里怀抱着对"飞越天际的翅膀"的憧憬。或许我喜欢骑摩托车，正是因为这种想要翱翔天空的梦想吧！

第四座山头是目前为止最险峻的一座。一想到从前的公交车曾经走过这条路，就不由得对司机产生很高的敬意和同情。

我好几次一边与弯道那头突然出现的对面而来的车辆惊险擦身，一边攀上坡道，终于走到了开始下坡处。这时眼前的情景也产生戏剧性的变化，左右被山林包夹的狭窄视界豁然开朗，如同我的预期,由那里可以看到姬沼镇的远景。

"终于到了!"

唯的口气像是感触很深,也像是松了一口气。

"那就是波多野的妈妈出生的故乡啊?"

"——是啊。"我点点头,放松了油门,找了个路旁稍微宽一点的地方,停下摩托车。

"咦?怎么了?"

"三分钟,抽烟时间。"

我放下支架,先让唯下车,自己也跟着下了车。我将拿下的安全帽挂在后视镜上,离开摩托车。脱下汗湿的手套,一边点着烟,一边走向护栏边,重整心情看着眼前那片小镇风景。

——我出生的地方,感觉就很像这样子,那是一个被山包围的小镇。

去年黄金周那天,母亲说过的话清楚地在耳边响起。

——我出生的地方,就是在像这种山里的安静小镇,住的也是很大的旧房屋……

虽然是下午,小镇却蒙上了一层白色的云霭。或许是这个缘故,错落而建的房屋,看起来就好像飘摇在另一端的幻境中,和这个世界隔了一层薄膜。

吐出的烟在风中拖长了尾巴,似乎能就这样飘过遥远的距离,融化在眼前那片云霭之中。接着,云霭慢慢加深了密度,终于化为浓雾,完全吞没了小镇。那浓雾十分深浓,就连擦身而过的人都看不清彼此的脸孔,最后,连白天都显得昏暗的道路上,那没有头的杀人鬼将开始四处徘徊。

突如其来的白色闪光和不祥的蝗虫翅膀声,在这疯狂的交错之中,孩子们流出的血渐渐把雾染得鲜红……

……不行。我连忙用力摇摇头。

为什么会想起这些……

"天好像突然变阴了呢!"站在身旁同样望向小镇的唯,抬头看着天空,这么说着。

我也学她往天空望去。啊!的确。不知不觉中,天空布满云层,灰沉沉一片。离开时还那么灿烂的太阳,现在压根找不到了。隐约觉得,连吹过的风也带着湿气。

"希望不要下雨才好。"

"——是啊。"

"波多野的舅舅他们一家,人真好。"

"嗯?是啊,真的很好。"

"不过他们人太好,好像有点……"

"有点什么?让人不舒服吗?"

"不是的,不是那样的……"

我将变短的香烟丢在地面上,用肮脏的黑色休闲鞋的鞋底粗暴地踩熄它。

"走吧。"

同时,我再次回望着远景中的小镇。覆盖在薄薄的云霭之中、隐身山间的那个小镇——那个小镇的全部、小镇的本身,在我当时看来,就像是从太古时期就已经存在于那里的巨大湖沼。

2

欢迎光临姬沼

翻过山头,再穿过一条短短的隧道之后,路旁突然立着一块大招牌。

姬沼彩虹乐园

旁边还有这样的广告看板。

让您身心获得疗养与平静
万能神药　七色秘汤
游乐、住宿设施完善
竭诚欢迎您阖家光临

看板上还画着大概的地图,清楚标示着"姬沼彩虹乐园"的所在地和前往路径。

原来如此。近年来,利用涌出的温泉大力发展观光业,这也是振兴地方产业的计划之一吧！看起来像是"健康乐园"之类的设施,不过,还真亏他们想得出来"七色秘汤"这种天花乱坠的句子,"万能神药"也是,这种宣传文句搞不好还会引人非议呢！

我连苦笑都笑不出来,只觉得真是无趣,稍微升起一股莫名的怒气,故意加快油门。

"温泉呢,真好。"不知道唯究竟有多认真,不过她指着看板高兴地说,"回家时绕去看看嘛。好不好啊,波多野?"

3

我们没花多少功夫就找到了镇中心的镇公所。在镇公所前的周边地图上确认了"上系追"地区的位置后，马上就开始寻找目标。其实很想到咖啡厅坐坐，休息片刻，不过实在没时间拖拖拉拉了。

已经过了下午三点。

我们并没有问人，而是在大概锁定的区域附近骑摩托车慢慢绕着，终于发现了一处应该就是我们寻找的目标房屋。

外公说得没错，这看来的确是附近占地最广大的房子。不，不只是"附近"，恐怕即使将范围扩大到整座小镇，这个说法都能成立。

屋门的结构俨然是地方上的大家派头，古旧的程度更强烈彰显出自身的价值。确认过名牌上"绽谷"的名字后，我踌躇着是否要马上按下门铃。总之，我们先将摩托车放在离屋门稍远的路边，将两顶安全帽都挂在车身的安全帽钩上，在大屋周围走着。

没有人迹的道路一侧，有一堵连续的高土墙，和昨晚梦中见到的光景十分类似。我心里感到些许困惑，在淡淡笼罩的雾中，和唯并肩前进。

光是要绕到房子后面，就不知花了多少时间。我猜想，总面积一定不只好几百坪吧！话虽如此，在围绕大屋的土墙上偶尔可见剥落的石灰，上方的瓦片有的变形，有的缺落，显然并没有得到很好的维护。

这座大屋——母亲就是在这座大屋里出生、度过她幼年时期的啊!

我回想起昨晚住宿的柳家,那平实的风貌,以及那家中简单微小的丰足。六岁那年,突然离开这间大屋被柳家收养时,幼小母亲的心里,是如何面对那种变化的呢?

下了摩托车开始步行之后,唯一直沉默不语。她是在猜想我的心境,或者她也陷入了自己的沉思?终于……

连绵不断的土墙一角,出现了一道貌似似后门的黑色木门。一个念头突然浮现,我伸手往背后的小背包侧袋找去。我记得昨日唯买来的携带式照相机应该塞在这里没错……

……找到了。

"怎么了?"唯歪着头观察我的举动,"啊,对了。拍照吗?"

"啊,是啊。"我撕开包装封口,从袋中取出相机,"这么难得来了……"

那是装有闪光灯的APS相机。以前也用过几次一样的"附镜头式底片",已经很熟悉操作的方法,于是我就朝着大屋的土墙和周围风景按下快门。

"还有玄关那边也要照一张。"

"——嗯。"

"伯母看到照片会不会想起什么呢?"

"——谁知道呢?"

我敷衍地答着,正想将相机放回小背包时,唯出声阻止了我:"等等!"

"怎么了?"

"相机给我一下。"唯伸出右手,"波多野,我帮你照一张。"

"我不用了啦。"

"不行啦。你都难得走这么远的路来一趟了,拍一张当纪念嘛,来!"

我实在没有拍照的心情,不过也无法强硬地拒绝她,就将相机交给唯。

"那么,就把土墙当背景好了……好,到这边就可以了,OK。好,我要照啰!"

隐约听见快门声。我勉强地尝试微笑,但很快就后悔了。底片上一定留下了我哭笑不得的僵硬表情。

"天色有点暗呢!起雾了。"

唯将眼睛暂时移开取景窗,又再次拿好相机。

"再来一张。"

要我再拍一张。

"你这样就可以了,不要动。"

接着,她又按下了快门。这一次相机发出闪光,亮得使我的眼睛有一瞬间几乎睁不开。

"可以了吧!"我说着,离开了那里,往之前看到的那扇木门走去。

"喂,波多野。"唯马上追上来,慌慌张张地说着,"喂,我刚刚突然想到一件事。"

"什么事?"

"伯母说的白色闪光会不会是这个啊?"

"啊?"我停下脚步回头看唯,"这个?"

"我是说,这个,相机的闪光。"唯的视线停留在手上的携带式照相机上。

"闪光……"

"对啊。你上次告诉我,伯母怕的不是雷的声音,而是闪光对吧?"

"嗯,是没错。"

"你不觉得很像吗? 相机的闪光,这就是没有太大的声音、突然点亮的光啊。突如其来的白色闪光……不是吗?"

"这个……"我觉得很有道理。

这么说来,对了,仔细想想,我几乎没有看过母亲的照片。记忆中只有她和父亲的结婚典礼上的照片吧! 回想我自己的相簿里,和母亲一起拍的照片也一张都没有。

由此看来,母亲不喜欢拍照的推测是可以成立的,甚至可以推导出那是因为她讨厌、害怕摄影时的闪光这个结论。

"——如果真是这样……"我看着唯手上的相机说着,"攻击我妈的那个杀手,当时手里拿着相机。"

"简单来说,应该是这样。"

"也就是说,他一边利用相机发出的闪光,一边攻击我妈他们?"

"嗯。感觉有点奇怪就是了。"

"可是。"我摸着下巴低声说,"等一下。"

"怎么了?"

"那次事件,假设是我妈四岁时,那就是距离现在四十六年前,一九五三年的时候吧!也就是昭和二十八年。那个时候,别说这种携带式相机了,就连一般人用的傻瓜相机都还没有吧!"

"啊,嗯。说得也是。"

"这要查一下才知道,不过,有闪光灯的小型相机,当时一定还不普遍。也就是说……"

"也就是说?"

"所以啦,那个杀手一定是个相机迷,或是工作上习惯用相机的人……应该是这样吧!"

唯点点头表示赞同,接着,她在小巧有色眼镜后方顽皮地眯起眼睛。

"好厉害哦,波多野就好像小说里写的侦探一样。就照这样继续下去,解开从前那次事件的真相吧!"

"别闹了。"我慢慢摇着头,又开始迈开脚步。

我发现前方的黑色木门好像开了一点缝。我想起昨晚梦里的土墙中间有缺口的情景,于是加快了脚步,就像被吸过去一样,走近那扇木门。

在薄霭之中,有股淡淡的香气,酸酸甜甜,令人很怀念、揪住心口般的……啊,这是丹桂花的香味。

木门果真没有关紧。是进出时忘了关好,还是门锁坏了呢?

从门的缝隙里可以看到一点中间庭院的样子。我无法抵抗诱惑,将脸靠近门缝。

"啊……"我忍不住叫出声来。

我看到一座老旧的白墙仓库,旁边是一棵偌大的丹桂树,金黄色小花盛放着。那乘着徐徐微风飘过来的浓厚香气……

下一个瞬间,我将手放到木门上,几乎是毫无意识的。

慢慢施力之后,木门开了,里面是一座相当气派的日本庭园,不过却弥漫着一种寂寥的气氛。仓库和丹桂树就在这座庭院的一角,那景象,宛如一幅特意画给我看的画一样。

我继续在无意识之中穿过木门,一步一步地踏入庭院。接着,突然……

雪白的闪光照亮了周围。我吓了一跳,回头看,唯正站在门的那头,拿着刚才的相机,好像是拍了我的背影。

"不行啦,蓝川。别这样……"

我连忙阻止她的行为。

这时,有一句话盖住了我的声音。

"你们在做什么?"

我们听到尖锐质问的男声。

"随便进入别人的庭院,这种行为实在不怎么叫人欣赏啊!"

抬头一看,距离仓库不远处的墙边,那排并列的园树的树荫底下,声音的主人慢慢走了出来,穿着一身黑色和服便装、体格魁梧的男子,在我们发现他身影的同时……

叽叽叽叽叽叽叽叽……

响起了独特的生硬声响,那是从男子穿着草屐的脚边发出的声音。

　　　　　　　　　　　——是蝗虫。

　　那东西描绘着圆滑的抛物线,飞过好几公尺,降落在仓库前面,消失了踪迹。

　　　　　　　　　　　——是蝗虫在飞的声音。

　　"哇!"我失神惨叫,当场蹲坐在地。

　　……是蝗虫。

　　精灵蝗虫,飞起来了。发出那不祥的声响,就在我眼前。

　　我坐在地上,抱着膝盖,左右迅速摆动着头,全身发出微微的颤抖。

　　……是**那家伙**?

　　我已经完全陷入惊恐状态,心中想着:那家伙来了吗?追着我来了吗?现在出现在那里的黑色和服男子,那个男的,一定就是那个男的……

　　"怎么了?"男子的声音接近了。

　　"啊,啊……"

　　我依然蹲坐在地上,连脸都无法抬起来,不断喘息着。

　　"对不起。我们……"

　　背后响起唯的声音。

　　"对不起,没有经过允许就擅自进来。不过,我们不是什么可疑的人。"

　　"不用担心。我没有打算报警。"那名男子这么回答道。

　　唯又说:"很不好意思,请问,请问您是这间房子——绽谷家的人吗?"

"是的。"

"是这样的,其实我们……"

"我今天早上接到了柳哲郎老先生打来的电话。"

"啊……"

"那位就是波多野千鹤太太的公子吧?"

"啊,是的。就是他。"

"波多野先生。"

那男子开口叫我,我慢慢抬起头来。

"没事吧?"

"波多野。快,振作一点。"

唯抓住我的手拉我站起来。我终于脱离发病般的恐慌,一边拍着牛仔裤上的灰尘,一边重复做了几次深呼吸,接着战战兢兢地对身穿和服的男子低头行礼。

"——真是失礼了。呃,我,我是波多野千鹤的儿子,名叫森吾。很抱歉。我看到母亲曾经告诉过我的仓库,就忍不住……"

"原来是这样。"

他看着我,一副想掂掂我斤两的样子,接着轻轻点了点头。

"我是绽谷雅英。"

这名男子,就是今天早上外公所提到的,这个家的"少主人"。

"我不清楚你有什么事情。总之,站在这里说话也不是办法,到后面去吧!"

4

虽然是白天,但这间宽敞的日式客厅却相当昏暗。

绽谷雅英隔着涂有黑漆、闪亮光滑的矮桌,与我们正面相对。他的眼神十分平静,就好像是故意的一样,察觉不出一丝感情。到底是生气还是高兴?不愉快或愉快?或者是无所谓?他到底是怎么看待我们的?完全感觉不出来。当然,我感到困惑、犹豫,甚至害怕。

"请问有何贵干呢?"

坐在矮桌前大约过了几十秒后,雅英终于开了口。要是这样的沉默再继续下去,我说不定会一句话也说不出口就夺门而出。

"关于从前在我家出入的柳姓园丁,我在今早接到电话后已经确认过了。还有从前我的姐姐被送到这个柳家当养女、之后改名千鹤、结婚后冠上波多野这个姓的事,我也听说了。"

他是向谁、怎么确认的?我虽然好奇,但眼下的情形并不允许我提出这种问题。

我抬起眼观察对方。

他在母亲满六岁那年出生,和母亲一出一进,被带进这个家里——也就是说,他今年应该四十四岁,算来比要一郎舅舅年轻三岁,但这个男人看起来远比实际年龄更为年轻。体型虽然魁梧,脸型却没有太过福态,甚至正好相反,有种尖锐的感觉。

"你就是……"

雅英看着我的脸。

"你是波多野千鹤的儿子,那么和我就是舅甥关系。一般来说,我应该要欢迎你才是,不过,这件事的状况多少有点复杂,而且……"

"而且?"

"血肉相连那一套,我这个人不太喜欢。"

他这句不留情的话,让我感到畏缩。

"如果没有双亲、没有兄弟姐妹,只有一个人活在这个世界上,那么这个世界会有多么不同啊……"

"……"

"——抱歉。这些话跟你们说也没有用啊!"

就好像是在冷笑着嘲讽自己似的,雅英弯起了嘴角。

"那么,那位小姐是……"

"啊,是……"在我身旁端坐的唯挺直背脊回答,"我叫蓝川唯,是波多野的儿时玩伴……"

"唯?"

雅英也出现了和柳家舅舅及外公一样的反应。他一定也知道千鹤的本名叫作"由伊"。

"绽谷先生,"我鼓起勇气问道,"您见过我的母亲,波多野千鹤吗?"

"没有。"

雅英很干脆地摇头。

"可能照过面,但那也是我婴儿时的事了,不可能记得。有些事是在我到了上中学前后的年纪才知道的。在那时候,对从前被送去当养女的姐姐,如果说完全不放在心上,也不是真话。不过,就算当时我去找姐姐见了面,也不能改变什么。"

雅英所说的"有些事"里面,应该也包含了他自己的出生吧!还有父亲的名叫光子的妻子其实不是自己真正的母亲这件事,以及真正的母亲是父亲的情人、自己出生后不久就被当作宝贵的继承人被这个家收养的事。

之后在什么样的逻辑和经验下,让现在的他说出"不太喜欢血肉相连那一套"这句话呢?我可以自由想象,但现在就算这么做,才真的什么也不能改变吧!

我不知道该把视线摆在哪里,慢慢环视着这昏暗的客厅……

壁龛中装饰的大壶里,插有几朵白色的百合花。敞开的纸门后面是宽阔的走廊。走廊和庭院之间排列着木框玻璃窗,其中有两扇也是敞开着的。

刚刚从后门进来时也有相同的感觉,外面广阔的日本庭园虽然极为气派,却带有一种寂寥的味道。或许是受飘起的薄雾影响,所有的色彩都褪了一层颜色。还可以看到后方一栋小建筑物的影子,不同于刚刚看到的仓库,那是像配楼一样的木造平房。

"那么,波多野先生。"

雅英的声音与其说是重拾平静,不如应该用冰冷来形容,我急忙转回目光。

"你今天来是?听柳老先生说,你想见我父亲?"

"是……是的。"我回答他,视线望着矮桌,"突然这……莽莽撞撞地跑来,我觉得很不好意思。"

"你见我父亲,想怎么样呢?"

"我是……"我轻轻咬着干涩的嘴唇,"——关于我母亲的事。"

"你有什么怨言要对他说吗?"

"不,不是……我不是为了这个来的。"

"绽谷先生。"唯这时插了进来,稍微面带怒气地挺身向前,"波多野伯母她……"

"蓝川。"我制止了她,回头对她静静摇了头,接着视线抬向雅英的脸上:"其实,我母亲从去年开始得了重病住院。主治医生说,只剩下半年的生命了。"

"半年……"雅英低声说着,并皱起了眉头,"真遗憾。"

我沉默地低着头。

雅英停了几秒后继续说:"不过,如果是这样,就不会有白发人送黑发人这种伤心事了。"

"啊?"我忍不住疑问,"这话怎么说?"

"我父亲他,日子也不久了。别说半年了,医生说,顶多能撑一个月。"

"原来这么……"

绽谷英胜的健康状态原来这么糟糕。柳家外公今天早上虽然说过"状况不太好",但没想到会这么严重。

"癌症已经发展到末期了,转移也很严重……现在已经束手无策,只能用药来减轻疼痛而已。"

然而,说着这些话的雅英,脸上却依然看不出明显的感情。我不知道该回什么话,又将视线落在矮桌上。

"那个人也已经满八十了,活得够久了吧!他自己好像也有心理准备,尤其最近,也不再叹气或是说些任性的话了。"

"那么,"我心里稍微感到一点难受,问道,"所以英胜先生他现在住在医院吗?"

"不。"雅英慢慢摇头,又稍微皱起了眉头,望向走廊那端的庭院。

"在那里,在那栋配楼里。这是他本人的期望,说是不想死在医院里。"

"啊……"

"需要的机器全套搬进去,那里面就像医院的加护病房一样。身体插满点滴和各种管子,一个人已经什么都不能做了……"

"……"

"今天的情况,刚刚好像痛得很严重,用了比较强的药,所以暂时不是睡着就是意识完全模糊,实在不是能见人说话的状态。"

"……"

"不过,"雅英又看着我,"之前我告诉父亲波多野先生要来的事,父亲好像听懂了,很惊讶的样子。"

"——是吗?"

气氛实在太过凝重,我轻声叹了一口气。

"那么,和他见面的话……"

"我看今天是没办法了吧。如果无论如何都要见面,那我看,只好请你们明天早上再来一趟了。"雅英冷酷地说着,轻轻咳了一声,"我父亲虽然是那个状态,不,说不定就是因为这样的状态,所以好像相当在意你来访的事。"

要不然,我早就请你们回去了——听起来他好像是这个意思。

我无言地点点头,再次望着庭院里配楼的影子。

在那里面,绽谷英胜——我的亲生外公就快要死了。他插满管子的瘦弱身体,衰老的脸上惧怕死神脚步接近的表情,不知道为什么,竟然异常生动清晰地在我脑中浮现。

从庭院吹进的微风中,飘着壁龛中百合花甜腻的香气……瞬间,我觉得那好像是从配楼流出来的病人腐臭,连忙闭上眼,轻轻地摆着头。

那时候,在酝酿着昏暗不祥气氛的寂静中,我仿佛听到从哪儿隐约传来了日本太鼓的声响。

5

　　雅英有没有弟妹？有没有妻子？有没有孩子？……我还有许多悬在心头的问题，却一件也问不出口。心里有一半以为，就算问了，他也不会回答我吧！另外一半又觉得，就算问出来了，那又能怎么样呢？

　　沉默持续了一阵子，我产生一种错觉，仿佛昏暗客厅里弥漫的百合香味逐渐浓厚。说到百合，啊，对了，我记得上个月最后一个星期天，隔了许久去探望母亲时，病房里也插着白色百合花……

　　"那，我们今天就……"

　　说着，我双手撑着矮桌。再继续这样和雅英面对面，也只会增加胸口的沉重而已。

　　"那么我们……"

　　就在这时候，客厅入口处的纸门被无声地推开。在那里现身的，是一个穿着深灰色朴素和服的小个子老妇。

　　她庄重地行了礼，进入客厅，一边说着"请用"，一边将放在托盘中的茶杯放在我们面前。我以为她是这个家的佣人，不过很快就发现自己误会了。

　　"这是波多野森吾先生，和他的朋友蓝川小姐。"

　　雅英对老妇人介绍我们。

　　"我刚刚跟你说过，今天早上有个姓柳的老先生打过电话来的事吧！他说有两个人远道而来，想见爸爸。"

至少听起来不像是主人对佣人的措词。那么她是……

"波多野森吾先生。"

老妇人念着我的名字,就像在细细咀嚼一样,接着,她重新看着我,眨了几次眼睛,打量着我的脸。

"你是,是那孩子的……"

"给你们介绍一下。这是我父亲现在的妻子珠代。"雅英说,"十四年前,之前的妻子光子过世后,父亲再婚的对象。"

"——您好。"

我转身朝向老妇人——绽谷珠代的方向,像刚才在庭院里对雅英行礼时一样,战战兢兢地低头行礼。

"我叫波多野。今天真的,呃……"

"我知道。你是那孩子的儿子,没错吧?这么说来,你们的脸型还真有点像啊!"

她就像看着什么奇异的东西一样,视线一直紧盯着我的脸,丝毫不放开。

"我家的状况,或许你已经有所耳闻?"雅英试探地问着。

"大概的情况,昨晚从柳家外公那里听说了。"我慢慢点了点头。

雅英"嗯"的低哼回应后,平淡地继续说:"她是父亲现在的妻子,同时也是我的生母。也就是说,你母亲和我,是同父异母的姐弟。"

"是的。这我听说了。"

我这么回答着,但却没有回头看雅英,注意力忍不住放在凝视着我的雅英之母珠代身上。她脸上有种不知从何而来的莫名惆怅——或许应该说是哀伤的表情。

"请问，珠代太太，"我说道，"你以前见过我母亲，绽谷由伊吧？"

"由伊？"

珠代有一瞬间歪了歪头思考，但马上接口说："啊，你说那孩子啊！"同时点着头。

"当然有啦。在这里……在这座大屋里见过好几次。"

"我母亲她，她以前，是个什么样的孩子呢？"

"非常乖巧的孩子呢！"

珠代回答我时，被许多皱纹包围如细线一般的眼睛，更加纤细了。

"很乖巧，很安静……总是一脸很悲伤、又很胆怯的表情。就连对我也是，说不定她也很怕我吧！"

"怕你？"我又问了一遍。

"对珠代太太也是？这是什么意思？你是说，我母亲还害怕其他人吗？"

"——是啊。"

一手贴着瘦削的脸颊，珠代又眯细了眼睛，看起来几乎像是闭上了一样。

"因为那孩子的母亲，光子太太，好像很苛待那孩子啊！一定是因为这样……"

"为什么呢？她为什么要苛待自己的女儿呢？"

"这个嘛,那是因为……"话说了一半,珠代又含糊地吞了回去。

我再次问她:"因为我妈是辜负了期待生下的女孩吗?因为她不是可以成为继承人的男孩吗?所以才对她不好?"

"这个嘛……"珠代的手又贴上脸颊,"说不定也和这有关系吧!所以才会用那种奇怪的方法培养她。"

"奇怪?"同样的话,我记得柳家外公也说过。

——在绽谷家的六年,培养她的方法好像有点奇怪……

"到底是……"

"波多野先生。"这时候,耳边飞进雅英冰冷的责备声,"对上了年纪的人,还请你注意一下,不要那么激动,追根究底地问东问西。"

"啊……是的。"

"你的心情我不是不知道,但今天就请到此为止吧。"

"——好的。对不起。"

我知道身旁的唯好像想说些什么,但我慢慢摇着头,告诉她"够了",以稍带卑微的心情,一句句重复着"真是对不起"的道歉。

6

"突然来打扰……真是非常谢谢你们。"

回到玄关,穿好鞋背上背包,我对目送我们的雅英和他母亲再次慎重地道谢。

"那么,我们明天早上再过来。真是打扰你们了。"

"你们是骑摩托车过来的吗?"

"是的。"

"天色看起来不太对劲,你们今天晚上怎么打算?"

"先回柳家,或者在这里找个地方住吧!"

"像是彩虹乐园。"一旁的唯这么提议着,她看着雅英,"来的路上看到了招牌。"

"那里是去年刚盖好的本地经营的健康休闲中心。"雅英依然用他看不出感情的表情说着,"真不知道那样到底能不能经营得下去,不过,还算是个气派的现代设施。"

"周末会不会人很多呢?"

"不。至少不会多到没有空房间住吧!本来想让你们留在这里过一晚,但毕竟家中还有病人。"

"您不用费心的。"我回答着他,其实暗地里心想,家有病人这些话,一定只是借口吧!

"那么……"就在我转身要走时……

"对了,绽谷先生。"

唯朝着双手交盘在胸前的雅英，走上前一步。

"如果，在明天早上我们来之前，令尊的状况有什么重大变化，或者是，更早就可以和人交谈……如果有这些状况的话，可以麻烦您跟我们联络吗？"

唯从夹克口袋里取出名片交给雅英。

"这上面有我的手机号码，如果方便的话……"

雅英看着手里的名片，说了一声："哦。你在出版社高就？"

"啊，不过还只是个新手编辑而已。"

"说来不好意思，其实我自己也出过几本书呢！"

"是吗？是什么样的作品呢？"

"关于石头的书。不过内容只是些不值一提、和闲暇消遣没什么两样的东西。"

"石头吗？"

"是啊。大学时主修地质学，那时对岩石学和矿物学特别感兴趣……所以就这么延伸下去，开始天南地北写些跟'石头'有关的东西。"

"——啊……"

"石头很好。看样子，基本上我对动物、植物等有生命的生物，都有很深的厌恶吧！当然对人也是，所以才会对像岩石或矿物这些典型的无生物这么感兴趣吧！"

突然听到这些话，唯也显得不知如何是好。

或许是察觉到她的反应，雅英依然看着唯的名片，点头说着："知道了。如果有紧急需要，我会打电话联络你的。"

7

　　我再次行礼道谢,打开了玄关的门。雅英仍待在家中,但珠代却套上鞋子送我们走出门。

　　下午四点半。四周弥漫的云霭比来时更浓了几分。天色也的确阴沉,下起雨来都不奇怪,这时……

　　刚刚在客厅听到的日本太鼓声,不知道又从哪里传了过来。我静下来侧耳倾听,隐约还听见了类似笛声的微弱声响。

　　"附近有祭典吗?"我停下脚步,回头看着珠代问她。

　　"啊,是啊。"她衰老的脸上浮起淡淡笑容,回答我,"明天应该是最后一天吧,那是系追神社的秋日祭典。"

　　"秋日祭典……"

　　"我们这地方虽小,祭典也是挺热闹的。神社附近也摆了不少摊贩,实在是……"

　　珠代仿佛回忆着逝去的遥远岁月,望着因风而翻飞的白霭的另一端。

　　这时,我忍不住开口。

　　"四十五六年前,秋日祭典那天的黄昏……"

　　"啊?什么?"

　　我看着回过头来的珠代的嘴边。

　　"我母亲,这个家的女儿由伊,她被人攻击,手臂上受了很严重的伤。那时候跟她一起玩的孩子们,也被同一个犯人袭击,听说死了很多人……珠代太太,您听说过这件事吗?"

"这个嘛……"珠代疑惑地用一只手贴着脸颊,"曾经发生过那么可怕的事件吗?"

"应该没错。"

"竟然有好几个孩子被杀,这我倒没听说了。"

"不过……"

"那孩子手上的伤,你这么一说,我想起来,好像有这么回事。"

"我母亲她……您没有记错吧?"

"是啊,没错。"

"在秋日祭典的黄昏?"

"就是啊,我记得是这样的。"

珠代避开我的视线,再次望着翻飞的白色云霭的另一端,过了一会儿总算又开口。

"大人稍微没注意,她就一个人不知道逛到哪里去了……回来的时候,手上流着血,哭个不停。问她怎么了,也只是抽抽搭搭哭个不停……后来应该也因为这件事,被光子太太好生骂了一顿呢!"

我偷偷看了一眼敞开的玄关门的后方,雅英是不是还站在那后面?我一边注意着,自己又开始不断向他的母亲问东问西,不晓得他会不会像刚才一样出声责备。

"我还有最后一件事想请教您。"我说着。

如果明天要过来,那时候再问也不迟。但抱有这种想法说不定只是我在逃避而已。只要想想我到这里来的最初目的到底是什么,那么我本来应该一开始就问这个问题的,但是……"

"是有关十四年前过世的绽谷光子太太,也就是我的外婆。"

我怎么也压抑不住急速膨胀的不安和恐惧,提出自己的问题。

"她是怎么死的呢? 我听说她上了年纪之后突然得了痴呆。"

"光子太太啊!"

珠代轻叹着气。我感觉到那声音、那表情,都透着比之前更加严肃的气息。

"我记得她的确是六十多岁时过世的。就像你说的,死前一两年前突然患了痴呆……家里人也束手无策,送进医院去,不久就过世了。"

"那时候,她开始痴呆之后,她的头发呢?"

听到我急切的追问,珠代讶异地睁着眼睛。

"啊?"她歪着头问。

"她的头发……"

我更急切地追问。在我的眼角余光,看到唯正屏气看着我们的脸。

"头发的颜色……她,光子太太的头发,那时是什么颜色?"

"啊……"珠代急慌慌地点头,仍然睁着惊讶的眼睛回答,"她的头发是一片雪白啊,根根都是。"

第十二章

1

山里的森林遭到砍伐,形成一片占地不小的空地,上面是一座意外庞大的建筑物,以涂成红褐色的外露钢筋和未经修饰的水泥为基调。

姬沼彩虹乐园

说气派的确很气派,说现代也不是没有现代风格,作者的创作意图并不是无法了解,却很难融入周围以及小镇整体的氛围。色彩异常鲜艳的灯饰,闪烁在悄悄降临的昏暗暮色和漫起的云霭中,说得好听一点,是超现实风格,说得难听一点,总觉得有种招摇撞骗的虚假。

虽然是周末,宽敞的停车场却连一半都没停满。正如绽谷雅英所说,看样子附设的旅馆也不可能客满。

我们进入建筑后,直接走向旅馆的柜台。不出所料,还有很多空房。这里没有单人房,于是我们要了两间相邻的双人房。退房时间是第二天早上十点。拿过钥匙,听完馆内设施的概要说明等等,终于回到各自的房间时,是下午五点十分左右吧!

自从出了绽谷家,利落地在镇公所前的地图上确认"彩虹乐园"所在地的是唯,指示摩托车前进方向的也是唯,办理住房手续的也是唯,依照号码找到房间、将钥匙插入房门的还是唯。我从头到尾只是安静地跟着她的动作,其间几乎一个字都没说。

——她的头发是一片雪白啊,根根都是。

临走前向绽谷珠代问出的最后那句答案,在我脑中重复回响了几百遍、几千遍。

——她的头发是一片雪白啊。

——是一片雪白啊。

——一片雪白。

这句话代表什么意义?根本不需要思考了。到今天为止,我已经不断思考了好几个月,而这个问题到最后只有一个简单扼要的答案。这个答案极其残酷,充满了捉摸不清的恶意。

绽谷光子在十四年前,六十多岁时,因痴呆而死。当时,她的头发是一片雪白,和她的女儿由伊——千鹤,现在的样子一样。

"篡浦=雷玛症候群",通称"白发痴呆"。光子太太果然也是。所以,母亲所患的白发痴呆恐怕正是"家族性"、"遗传性"的。没错。就是这样没错。

母亲的白发痴呆会遗传。身为她儿子的我的身体里,有二分之一的几率,继承了这种致病基因。

二分之一……丢铜板的正面或反面,掷骰子的奇数或偶数。我将来就是有这样的几率,可能变得像母亲一样。快的话,几年之后,在三十岁之前,病情就可能明显。头发会迅速变白,同时失去种种记忆,失去种种知识,失去思考能力,失去情感……终于,我会连自己是谁都不知道。无法停止的痴呆化,结果会让我整个身心千疮百孔地死去。

我……啊,我会……是我,我也会……

"又还没确定啊,波多野。"

唯到房里来鼓励我,但我却没有办法直视她的脸。

"珠代太太年纪大了,说不定她有可能记错了啊。明天过去的时候,我们也问问雅英先生,再和英胜先生谈谈,确认一下,好不好?再说,过了六十岁之后头发变白,其实也是很普通的啊,就算不是什么特殊的病,也会……"

她这些话,在我耳里听起来也只是安慰,我想她自己也很清楚。

"今天先不要想太多,放松心情。明天再去见英胜先生,不管雅英先生再怎么说,都要慢慢把事情问个详细。还有那次事件。珠代太太虽然说不记得有很多孩子被杀的事件,可是伯母的手上确实有伤口……没错,你看,她连那么大的事件都不记得,她的记忆一定是说不准的啦。"

"——啊!"

我昏暗狭隘的心,如今,那份昏暗和狭隘又更深了一层。在心底,已经萎缩的自我毫无气力,趴倒在地,阵阵颤抖着。虽然对唯很过意不去,我还是一点办法都没有。她越是努力表现得开朗,就越觉得自己被逼到更加昏暗狭隘的地方去。

"那么,我先去看看他们的'七色秘汤'。波多野,你要不要先躺下来休息一下?我看你一定也累坏了吧。我到时间再来找你吃晚饭。啊,对了,柳家那边我会打电话去跟他们说一声的。"

我点起烟,连"嗯"或"不"都没回,连点头摇头都做不出来,只是在窗边的椅子上抱着膝盖,黯然看着冉冉升起的烟。我还是没有办法看着唯的脸。

"你不要想太多哦。"

唯对我还是没有一点不耐,她离开之前这么说,将手轻轻放在我肩头。

"没事的,波多野。"

过了几秒之后,我终于抬起眼睛,十分缓慢地看着唯。在打开门、离开房间之前,她又一次动了动嘴唇,说着:"没事的。"接着,她用像是在病人耳边轻声说话般的声音对我说:"不管事情变得怎么样,我……"

她说的话,我只听到这里。

在这之后,她又说了些什么呢?我不知道,那个时候,我也没有去推测或是想象的心情。

关上门,唯的身影完全消失之后,我一边点起第二根烟……

"喂……"

一边用干涩嘶哑的声音低声说:

"活着好玩吗?"

2

　　大约过了二十分钟左右,剩下的不到十根香烟就全部燃成灰烬。平常不曾这样连续抽烟,胸口感到一阵不适,不过我还是捏扁了空盒,又走出房间去买烟。这时任何人看到我的举动,一定都觉得像是B级①恐怖电影上可能出现的僵尸吧!

　　房间在四楼,要买烟得到一楼大厅。

　　一走出电梯,就看到一间小商店,但是不见店员人影。大厅角落里有一台自动贩卖机,我朝着那方向走去,丢进铜板,按下商品选择按钮,弯下腰正要伸手到取出口,就在这时……

　　视野突然亮起一阵白光。

——是光。

　　我紧握着取出的香烟盒,全身几乎是反射性的瞬间僵硬,脸上的血色一下子抽尽,连我自己都感觉得出来。

——是白色的闪光。

　　我惊恐地环视周围,在大厅入口附近有一群人,看似一家人,两个穿着一样衣服的孩子,和一个应该是他们母亲的女性,背对着马赛克瓷砖拼出的一大面彩虹墙,微笑站着,前面有个像是父亲的男性,弯低身拿着相机。

---

① B-movie,B级片,指低预算拍出来的影片,剧情卖点通常跟牛仔、黑帮、恐怖题材有关。

"再来一张哦！嗨,笑一个!"

相机发出闪光,我的视野再次亮起白光。我忍不住抬起一只手遮住脸前,踉跄地往后退。

"您怎么了?"

背后传来这个声音。

"您身体不舒服吗?"

回头一看,一个陌生男子紧贴着站在我身后。

是一个个子极矮的中年男子,戴着一顶遮到眼部的黑色软帽,一身黑色夹克、黑色裤子,衬衫和鞋子也是黑色。

"啊……没有。"我身子往后倾,慢慢地摇着头。

"来,笑一个!"又是那位像父亲的男性声音,闪光亮起。

"哦,是吗?"

那男子说着,同时用指尖将帽檐向上推。从帽檐底下露出一对仿佛被捞上岸的深海鱼般混浊的眼睛。

"您的脸色看来不太好呐!"

"没,没事……"

"哦,是吗?"

这回在帽檐底下,他将上唇往上翻,露出了泛黄的肮脏门牙。

"不过,您……"

这男子继续说着,同时将右手伸进夹克内袋里。啊,做什么?这个家伙想做什么?

"不,我真的没什么……"

我心里充满恐惧,生怕这个男的现在就会从口袋里拔出沾满血迹的刀刃、发出怪声朝我扑过来。我伸出双手挡在胸前,往后退。然后,就在对方还想再说些什么、正要往我这边踏出一步时,转过身,逃离那个地方。

"啊,请等一下。"

那男子吃了一惊,想叫住我,我没有回头看他,朝着电梯跑去。

在途中,又听到"来,笑一个!"的声音,闪光瞬间亮起。

到底有什么好笑的?我听到孩子们不约而同地格格发笑。

店员已经回到刚刚还空无一人的商店里,是一个年轻的女售货员,但不知为何,她也是从上到下一身漆黑的装扮。店员的眼神刚好对上蹒跚跑过的我,她随即堆起满脸的职业笑容。

"欢迎光临'彩虹乐园'。"

她发出一种好像微调失败的电子合成声。

"请您慢慢休息。"

我冲进打开的电梯门时,又亮起一阵紧追而来似的闪光,同时……

叽叽叽叽叽叽叽叽……

我知道,至少在那个时候,近在我耳边的这个声响并不是我的幻觉。

3

　　我逃难似的躲进房间,脱掉身上的皮夹克,坐在床边,一直不断地抽着烟,脑中一片混乱。

　　刚刚在楼下大厅所遇到的……

　　那是……

　　没错,那只不过是个普通的家庭刚好在那里拍纪念照而已。那个一身黑的中年男子也只是一个普通客人,看到因为闪光灯的亮光而恐惧战栗的我,好心询问而已。商店里也只是普通售货员,刚好穿着那种黑色衣服而已……

　　没错,一定只是如此而已。只不过如此而已,却让我如此慌乱、如此惧怕,这样的我,果然还是不太对劲啊！不过……

　　颈后和背后流下的汗水濡湿了衬衫。我轻轻将手放在胸口,心跳还是很激烈。

　　从这颗小小心脏送出的血液,现在是以什么样的速度流在血管之中呢？我突然想到……

　　——那就是人的血的颜色。

　　小时候听到的母亲的声音,又慢慢地重现在耳边。那时候巨大夕阳的颜色,也鲜明地重现。

　　——和人身体里流的血,一样的鲜红。

　　同时,叠在这声音之上,在我脑中摇晃的,是她年轻美丽的脸庞。然而,过了一瞬间,就换成了现在的她,那张已经完全失去知性光辉的空洞脸孔……

"……啊！"

我发出微弱的叹息，慢慢地摇着头。

捻熄抽了一半的香烟，马上又拿出一根新的点上。每增加一截烟蒂，就更加强了胸口的不适，下一根烟抽了第一口时，终于涌上一阵无法扼制的呕吐感。

我冲进厕所，跪在马桶前，在一阵痛苦的翻呕之后不断喘息，从喉头逆流而出的，是自己污秽的胃液。

——喂。

那个模糊的低语，又来到我耳边。

——活着好玩吗？

如果回过头去，后面一定会是那个狐狸面具，分辨不出是男是女、是老是少，还是它……

我用力闭上眼睛，站起来，擦擦肮脏的嘴角，站到洗脸台前，将水龙头转至最大，把头伸向冷水，就这样洗了好几次脸、漱了好几次口……我心想，应该没事了，于是慢慢张开眼睛，但眼前镜子里的竟是……

就像一口气老了几十岁一样，我看到一张满是皱纹、一头白发的脸，凹陷的眼睛用惊惧的神色看着我。

我发出连声音都称不上的凄厉惨叫，从厕所夺门而出，然后整个人扑倒在床上，双手抱头，将身体缩成一团，全身微微颤抖，始终停不下来，颈后和背后再次开始流汗。

"……不要！"

我一边颤抖,一边低声说。

"我已经受够这些了!"

不要,不要……我在心里一次又一次地重复着,将身体缩得更小。

我再也不要被这种没有出口的不安和逃不掉的恐怖不断折磨。我再也不要想起病房里害怕着自己"最后的记忆"的母亲。我再也不要看到母亲的那个样子。我再也不要去想到不久的将来母亲死后的种种。

结果我还是只在意自己……心里只想到自己的现在和未来,我再也不要一直对这个"不过尔尔"的自己感到厌恶。

什么找寻"答案"? 积极地"行动"? 这些事根本就不适合我。早知道我根本不要和唯商量,应该一个人关在房间里什么都不思考……说不定那样,痛苦还会稍微小一点。一定是的,一定是的……啊,所以……

现在还不迟。我心想:只要逃走就行了,从这里逃走。

我再也不要等到明天早上再去绽谷家一次。已经不想去了,不想见到他们了——或许这就是我现在真正的想法。

——这又还没确定啊!

没错。刚刚唯是这么说的,的确是这样,没错。

这又还没确定。绽谷光子是怎么死的? 关于这个问题的正确解答,还没有出现。珠代口中雪白的头发,说不定就像唯说的,是她记忆的错乱;也可能只是因为上了年纪,自然地长出白发。这些可能性,现在都还不能完全否定。

明天再去一趟绽谷家,向雅英或英胜问清楚,应该就可以知道这件事确切的"答案"了吧!说不定可以就此证明珠代是记错了,也可能从其他方向知道光子患的或许不是白发痴呆。然而,相反的情形也极有可能。也就是说,也有可能证明,珠代的记忆没有错,光子的确患了白发痴呆。只要从这里逃走,那么,我就不需要知道确切的"答案"了。只要不知道答案,我身上带有白发痴呆致病基因的几率,就可以维持在四分之一,和从前一样……

还不如那样好,我心想。

——你为什么会在这里?

还不如就那样吧!

身体的颤抖终于稍微平缓,我起身离开床,捡起皮夹克披上。

——可以不用待在这里啊。

我伸手去拿丢在地上的小背包和安全帽。

虽然对唯很过意不去。

我看了一眼与隔壁相接的墙壁,低声发出小小的叹息。

唯是个"大人"。

从小学开始,她就非常清楚要怎么和身边的许多人和事物——也就是自己生存的"世界"——好好相处。我不知道她自己是怎么想的,至少在我眼中,看到的就是这样。现在当然也没有改变。

她是个"大人",这绝对不是挖苦。

反过来看看我……

——其实你是知道的吧。

在自己身处的"世界"这个巨大的装置中,要按下哪些机关?如何按下?哪些地方又会如何运作?如何回馈到自己身上?

如果说学习这样的机制就是"成为大人"的历程,那么,我从小时候开始,按下的一定都是错的。而且我想,直到某时某刻为止,我都没有发现自己按错了!

——是吧。

即使如此——这样的我也终于一点一点慢慢汲取教训,一点一点学会折中的方法……啊,不,这种想法一定只是我浅薄的幻想。说不定,我从一开始就不具备这种能力。虽不是完全没有,但说不定就是缺少了某个决定性的东西,所以现在才会这样、这么……

——可以不用待在这里啊。别勉强自己。

今年春天分手的她,中杉亚夕美也是……没错,她也是一个十足的"大人"。彻底学会"世界"这个架构的某一个层面,从而获得坚定不移的价值观,依照这种价值观,赋予各种行为和现象一致的意义——现在想想,我在她身上感受到的某种吸引力,或许就是这种可以说是纯粹功利的思考方式吧!

骏一哥和文子大嫂,他们也都是成熟的"大人",就连水那子也是。至少,和我这样的人比起来,他们都成熟得多了……

——消失不就成了。

我——我还是办不到。虽然心急地想尽办法要变成"大人",但一直到现在还是不能好好跟"世界"相处。

我……

——消失不就成了。

……啊,那天晚上在公园,坐在长凳上的那孩子……

——其实你是知道的吧!

整张脸被残忍地切割,染成一身红黑色的那个孩子,当时对我这么说。

——是吧,大哥哥。

"我知道……"

我向根本不存在的对方吐出答案,一个人离开了房间。

4

外面的世界依然笼罩在一片云霭中,时间正当跨越昼夜的交界。

跨上摩托车,发动引擎,我稍微回头看了一眼自己刚刚走出的那栋建筑物,便坚决地将离合器拉到底。雨几乎就在这时候降下来,我听到"滴滴"打在安全帽上的细小雨声。

现在开始要往哪里去,我一点方向也没有。总之,要离开这里,到远处去。

从"姬沼彩虹乐园"的地盘冲出,到外面的道路上,我一直在心里这么想着。

催紧油门,但是……雨势越来越激烈,好像绝不让我逃出这个小镇一样。

吹进安全帽里的雨滴刺痛了我的脸,我放下护面罩。这种黑色的遮阳面罩本来就不适合晚上骑车使用,持续袭来的大颗雨滴更是雪上加霜。我向前弯伏,集中精神注意车头灯光线照出的狭窄路面。

雨势仍然不断增强,不到十分钟,我已经全身湿透,皮夹克的领口和袖口就不用说了,连手套和鞋子里也都进了水。骑摩托车遇到下雨,这种经验也不算陌生,但是在短时间之内淋得这么湿透,在我记忆中还未曾有过。

我应该继续冒雨前进,还是暂停下来等雨势变小?我一边犹豫着，一边在夜晚的山路上前进。最后，别说自己的位置了，连摩托车朝向哪个方位行驶都搞不清楚。就这么在不知是第几个转角左弯的时候……

车头灯的光线，突然切过某种物体的黑影，从激烈雨声的缝隙中，一瞬间，我仿佛听到了"叽叽叽叽……"的声响。

我慌慌张张急煞车，锁住了轮胎，于是轮胎在潮湿的路面上打滑。正后悔着"糟了"，下一秒就从摔翻的摩托车上被抛到路上。

倾倒的摩托车滑行几公尺后，撞上电线杆停了下来。幸好车速不是太快，摔到路上时狠狠撞了一下左肩，但看来并不是太严重的伤。不过，身体仍然有好几秒不能动弹，趴在路面上，任雨打在身上。

真是再糟不过了。

我忍住肩头的疼痛，好不容易用尽力气站起来，跑到倾倒的摩托车旁。左边两个方向灯都碎了，把手也扭曲得很严重，有一面后视镜上出现很大的裂痕。

我先把车身扶起来，放下支架，握着离合器，试着按下自动启动钮，但没能发动引擎。我束手无策地望着黑暗的天空。这时，在我的背后……

啪！响起了某个人的脚步声。

我的手瞬间挪离开摩托车，浑身僵硬。

啪！又是那脚步声。

我马上想到刚才从面前切过的黑影。那黑影的主人就是这脚步声的……

……是那家伙?

这念头一出现,就有一股寒气穿透我的背脊。

它还是追来了。追着我,追到这里来了。说不定那家伙本来就一直藏身在这个小镇里,等着我过来。不,又或者……

啪! 脚步声又响起,慢慢接近我这里。

我实在没有回头的勇气,于是我戴着肮脏的安全帽,丢下摔坏的摩托车,在滂沱大雨中拔腿狂奔。

5

　　我是从哪里跑的？怎么跑的？自己根本不知道。对这里的地理位置本来就不熟，就算熟悉，一想到从那个场景逃出时的状况，还是不可能冷静地掌握自己的位置。

　　我不停地奔跑在只有零星几盏街灯的夜路上，没有任何人或车辆与我错身。背后紧追的脚步声不知何时消失了，我完全乱了方寸的心情这时终于镇定下来，而刚才还那样激烈的雨势，现在却不可思议地平静了许多。

　　这时，我终于有余力回头，确认身后并没有黑影追来后，我安心地吐了一口气，同时取下安全帽，也脱下潮湿的手套，塞进安全帽里。

　　……这里是哪里呢？

　　我又看了看四周，问着自己。

　　这里是哪里？到底是姬沼镇的哪一个位置呢？

　　重新背好背包，将安全帽挂在左手上，我一边整理紊乱的呼吸，一边继续走着。这时候……

　　从某个地方——出乎意料的是，那地方就在附近——传来了和白天听到的一样日本太鼓声。而且，啊，隐约也有类似笛声的微弱声响……

　　……是系追神社的秋日祭典。

　　原来我回到那附近了啊！

我依循太鼓和笛声，朝着那些声音来源的方向加快了脚步。就在转过几个转角、走上一条比之前的路更宽的大路上时，我在前方看见了摊贩上朦胧的灯光。

也许是刚才猛烈雨势的影响，虽然是有各式摊贩卖店林立，路上来往行人的身影仍然稀少，也有很多店家没有营业。

但还是有几家店在做生意，也可以零星听到令人怀念的摊贩叫卖声。捞金鱼的水槽旁围蹲着几个孩子；年轻情侣一边舔着糖苹果，一边扯着福袋的线；让妈妈牵着手走的男孩，指尖牵着一条细线，另一端是浮在天空中的银色气球。

乙炔灯炫目的光线下，人影摇曳，好像只有这一带飘着一种与世隔绝的淡淡气息，像一处在这封闭夜晚的一角与我不期而遇的小小绿洲。

不过……

走了一会儿后，我察觉到一个奇怪的现象。不管是摊贩、来往的行人、大人或孩子、或男或女……他们全都像事先约定好了般穿着黑色雨衣。

这是为什么？虽然有一瞬间感到疑惑和不安，但他们看起来并不像会有怪异的举动。我努力让自己不去在意，在雨已经完全停止的夜空下继续走着。

越往前走，日本太鼓声和笛声就越清楚。虽然并不是特别想亲眼看到实物，但我竟莫名地有点快活，甚至可以说有一种异样的心情，继续向前走去。

6

一不留神,太鼓声和笛声已经在我的后方。

想来,我在不知不觉中穿过了他们发出声响的地方——多半是在系追神社院内吧!

我往前看去,再走几步路,就到了摊贩群的尽头,前面陷入是一片可怕的黑暗。应该回头?还是继续向前走、先离开这个祭典呢?

我停下步伐,拿不定主意。这时,我的脚边有什么东西动了动。

我好奇地弯身一看,那是爬在路上的一只乌龟,是在这种祭典的摊贩里经常会卖的巴西乌龟,不过它的个头不像一般商品那么小,大概有幼儿的手掌大。这应该是长大了的巴西乌龟吧!可能是从饲养它的主人那里逃出来的,也可能是被丢掉而野生化了。

不管怎么样,像这样在路中间慢慢爬,随时都有可能被人踩扁。

我用空着的右手抓起乌龟。这时候,它马上将头尾和四肢全部缩进壳里。

路旁刚好有一块长满杂草的空地,我将乌龟丢进那里,那附近要是有田园或引水道,它总有办法自己爬过去活下来吧!

应该回头?还是继续向前走、先离开这祭典呢?

我再次停下步伐,依然拿不定主意。这时,我突然注意到我的旁边,之前我没有意识到的地方。

刚刚放下乌龟的空地前方,有几栋相连的古老民宅,其中两间相邻房屋之间有一条狭窄巷道的入口。那个地方看起来并没有什么特别,但我不知道为什么就是很在意——不,我想,我在那时候已经开始萌生出一丝预感——我朝巷道的方向走去。

好像有什么东西在那里——在巷道深处的黑暗角落里动了动。

我悄悄窥探巷道的深处,那里有一片沉重浓浊的黑暗。在那片黑暗的缝隙之间,好像有什么在慢慢动着……啊,这是……

我专注地望着,想看清楚那里的身影。

"嗨,你终于来了。"

这是……怎么会?

"你一个人吧?"

就好像重现小时候那个秋天黄昏的记忆一样,我同样地从巷道入口窥探着深处……

"喂,你一个人吧?"

那里有个戴着浅咖啡色狐狸面具的人正在问我。那个声音十分含糊,分辨不出究竟是男是女,是老是少。

"喂,祭典好玩吗?"狐狸继续问着。

什么也答不出来的我,只能呆呆地看着那张浮现在黑暗里的浅咖啡色面具。

"喂,活着好玩吗?"

刻意压低的笑声,从黑暗巷道的深处一波又一波地传来。接着,从狐狸背后又慢慢浮现两个人影。他们都戴着面具。啊,这也和小时候那天一样……

他们都戴着面具。一个是好像曾经在电视卡通里看过的女孩,名字我已经忘记了;另一个是……对了,那果然是假面超人,没错。

"喂,要不要我教你更好玩的事啊?"狐狸说着。

"不用教也知道的啦。"女孩说着。

"其实你是知道的,对吧?"假面超人说着。

"来吧!"狐狸说着,举起了一只手。他侧着身体,柔软地摆动手腕,召唤我走向比他所站立的地方——那交织着浓密黑暗的巷道更深、更黑暗的地方。

"来,过来吧。"

我完全没有抵抗的能力。现在,这里也没有像从前那样一把抓住我手腕的那白皙的手。

我还是回头看了一眼。就在这时,路上刚好有一个身穿黑色雨衣、高个子的中年女性走过,静静看了这里一眼。我尝试着要跟她说些什么,像是"你好",或是"再见",什么话都可以,结果她却用一种看到肮脏东西的眼神瞪着我,"哼!"地别过头去。

我重新望着巷道,已经看不见狐狸们的身影了。不过,呼唤着我的模糊声音,那声"来,过来吧!"还在不断地、反复地回响着。

我毫不犹豫地踏步走向巷道深处。

沉重浓厚的黑暗,越往前走,越浓厚,不只在视觉上,甚至覆盖了我的听觉、嗅觉、味觉和触觉。每走一步,我就看见以往从未体验过的深邃黑暗、听到这深邃黑暗、嗅到这深邃黑暗。我舔舐着这深邃黑暗、触摸着这深邃黑暗。

很不可思议的,我完全不觉得不安或恐怖——这条深邃悠长、好像会永远延续下去的黑暗道路——反而像是轻柔甜美的棉花糖,像是心爱的人温柔的臂弯,像是给我安稳睡眠的温暖被毯,用无比的舒适将我包围,将我吞噬。

III

第十三章

1

　　肉体、感觉、意识、思考……我的所有都被深邃的黑暗完全覆盖——说不定只是短短数秒的时间,也说不定是更长更长、长到令人无法置信的时间。我在这段期间所走过的,说不定只是寥寥几步的距离,也说不定是更长更长、长到令人无法置信的距离。实际上究竟如何,就算再重新回想一次,我也不知道。

　　不过,我可以确定的是,在某一个时间或地点,某个基本的东西改变了。不,说不定"改变"并不在那个点上,那里充其量只是一个终点。至于起点,没错,可能就在八月最后一个星期天我探访的母亲病房;也可能是今天下午亲眼看到精灵蝗虫飞舞的绽谷家庭院;可能是模拟考试当时看到杀手幻影的补习班教室;也可能是那天晚上,我和不可能存在的孩子对话的公园。

　　我这么想着。

　　超越那个时间或地点,最先抓住我目光的,是夜空里的月亮。在黑暗的天空里,泛着清亮的苍蓝光芒,缺了左上半边的半圆形,那是……

　　——那就是上弦月。

　　啊。对了。那就是上弦月。

　　——从现在开始会慢慢变圆,然后变成满月。

　　"……那就是上弦月。"

　　我低声念着,揉揉眼睛,感到有些不对劲,想起了昨晚在柳家门前的路上抬头望见的月亮形状。

那时候的月亮……不对,不是这种半月,应该是更接近圆形,似乎再过几天就要满月了。

……为什么呢?今天是九月二十五日,应该快要到农历十五,可以看到中秋明月的时节了啊!从这点看来,今天晚上的月亮没有理由是那种形状啊!

难道是云将月亮遮住了半边,所以看起来像是半月吗?不,不可能,天空里一片云的踪迹都没有。至少在月光照亮的范围内,一点云影都没有。

我摸不着头绪,又揉揉眼睛。为什么呢?到底为什么会有这种事?

就在我正困惑不解的时候,夜空中又出现让我更困惑的现象。月亮挂在空中的位置一点都没有变,但它的形状却慢慢开始改变,半圆形渐渐消瘦变细,终于变成细如丝线的新月。接着,又慢慢开始膨胀,超越最初的半圆形,变成满月……

我愣愣地抬头看着天空,这实在让人无法相信是真实发生的景象。

我开始在脑子里栩栩如生地描绘起一只随着月亮变形,也跟着扭曲变形地改变自己身体形状的恶心兔子,就像我在幼小年岁刚刚懂事时一样。

不知在什么时候,月亮已经从天空消失了,然而,包围着我的深沉黑暗虽然渐渐淡去,但周围依然昏暗得几乎无法辨识。在那里,突然出现了一个人影。

他就并排站在我的正右边。有个东西——应该是他的肩膀——碰触到我的手腕,让我发现他的存在。

那人影比我矮上许多,从身高看来,应该是个小孩。一开始连轮廓都不太清楚的脸,随着黑暗的淡去逐渐隐约可见。

"……啊。"我忍不住发出惊呼声,"啊,你是……"

光滑圆脸上的天真笑容,嘴角露出恶作剧的舌尖,曾经在电视卡通里看过的女孩,是那张面具。

看着困惑的我,女孩从面具下发出"呵呵"的模糊笑声。

"……喂,小朋友。"我试着慢慢说出脑中的疑问,"这里是哪里?"

"这里是——"光凭这声音,还是分辨不出究竟是男是女,是老是少,女孩面具回答道:"这里是,什么地方都不是的地方。"

"什么地方都不是?"

"这里是,什么地方都是的地方。"

"什么地方都是?"

"这里是,什么地方都有的地方。"

"什么地方都有……"

这时候,又有什么东西触碰到我拎着安全帽的左手。一回头,这次是假面超人,看身高应该也是个孩子。

"……喂,小朋友。"我试着问,"现在是什么时候?"

"现在是——"假面超人回答:"现在是,什么时间都不是的时间。"

"什么时间都不是?"

"现在是,什么时间都是的时间。"

"什么时间都是?"

"现在就是,现在、过去、未来……还有全部。"

"现在、过去、未来……"

我一边喃喃重复着对方的话,一边又看着前方。就在这个时候……

在仅仅距离我两三步的前方,出现了浅咖啡色的狐狸面具。仿佛一瞬间从黑暗中渗出一样,他面朝这里站着。女孩和假面超人连一点脚步声都没有发出,从两侧走出。差不多相同身高的三个人,在我面前排成一列。

"……喂,小朋友。"我问,"你、你们是谁?"

"我是——"狐狸说着,接着,女孩和假面超人也跟着说:

"我是——"他们同时说着。

"我是我。"狐狸回答。

"我是我。"女孩子和假面超人回答。

"我是我。"

"我是我……"

接着,他们三个人同时齐声说:"来吧,一起来玩吧。"

说完这好似秘密咒语的一串话后,他们脚步整齐地退后了几步。从三张面具底下,发出了细细碎碎的含糊窃笑。

"你,你们……"

我往前伸出双手,踏出脚步,想抓住他们。

"这里是……现在是……"

三人继续低声窃笑。虽然没有身处在宽广的大厅或洞窟里，但那笑声却拖着几重长长的尾音，发出回声，在我周围盘旋围绕。

就在这个时候……

三张面具突然消失，就像融化飘散在黑暗里一般，而出现在面具下的是……

那是几张还稚嫩年幼的童颜。

狐狸和假面超人的面具底下是女孩子，而女孩的面具底下则是男孩，都是陌生的面孔，就像在任何地方都有可能看到，这个国家里数不清的孩子的脸。

没有了面具，他们还是继续低声窃笑着；虽然没有了面具，声音却还是和之前一样含糊。

"喂，你们是……"

话说了一半，我猛然注意到不断窃笑的他们，眼睛的颜色有点异样。就像患白内障的老人一样，黑眼珠的颜色很淡。不只是淡，那种颜色就像是在香草冰淇淋上浇了橘子糖浆一样，那种绝对不存在的色彩就泛在他们的眼珠上，三个人都是一样。

这些孩子到底是谁？他们眼睛的颜色，到底是怎么回事？

我又叫了一声"喂！"向前跨出一步。这时，他们一起转过身去，连让我叫住他们的时间都没有，快速跑开。最后，三个人的身影终于融入黑暗之中，再也看不见了，而站在原地的我，有好一段时间，身边仍然盘旋围绕着他们的笑声。

2

……我一个人坐在那里。

不知道从什么时候起,周围已经变得十分明亮,而刚才的黑暗早已烟消云散,只留下些许魔术般的诡谲气氛。

已经天亮了吗?难道我已经坐在这里睡了那么久,或者失神那么久了吗?

左手上还挂着安全帽。我把安全帽取下,放在身边,看看手表。

那是一只传统的指针式便宜货,两根指针指着八点五十五分的地方。也就是说,现在是早上八点五十五分?啊,不对。仔细看看,指针停在那个时刻,秒针一动都不动。

应该是骑车翻倒的时候,撞到路面摔坏了吧!还是电池没电了呢?

……微风缓缓吹来。那是既温暖又柔软的微风,实在不像是九月下旬会有的风。吸了雨水的皮夹克又重又热,背后的背包也是又重又热。

我先放下背包,慢慢站起身来。我在明亮的天色中眯起了眼,环视周围。

就像透过没有对焦的相机观景窗看出去一样,所有的东西都变得相当模糊。我正觉得紧张,自己的视力怎么会突然变得这么糟?但反复眨了几次眼之后,视线又慢慢清晰了起来。

我看到一片无云的晴空,看到茂密的杂木林,看到一泓清凉翠绿的池水,看到一片随风摇曳的芒草。

我的背后是一道石阶,长长的石阶向上延伸。我将最下一阶当作椅凳,弯身坐下。

周围安静得奇妙,只有风小心地轻抚耳际。没有车声,没有人声,就连虫鸣鸟叫也听不到。我有多久不曾被这种直透心底的寂静给包围了呢?

——这里是哪里?

池畔立着一栋小小的建筑,看来是临时搭建的木结构小屋。可能是放置小船的木屋之类的吧!不过附近倒是没有看到小船。

——这里是,什么地方都不是的地方。

我重新拿起背包和安全帽。

——这里是,什么地方都是的地方。

我走向那栋小屋,打开入口的门,偷看了一下里面,感到非常惊讶。从外观看来,里面应是很久没人出入、荒废许久的残破景况,然而……

——这里是,什么地方都有的地方。

建筑物内部整理得很干净,就好像刚刚才有人仔细打扫过一样。地面上一尘不染,墙壁和窗户也没有一点脏污。

我一边觉得有点奇怪,一边还是踏入了小屋之中。里面看起来不像有人,中间却放着四人座的一套桌椅,我将背包和安全帽放到桌上,脱下潮湿的皮夹克挂在椅背上。

我拉出另一张椅子坐下,脱下鞋袜,从小背包里找出新袜子换穿。牛仔裤和内衣已经干得差不多了。

或许是因为持续紧张的心情终于放松,我现在才开始意识到左肩的疼痛,应该是摩托车翻倒时撞伤的吧!

解开衬衫的前扣检查,除了那处被撞到的肿伤,还有几处伤痕。大部分都是轻微的擦伤,也没有严重出血,但是却痛得厉害,连肿伤的地方也隐隐作痛。

我想起要一郎舅舅让我带在身上的那袋"护身符",便开始在背包中翻找。袋子里应该放着急救用品。我找到了绷带和伤用胶带,不过,在那之前,得先清洗伤口才行。我从背包里取出毛巾。这时,突然想到袋子里的手机。

——现在是什么时候?

液晶的待机画面上应该有月历和时钟的显示,那么就可以确认现在的时刻了。我急忙打开侧袋,取出手机,不过……

——现在是,什么时间都不是的时间。

九月二十五日。下午八点五十五分。

——现在是,什么时间都是的时间。

为什么,不知为什么,那上面显示的是和手表完全一样的时刻。

——现在就是,现在、过去、未来……还有全部。

而且,手机的时钟和手表一样,看起来完全停止了。

这是怎么一回事?为什么两个时钟会在完全一样的时刻停下来呢?

我稳住不安的心情,检查手机的来电记录。二十五号,早上十点二十七分有一通电话，那是今天早上唯通知 Barchetta 发生故障的电话。我确认荧幕上显示着她来电的手机号码后，试着按下通话键。平时再怎么不常用，但这点操作我还是会的。

只听到空虚单调的拨号声。一看，液晶荧幕上显示着收不到讯号，难道是这个地方的收讯状况不好吗？

拿着毛巾和手机，我走出了小屋。

我站在池边，再次确认手机的液晶显示屏，不过还是收不到讯号，时间也仍然停在八点五十五分不动。

——这里是哪里？

我不知该如何思考、从何思考，只好先在岸边蹲坐了下来，将那派不上用场的银色机器丢在一旁的地上，把毛巾浸入池水。

——现在是什么时候？

湖面平静得连一丁点儿微小的波纹都没有，名副其实的翡翠碧绿水面。从规模和感觉看来，这池水或者可以称为湖沼了吧！湖水清澄得惊人，宛如溪流般的清冽，这是……

这就是地图上画的池子吗？我什么时候走到离镇上这么远的地方？或者……

我用沾湿的毛巾擦着肩膀的肿伤和擦伤，竟减轻了不少疼痛的感觉。

像是有魔法的水——绝不夸张，当时，我的确是这么想的。

3

　　……我沉醉在这片寂静里，一点多余的声音都没有。没想到这里竟会如此惬意，我一个人沉浸在这样感触中。

　　脱下夹克之后，风的暖意更舒适得催人入眠。抬头看到的天空和眼前的水面，还有包围着池水的那片浓密宁静的杂木林，只是出神地看着这些，就令我觉得无比惬意。坐着的地面上，略带湿气的土壤触感，也是那么惬意。

　　这里是哪里？现在是什么时候？一个人留在饭店的唯怎么样了？再次拜访绽谷家的约定没有履行怎么办？摔坏的摩托车怎么样了？追在我身后的黑色杀手的身影呢？不祥的蝗虫翅膀声呢？一个人躺在病床上不断恐惧着"最后的记忆"的母亲呢？过世的光子太太头发的颜色呢？白发痴呆的遗传性呢？……认真想想，我真不应该坐在这里发呆。虽然不应该，但我这时却觉得所有的问题都已经无所谓了。这并不是在自暴自弃，也并没有感到特别的不安……该怎么说呢？此时的心情如此平静，连我自己都觉得不可思议。

　　这片寂静依然让我沉醉其中。在那里到底过了多久时间，我自己也不确定。而我对自己的记忆的暧昧不明，也并不觉得焦急或恐惧……

　　打断这宛如梦境、甚至可以说是"甜美"状态的，是映入池面的人影。

一眼就可看出，那身形是个孩子，他就站在坐在岸边的我的身后，正越过我的肩头，仿佛追随我的视线，看着同一片水面。

我轻轻转过身去。他没有戴着什么奇怪的狐狸面具，眼睛也不是奇怪的颜色。穿着咖啡色吊带短裤，上衣是蓝色短袖衬衫……一个非常普通的男孩。

脚上穿着白色运动鞋。头发是最近少见的五分平头。肤色白皙，安静乖巧，一脸寂寞。身高只到我胸口，年纪应该差不多五岁或六岁吧！

看到我转头的动作，男孩往后缩了一步，看来有点害怕。他不敢直视我的眼睛，闪闪烁烁眯着眼，小心地窥探着我。为了对他传达"不用害怕"的讯息，我尽可能露出温柔的微笑。男孩胖乎乎的脸颊稍微出现了一点放心的笑意。

"喂，小朋友。"我用温和的声音问他，"这里是哪里？"

男孩一脸困惑地摇摇头，什么都没回答。

"这是姬沼镇的哪里？"

男孩还是歪着头。他听不懂问题吗？

"现在是什么时候？"

反应还是一样。我压低上身，配合对方视线的高度。

"你是谁？"我又问。

这时，男孩终于动了动唇。

"我——"

好像会消失在微微风声中的细小声音。

"我……胜也。"

第十三章

"胜也？你叫胜也啊。"

"——嗯。"

或许会是盛也,胜冶,圣野,圣也,胜野,盛冶……我脑中跑过许多汉字的组合。

"你几岁啦,胜也?"我又问他。

那男孩——胜也将右手举在脸前,张开五根手指给我看。

"五岁啊……你从哪里来的？你家住在哪里？"

胜也又露出困惑的脸,这次他轻轻左右摇着头。不知道是"不知道",还是"不想说"。

"那,胜也。"

我伸出上身,慢慢看看周围。

"你在这里做什么?"

"在玩。"胜也回答。

"你一个人在玩吗?"

胜也摇摇头,"跟大家一起。"

"大家？跟你朋友一起玩?"

"嗯,对。"

"那,大家现在在哪里呢?"

胜也一转身,安静地伸出右手,将手指向那道长长的石阶。

"在那上面吗?"

"嗯。"

"这样啊。"

要去看看吗？还是先在岸边坐一会儿？我不太认真地想着,

视线又回到了水面。

啪嚓,我听到一声踩着土地的声音。

"大哥哥呢?"

胜也向我丢出了这个问题。

"你在做什么?"

"我?我……嗯,做什么呢……我自己也不知道为什么会在这里。"

"你的朋友呢?"

"这个嘛……"现在轮到我露出困惑的表情,只能轻轻摆着头。

啪嚓一声,胜也又向前走近了一步。我一边无意识地眺望着水面,同时将双手在头后交叉,伸了伸背脊,就这样将身体往后弯,仰头看着天空。

走到我身旁的胜也学着我,将双手在头后交叉,伸直背脊。小小的身体虽然往后弯了,却因为用力过度而失去重心,当场一屁股跌坐在地上。

不知道是谁先开始的,我们两个人都发出了笑声。

"没事吧?"

"嗯,没事。"胜也不好意思地回答。

重新站起来的时候,他看到我丢在地上的手机,慢慢捡起来,用两手捧着它,很感兴趣地靠近去看。

"在这里收不到讯号。"我说着。

"讯号……"胜也一脸不可思议地看着我。

哒哒哒哒哒……这时,背后响起轻快的脚步声。不是一个人,可能是两个,或者更多。

"胜也。"我听到男孩的声音。

"你在做什么,胜也?"这是女孩的声音。

回过头去,有两个孩子正从石阶那里跑过来,一个男孩,一个女孩,和胜也一样的年纪,或是稍微大一点。是下来找胜也的"朋友"吗?

"……大人?"那女孩走到我们面前,停下来歪着头说。

"为什么?"女孩子看着男孩,"为什么会有大人呢?"

"为什么呢?"男孩答道:"偶尔也会这样的吧!"

"你们是?"我问他们,"你们叫什么名字?"

"——美佳。"

"——三郎。"

"美佳"也可能是美加,或是美嘉吧!"三郎",还是三朗呢?美佳和三郎,都是非常普通的名字,不过,他们两人的样子却让我觉得有些奇怪。

美佳留着齐耳短发,和胜也一样,也是一个肤色白皙、安静乖巧的女孩。她也抬起眼小心地窥探着我,但让我在意的,却是她的服装。

她头上的黄色帽子有一条套在下巴上的帽带,身穿带点蓝色的长袖罩衫,粉红色的裙子和运动鞋,袜子是及膝的厚长袜——看来像是幼稚园的制服。但是,九月下旬的初秋,怎么会是这副打扮呢?这看起来应该是深秋或者是冬天的打扮啊!

三郎比胜也和美佳高了一个头,年纪应该也大一点,他的发型剃成小平头,脸色苍白得吓人,身穿白色 T 恤和连身牛仔裤,这种打扮最近不常看到。但最让我在意的是……

他眼睛的颜色很奇怪。

黑眼珠的颜色很淡,就像狐狸、女孩和假面超人他们三个出现在面具下的脸孔一样。而三郎也和他们三个人一样,眼珠泛着不可能有的色彩,如同香草冰淇淋上浇了橘子糖浆般的那种颜色……

"胜也,走吧。"美佳说着。

"去跟大家一起玩吧,胜也。"三郎说着。

胜也"嗯"的点了点头,将手上的手机交给我。

"再见。"他说的时候,嘴角浮现一抹淡淡的寂寞微笑,脸朝着我,一步一步地后退。

——这时,我看到了……

"咦!"我无法压抑自己的惊讶,连忙想再看清楚时,胜也已经转过身去了。

那是什么?那到底是什么?我刚刚看到的,我刚刚亲眼见到的,那是……

我无法马上判断这到底有没有意义。无从判断。就算有意义,又应该如何解释呢?我还是无法马上作出判断。

我站在池畔,目送三个孩子朝石阶跑去。三个身影排成一列。

这时,我注意到……

其中一个影子,有着奇怪的颜色和动作,那是……三郎的影子。

说颜色奇怪，是因为和其他两个人相比，他的影子明显淡了许多，就像刚刚我看到的他的眼睛的颜色一样。

说动作奇怪，是因为和其他两个人相比，他慢了一点。原本应该和实体动作同时动的影子，只有三郎的影子不知为什么好像慢了几拍。

是我多心吗？是我看到了什么不可能存在的东西吗？还是因为光线的关系，让我有这种错觉？

三个人发出愉快的声音，奔上长长的石阶，终于完全看不见他们的身影。寂静再次降临周围之后，我依旧在岸边的同一个地方驻足良久。

4

　　……石阶上有一座小小的鸟居。

　　由两根柱子和冠木、横木——四根木头所造的简单鸟居，涂着过分鲜艳的亮眼深红。高度顶多两公尺多，宽度大约只能容两个大人并肩通过。

　　它就在长长石阶的尽头处，似乎稍微偏左，倾斜地站立着。

　　这里是神社院内吗？这个想法、这种感觉只在我脑中出现了短短一瞬间，下一个瞬间，我的目光已经完全被鸟居另一头的风景所吸引。

　　——是花。

　　无数惹人怜爱的紫红色花朵，集结一片，形成满眼花海……啊，那是——

　　——那是紫云英。

　　小时候那个春天的午后，似乎一边说话，一边看着远处的母亲，她身边有一辆载着水那子的粉红色婴儿车……

　　——那是紫云英。

　　——听说是为了拿来当田里的肥料而播下的种子。有这么多呢……真是漂亮。

　　和我记忆中那时的风景一模一样，开满一整片紫云英的原野，现在就在我的眼前。

　　我惊讶地睁大眼睛，视线穿过鸟居。

就在这个时候,吹来一阵更强的风。这阵风温暖而柔和,一点也不像是九月下旬的风。花朵们一齐摇摆,散放出微微的甜美香气,沙沙作响。花瓣的紫红和叶子的绿,有趣地按着规律和比例交互摇曳,整体看起来就像波浪翻腾的小海洋。

……几乎占满我整个视野的广大的紫云英花海……远处还有一块开着黄色花朵的区域,那是油菜花吧!

在九月下旬,不,在这个季节绝对不可能出现这种风景。应该是只有在春天才看得到的风景,为什么会出现在这里呢?

我用力地揉揉眼睛,摇了几次头。如果这是我的错觉所产生的幻象,我只希望这景象快点消失,不过……

不管我再怎么揉眼睛、再怎么摇头,我眼前所看到的东西一点都没有产生变化。这不是错觉,不是梦境,也不是幻象,绝对不可能出现的风景依然在我眼前。

有许多孩子们在玩耍。三十人、四十人……不,应该更多。

有男孩也有女孩,有很小的孩子,也有大约小学低年级的孩子。大家都穿着不一样的服装,有的是短袖短裤,也有的是长袖长裤;有穿迷你裙的,也有穿毛衣或夹克的;穿和服的不多,但是也有几个。

那里有人玩球,这里有人跳绳;有一群玩捉迷藏、四处奔跑的孩子,也有一群围成一圈、不知在专心玩什么的孩子。他们三个人一定也在这里面吧。

胜也。美佳。三郎。

那些孩子们,是从哪里到这里来的?为什么会聚集在这里?

为什么……啊,不,先不管这些,重要的是……

这里是哪里? 现在到底是什么时候? 到底是怎么一回事?

虽然我还不是很了解其中的因果关系,但至少可以肯定的是,这里和我以往所存在的世界有一个基本不同的"地方",要不然,就有太多无法说明的现象了。

我将眼光离开天真嬉戏的孩子们,抬头往上看。

万里无云的一片晴空。

天空里连一片云都没飘过,连一只鸟都没飞过,一点阴影都没有,澄澈的蓝色天空,太阳就在我正面偏右上方。虽然是这样一个大好的晴天,不知为什么,我却感到直射下的阳光比树荫下散落的阳光来得轻柔;不知为什么,我并没有感到阳光太过刺眼。就在这时……

令人不可置信的景象出现在我眼前。

紫云英花海的尽头,澄澈的天空中,开始画出一道优雅的弧形的巨大彩虹。我第一次亲眼目睹彩虹出现的瞬间。不仅如此,翻遍我二十六年来的记忆,也从来没见过这么完整的彩虹桥。

……啊,为什么?

温暖柔和的风吹拂着,盛放花朵的甜美香气包围着,我陶醉地仰头望着天。

何等美丽的光景,何等舒适的微风,何等……

一直到刚才还悬在心上的种种疑问,像溶在水中般,消失了形迹。我的心被包覆在半透明的薄膜中,就好像缓缓地、慢慢地,被牵引到无穷寂静的另一端。

这里是？现在是？我是……

这些事都无所谓了。没错，管它这里是哪里、现在是什么时候、以后会怎么样……这些事，我又何必非要这么认真思考呢？就算这里是和原本的世界不同的地方，就算是这样……

……孩子们的声音越来越靠近。

五六个人来到距离我数公尺前。他们不断发出热闹的声音，互相追逐着。

都无所谓了。没错。就是这样。这些孩子们一定也是一样……

就在这时——我突然想起了一件事，于是注意看着他们的影子。

和孩子人数相同多的影子，从他们的脚边延伸出来。我确认了其中有几个影子的颜色和动作都不太正常。

比其他的影子来得淡，比其他的影子来得慢……啊，果然没错。

奔跑的孩子中有几个人——仔细再看是一半以上——他们的影子明显很奇怪。

颜色淡、动作慢，而且所有这些影子的主人们，一定也和刚才在池畔遇到的三郎一样，有着颜色奇怪的眼睛……

"什么都不用想。"

一个声音突然在背后响起。

"什么都不用烦恼。"

……这是……这个声音是……

"这里就是这种地方。是吧,所以你才会在这里吧?"

我满怀恐惧回过头去。

声音的主人站在涂成鲜亮深红的小鸟居正下方,他戴着浅咖啡色的狐狸面具,但并不是我在黑暗中遇到那三个孩子般的体型,而是穿着一身死人装束般的白色便装和服、和我差不多高的家伙。

5

"真是稀客啊。"狐狸面具说着。

他的声音模糊,不知是男是女、是老是少。

"真是少见啊……不过,好像偶尔,也会有这种状况。"

"——你是谁?"我又加重了语气质问他。

"你——你这家伙到底是谁?为什么要戴着那个……为什么要……"

从没有表情的面具下,传出他刻意压低的笑声。

"为什么、为什么、为什么、为什么?"

狐狸耸耸肩。

"你就这么想知道吗?知道我是谁,就这么重要吗?"

他又发出了那种刻意压低的笑声。

"我,就是我。"

说到一半,又有一个人出现在狐狸的右边,也就是鸟居柱子的外侧。一样戴着浅咖啡色的狐狸面具,穿着白色便装和服。在我眼里,一瞬间以为是一个狐狸分裂成了两个。

"我,就是我。"第二个狐狸说着。

再下一个瞬间,第一个人的左边出现了第三个人。

"我,就是我。"第三个狐狸说着,"我,就是我……喂,这样就够了吧。"

"为什么要戴着那个狐狸的面具?"

我一问,三个人就同时往前大步一迈,分秒的差异都没有,动作完全一致。接着他们答道:"那是因为……"

"在你看来,就是那样。"

"只要你那么想,就是那样。"

"为什么突然有三个人……"我继续问,"为什么……"

"那也是因为……"

"在你看来,就是那样。"

"只要你那么想,就是那样。"

"喂,这里,就是这样的地方哦。"

"你这家伙,你们到底是谁……什么玩意儿?"

"这个嘛,是什么呢?"

"是什么呢?"

"就是如你所见的东西。"

"就只是这样而已。"

"对啊。什么都不是,因为在你看来就是这样,所以在这里。因为你想听到这些,所以才回答你。"

"就只是这样而已啊。"

"就只是这样而已嘛。"

三个狐狸并立在他们背后,刚才看到的景象不知何时已经消失,取而代之的是黑暗。就像云雾涌现一样,黑暗开始弥漫,孩子们在附近嬉笑的声音也随着这诡谲的变化渐渐远去。

"这里是哪里?"我又问狐狸们,"我为什么会在这种地方?"

"这里啊……"第一个狐狸回答,"这里是,什么地方都不是的地方。"

"这里是,什么地方都是的地方。"第二个狐狸回答。

"这里是,什么地方都有的地方。"第三个狐狸回答。

"你会到这里来,是因为你这么希望。"

"你不是不想见吗?"

"你不是想消失吗?"

"不见……这,你是说,从我原本在的地方消失不见?"

"对。"

"对啊。"

"对嘛。"

"那,所以这里是……"

我结结巴巴翻找适当的词汇。

"不同的'世界'吗?和我原先的世界不一样……就像是异空间一样?所以季节才会这么奇怪?所以时钟才会停止?所以手机才会收不到讯号?所以才会出现这群莫名其妙的家伙……"

"要怎么说,都随便你。"

"随便你啊。"

"随便啊。"

"因为,这里是什么地方都不是的地方。"

"因为,这里是什么地方都是的地方。"

"因为,这里是什么地方都有的地方。"

"是和你原先所在的世界不一样的世界……所以是什么地方都不是的地方。"

"和你的眼睛所见完全一样的世界……所以是什么地方都是的地方。"

"和你原先所在的世界完全重叠,遍布四处……所以是什么地方都有的地方。"

"入口是无穷无尽的。"

"无穷无尽,到处都有。所以……嘿!"

狐狸们七嘴八舌地说着,仍在不断地窃笑。

"怎么会……"我说不出话来,但还是重新提起精神来。

"为什么有这种地方?"我又问,"为什么……为什么要有这种地方?从什么时候开始有的?"

"这个嘛,为什么呢?"

"从什么时候开始的呢?"

"为了大家心里的希望吧。"

"你也是自己这么希望,才来的吧?"

"因为想要逃走,才到这里来的吧?"

"你不是想从原本的地方消失不见吗?"

三人背后弥漫的黑暗,加速变得浓厚、深重,我的耳里已经完全听不见孩子们在紫云英原野上嬉戏的声音。

"现在是什么时候?"我问,"一九九九年的九月……和我心里以为的时间,又是完全不同的时间吗?"

"现在啊。"第一个狐狸回答,"现在是,什么时间都不是的时间。"

"现在是,什么时间都是的时间。"第二个狐狸回答。

"现在就是,现在、过去、未来……还有全部。"第三个狐狸回答。

"在这里啊,时间只会不断重复。"

"只会不断重复哦。"

"没错。昨天就是今天,今天就是今天,明天和后天都是今天。"

"每日都是'今天',就这样,永远在同一个环上转着而已,一直转着,直到永远。"

……也就是说。我尝试用混乱的头脑,找出其中一些道理。

"这里"是——这个"地方"和我原本所在的现实世界完全重叠、紧紧相依、四处遍布。也就是说,在地理上到处都有的意思吗?

具体来说,比方说在姬沼有一处姬沼的"这里",在东京有一处东京的"这里",这些地方都相连成同一块。"入口"可以在任何地方,无穷无尽地存在。

另一方面,这个"地方"的时间,是不断重复的"今天",所以,"现在"是"什么时间都不是的时间",也是"什么时间都是的时间"。

所谓"过去、现在、未来……还有全部"也就是说,"这里"的"今天",和现实世界里的每一个"今天"相连吗？似乎可以这样解释。或者是……不,如果这是正确的……

"那些孩子们呢?"我问,"在这里玩的那些孩子们……那些孩子们也都是从原本的世界逃出来的吗?"

"对。"

"对啊。"

"对嘛。"

"小孩子啊，都是这样想的。"

"不过等到长大就忘记了。"

"都想消失不见……对吧?"

"这个，你也知道的吧?"

"你也知道的吧！所以你……"

那含糊的低声窃笑，又响遍黑暗之中。

"那些孩子们，一直在这里?"我又问。

"对。"

"对啊。"

"对嘛。"

"只要他们想的话。"

"因为这里是快乐的今天的重复嘛。"

"没有任何讨厌的事。"

"什么都不用想。"

"什么都不用烦恼。"

"因为这里就是这种地方。"

"就是这种地方啊。"

"也不会饿。"

"也不会生病。"

"也不会老。"

"也没有可怕的大人。"

"也不会被骂。"

"也不用担心被杀……"

"……然后,总有一天会融化的。"

"会融化的。"

"会融化……"

……融化?

我又忍不住对这个字眼产生异样的感觉,紧紧皱着眉头,盯着黑暗中的三张狐狸面具。

什么是"融化"?那到底是什么意思?是什么要"融化"?"融化"到什么里面?——我还没来得及将疑问说出口。

"那个啊,我告诉你。"好像看穿我的心思一样,第一个狐狸说,"那是为了让这里永远是这里。"

"所以才需要融化啊。"第二个狐狸说。

"非常需要啊,融化。"第三个狐狸说。

但我还是不能理解。

"为了让这里永远是这里"所以才"需要"的事,究竟是什么……

……异样的感觉、疑问,自从到了这里以后,第一次被一股不一样的心慌笼罩。

"走吧,快开始了。"

我听到了那含糊的声音。一瞬间,狐狸面具又和一开始一样,变回了一个人,弥漫他身后的整面黑暗也完全消失了。

"走吧,到那里去。"狐狸说着,柔柔地举起一只手,伸出一根手指,直直指向我身后的那片紫云英原野。

"你看那个东西像什么?"

第十四章

1

附近不知不觉被一片夕照映射着,发现这一点之后,又让我深深困惑。

美丽却隐隐带着寂寞的暗红色天空中,刚刚目睹其瞬间出现的那道彩虹,已经完全不见踪迹了。低垂的太阳,颜色如同烂熟的柳橙和苹果缠绕交融……就像是小时候夏日黄昏里看到的那种颜色,可是,又比那时看起来大了好几倍,好像随时都将承受不了自身的重量,最终掉落下来似的。

"那个东西"在这景象里出现时,一开始,我还以为是从夕阳上掉下来的大颗眼泪。

和夕阳一样的颜色,就像泪滴一样的形状……那是,啊,那不是热气球吗?红色的大型热气球,从暗红色的天空慢慢降落到紫云英盛开的地上。

热气球下方垂吊着红色的四角吊篮,凝神一看,里面好像坐着一个人。

原野四处依然有许多孩子在嬉戏,他们发现热气球降下来,就停下嬉戏,高声欢呼,朝着同一个方向聚集。不久之后,热气球和它垂吊的红色吊篮静静地降落在地面上。聚集在一起的孩子们隔着几公尺的距离,围着它,紧紧盯着它。

没多久,吊篮的一侧砰的一声打开,倒在地上。那里面走出来的是——

我远远站在孩子们的后面,看着这一切,仍然可以清楚看到那个人的样子。

……小丑？在我看起来像是这样。

身穿宽松的白色连身衣,头戴黑色宽边帽,脸上涂着雪白的油彩和刺眼的红绿色的滑稽化妆,即使在远处也看得清清楚楚。

小丑乘着热气球,降落在地面上。

这是——这也是刚才狐狸面具所说的那种,因为"因为我这么想,所以看起来就是这样"吗？

对聚集而来的孩子们讨喜地行了一个礼之后,小丑从吊篮里拉出了……那是什么呢？他拉出了一台附有车轮的白色摊车。随着他的动作,好像是从那吊篮里吧,传来了混合着童谣和马戏团吹奏乐声的旋律。是从来没听过、听来却异常令人怀念的旋律；是一种掺杂着手风琴声、又好像经过音效处理器处理、不知道是什么乐器的音色——啊,难道这也只是因为"因为我这么想,所以听起来就是这样"吗？

"来吧,来吧,大家过来,快过来这边。"

将摊车拉出吊篮外后,小丑看着孩子们,用他又高又尖细的声音说。

"这是大家最喜欢的糖果哦！我要分给大家。是又甜又香、又轻又软的棉花糖哦！"

孩子们又是一阵欢声。围着气球的圆形队伍散了开来,大家都聚集到中间。

"好好好,要排队啊。"

小丑拍拍手,制止了向前推挤的孩子们。

"排成一排,一个一个来。不要急啊,大家都有啊。来,拿去。来,这气球也给你。"

小丑就这样把从摊车里取出的大大棉花糖,加上色彩缤纷的"气球",一个一个交给孩子们。和气球一样,棉花糖也是红的、蓝的、绿的、黄的……有着鲜艳的颜色。

"一人一份,不可以多拿哦。"

拿到棉花糖和气球后,孩子们高兴地四散开去,跑进紫云英原野中。终于分完所有的糖果,小丑摆出夸张的姿势环视周围。

"大家注意啰。"他扬起又高又尖细的声音,"里面有一根是大奖哦,在棒子前面有金色的记号。抽到大奖的小朋友要大声叫着举手哦。"

小丑的视线,落在了一直站在远处静观一切的我的身上——我这么觉得。小丑斜斜歪着头,我好像模糊地听到他说着"哎呀"的惊讶声,就在这时……

"是我!"

有一个孩子大声叫着,高高举起握着棉花糖棒的手,跑向小丑。用线绑着的蓝色气球,在风中摇啊摇的,追在身后。

"是大奖!你看!"

是一个穿蓝色衣服戴黄帽子的女孩。因为距离太远,看不太清楚,但我直觉地认为,说不定就是刚刚在池畔遇见的、叫美佳的那孩子。

"哦哦,真的呢!"将脸贴近女孩伸出的棒端,小丑高举双手大喊。

"中了大奖啦!"他高声宣布,"恭喜啊! 恭喜啊!"

从吊篮传出的音乐节奏似乎又加快了些。小丑轻巧地抱起女孩的身体,又说了声"恭喜"。

"那么,我要给你奖品才行。"

说着,小丑将女孩放在摊车边,让她坐下。接着,他转向其他的孩子,深深行了个夸张的大礼,开始将摊车推进吊篮里。

孩子们又聚集到热气球旁,围成一圈。女孩高兴地向大家挥着手。载着她的摊车一收进吊篮里,小丑也一起坐进来,打开的侧边很快被关上,音乐声也倏然停止。

"那么,大家再见啦!"

小丑尖细的声音响起,吊篮开始慢慢离开地面。女孩依然对大家挥着手,在她身旁,小丑也挥着手。地上的孩子们也回应他们,不断地用力挥手。

于是,红色的热气球慢慢加快速度往上升,不久,就看不见了,就像融进了染透眼前风景的巨大夕阳一样,而那夕阳的颜色,就和"人的血的颜色"一模一样。

2

……鸟居下，已经看不到一身白色装束的狐狸面具。

刚才那是什么？我仿佛亲眼看到狐仙幻法一般，站在哪里，久久不能动弹。

刚刚那颗热气球是什么？那个小丑是何方神圣？"大奖"又是怎么一回事？坐进吊篮的那女孩，会被带到哪里去？

我正发愁不知该问谁，身后突然传来一个声音。

"大哥哥。"

这个声音我曾经听过。一回头，看到一个朝这里跑来的孩子，蓝色短袖衬衫和咖啡色吊带短裤……是那个男孩。是胜也，右手握着吃得差不多的棉花糖棒，左手握有系着黄色气球的线。我举起手对他说了声："嗨！"胜也一边跑，一边挥起左手回应我。飘浮在头上的气球跟随着手的动作飘呀飘地舞动着。

不知道什么事让胜也这么高兴，他满脸都是笑容。我猜想着，同时慢慢走向前。就在我们两个人的距离缩近到只剩下三四公尺时……

"哇！"胜也发出一声短促的惨叫，向前扑倒，好像脚尖绊到了什么东西。棉花糖棒被丢开，消失在覆盖地面的紫云英的红紫花瓣和绿叶之间。

"没事吧？"

我吓了一跳，奔上前去。他仍紧握着左手的线，黄色气球刚好在我眼睛的高度摇摆着。

"没事吧？胜也？"

"——嗯。"胜也用双手抵着地面回答我,但听起来却像是强忍住不哭的声音。

"真的没事吗？"

"——没事。"

胜也用手撑起身子想站起来,我弯着身体,将手放在他微微颤抖的小小肩膀上。

"我没事的。"他又重复了一次,抬头看看我的脸。

我低头看着胜也的脸,就在那里……我的眼睛里看到了某个东西。这是,没错,在池畔见到他时我所看到的,这是……

在额头上方和头顶之间,透过五分平头可以看到下面白皙的头皮上长有一个星形的浅色胎记。

……啊。我忍不住抬头望着天,深深呼吸。啊,难道……不,难道真的是这么回事吗？

不知何时,巨大的夕阳已经沉入风景的另一端。夜晚临近,带着红黑色阴影的天空中央,可以模模糊糊地看到半圆形的白色月亮。

"脚没有受伤吗？"我小心地低头,看着站起身来的胜也,这么问他。

"——一点点。"

"痛吗？"

"不会,没关系。"

"这样啊,胜也真是坚强的孩子。"

我蹲下来,看着胜也肮脏的脚,右膝上好像有点擦伤,但并没有出血。

"胜也,你看天上。"我说着。

我突然被一股无法控制的冲动牵引着,心里仿佛感到一阵抽搐。

"你看,那里有月亮吧?"

"——嗯。"

"缺了一半的月亮。人身体里,有着和月亮一样名字的骨头哦!"

啊……我到底在做什么。

"在我们的膝盖关节上,有一块叫作半月板的软骨……"

"大哥哥,你的糖果呢?"

听到他问我,我突然回过神来。胜也用不可思议的眼光看着我。

"糖果……刚刚的棉花糖?"

"你没有拿吗?"

"啊,是啊……我是大人了,应该不能拿吧!"

我回想着刚才的情景答道,望向热气球吊篮降落的那个地方。

"他每天都会来吗?"我问。

"每天?"胜也歪着头。

从他的反应看来,好像听不懂"每天"所代表的意义。

"嗯,就是说,一到傍晚,就会有人像刚刚那样来发糖果吗?"

于是胜也很快地点头,"嗯。一到傍晚就来。"

"我还听到大家在说有'大奖'什么的,那是什么?"

"大奖,是美佳。"

刚刚那孩子果然是叫美佳的女孩。

"中了大奖,会怎么样呢?"

我接着问,胜也天真地微笑着,说出"有奖品"。

"会像刚刚一样,被发糖果的那个人带到别的地方去吗? 在那里会有奖品,是吗?"

"——嗯。"

"什么奖品?"

"跟你说哦,是很好的东西。"

"真的啊。那,美佳呢? 拿完奖品以后,会回到这里来吗?"

"嗯,对啊。"

"那,到了明天……"

"明天?"胜也又歪着头。

从他的反应看来,好像听不懂"明天"所代表的意义。

"反正,她还会回来就是了?"

"——嗯。"

"三郎呢? 他也拿过大奖吗?"

问着这些问题时,我对几件一直很在意的现象,脑中已经假设出一个大概的因果关系。

"有没有呢,三郎?"

"好像有。"

不太确定的回答。说不定这孩子并没有亲眼看到。

"那,胜也你呢?"我又问,"有没有中过大奖?"

"——没有。"胜也低下头,略带感伤地回答。

我低声说着:"这样吗?"将双手放在胜也的肩膀上。透过剃得短短的头发,又可以清楚看到那个星形胎记。

"胜也,我问你。"我低头看着那个胎记,"你是从什么时候开始待在这里的?"

"从什么时候开始?"胜也又歪着头。

接着他嘴里吐出"这个嘛……"好像完全不知道该如何回答。

就在我们谈话的时候,夕阳已经慢慢沉下,附近扩散着傍晚时分的黑暗。放眼望去,孩子们开始三三两两朝同一个方向移动。有些孩子手牵着手一起走,也有些孩子一边齐声唱着歌一边走,还有几个吹着草笛的孩子。这情景胜也也发现到了。

"该回去了。"他急忙说,"我回去了。"

"回去?回家吗?"我这一问,胜也赶忙摇头,就像在说着,"怎么可能?"

"我讨厌回家。"

"那,你要回哪里?"

"跟大家一起。"

"跟大家一起,回哪里去?"

"那里。"胜也说着,指向孩子们走向的方向。

夕阳的身影已经几乎看不见,就在那前方……我看见一个模糊但黑暗的巨大建筑物。那个东西确实存在在那里。为什么到目前为止，我竟然一点都没有感觉到它的存在呢？

"……那是……"

就在辨识出那栋建筑特别的轮廓时，一种类似强烈眩晕的感觉向我袭来。

"那房子是……"

"那是城堡啊！"胜也说，"大家的城堡。"

……大家的，城堡？我用力眨了眨眼。

他们叫它"大家的城堡"啊。那是……在我眼里，看来就是我生长的小镇河边那座"香水工厂"，就是那栋建筑吗？

"我该走了。"说罢，胜也转过身去。黄色气球在风中摇摆，胜也小跑步上前，追着往那房子走去的其他孩子。

"你等一下。"

我急忙叫住他，看着停下来回头看我的胜也。

"你妈妈，叫什么名字？"

突如其来的问题，让胜也的表情蒙上一层阴霾和恐惧。他并没有马上回答，看起来像是讨厌，或者害怕。

"你不喜欢妈妈吗？"

胜也的表情依旧僵硬，他别过脸，避开了我的视线。

"那，爸爸呢？"我问他，"你爸爸的名字呢？"

胜也的反应还是一样，但是已经感觉不到刚刚那种无论如何都不想回答的强烈抵抗了。

"告诉我嘛！好不好？"

我慢慢往前走，尽量带着温柔的笑脸和温和的声音问他。

"你的爸爸和妈妈叫什么名字呢?"

于是……

犹豫了好一会儿之后,胜也用小得几乎听不见的声音回答了我"光子"和"英胜"这两个决定性的名字。

3

包括胜也在内,所有的孩子都沐浴在暮色中,回到他们的"城堡"去,之后……

我一个人走下石阶,回到池畔的小屋里。小屋的桌子正中央有一盏古意盎然的油灯,我从牛仔裤前袋找出打火机,先点亮那盏桌灯,再用同一只打火机点上烟。

挂在椅背上的皮夹克已经完全干了。太阳下山之后,感觉气温骤然降低了许多。我拿起夹克披在肩头,坐在椅子上,凝视着桌灯的火焰。

……那个胎记。闭上眼睛之后,仍然可以看到它重叠在火焰的残影上,那个星形的胎记深深地刻在眼睛深处,无法消去。

为什么那个胎记会在那孩子——胜也的头上,而且还在同样的位置上?

住院的母亲头上,在完全一模一样的位置上,也长着形状一模一样的胎记。大约一个月前,我刚刚亲眼确认过,就在八月最后一个星期天的傍晚,隔了许久又去探望她的时候。

所以,第一次在那孩子头上看到"那个"的时候,我以为只是巧合。不,应该说,我强迫自己这样想。我无法马上判断这到底有没有意义,也无从判断起。就算有意义,那又应该如何解释呢?我还是无法马上作出判断,不过……

我又想起刚刚和戴着狐狸面具的那些人的奇妙对话。现在在我心里,已经产生了有别于"巧合"的另一种解释,并且逐渐发展为一种确信,远远脱离常轨、脱离现实又充满妄想的……

——现在是,什么时间都不是的时间。

——现在是,什么时间都是的时间。

——现在就是,现在、过去、未来……还有全部。

狐狸们含糊的声音,一遍又一遍在我心里深处低语。

——在这里啊,时间只会不断重复。

——只会不断重复哦。

——没错。昨天就是今天,今天就是今天,明天和后天都是今天。

……"这里"是依照与我所知的现实世界不同的法则而成立的"异界",如果我接受这个事实的话……

在"这里"永远重复着"今天"的时间。也就是说,"现在、过去、未来……还有全部的"今天"都互相连接着,那么,当然也可以连接到距今四十五年前的"今天"……

……这么一来……不是巧合。

如果那孩子的头上有那样的胎记,那么,那个孩子不就是五岁时的母亲吗?

虽然无法知道确切的日期,但总之是在四十五年前,母亲已经满五岁的某一天——说不定就是秋日祭典那天的黄昏——她走进了"这里"来。走进了和现实世界的时间流逝完全无关、不断重复着独立的"今天"的这个"异界"来。

或许就像我穿过巷道的深沉黑暗,来到"这里"一样,她也"想要消失不见",她想要逃出自己现在身处的地方,到"别的地方"去。一定是这样,所以……

……在池边相遇时,那孩子捡起我的手机,一脸好奇地盯着看,就好像发现了以往从没见过、十分不可思议的东西一样。

那是当然的。四十五年前,这个国家根本就没有那种机器。听到我说"在这里收不到讯号"时,他也一定不知道是什么意义,所以满心疑惑吧!

母亲的名字是"光子",父亲的名字是"英胜",刚刚那孩子临走时这么回答我。我确信应该就是我知道的"光子"和"英胜"。绽谷光子,还有绽谷英胜,这两个人就是那孩子的双亲。

不过,又为什么……

假设真如我猜想,那孩子就是小时候的母亲,也就是绽谷由伊。为什么那孩子说自己的名字是"胜也"呢?为什么是五分平头的发型和那身服装?……怎么看都个男孩的打扮呢?从他的言行举止看来,似乎也都觉得自己是个男孩。

面对这个明显的疑问时,我脑中突然浮现了一些字句。

——那是因为原本由伊这个名字,好像有很多不好的回忆,那孩子好像一点也不喜欢这个名字……

这是,对了,是在柳家和室里从外公口中说出的那些话。我记得,他还这么说过:

——在绽谷家的六年,培养她的方法好像有点奇怪……

此外,还有一段在绽谷家客厅和珠代的对话。我记得那时我问珠代,为什么绽谷光子要苛待自己的女儿。

——因为我妈是辜负了期待而生下的女孩吗？因为她不是本该成为继承人的男孩吗？所以才对她不好？

　　听到我这句话，我记得珠代是这样回答的：

　　——说不定，这也有关系吧！所以才会用那种奇怪的方法培养她。

　　他们两个人不约而同地用了同一种形容词："培养的方法有点奇怪"、"用奇怪的方法培养她"——是哪里奇怪呢？母亲小时候，到底是在什么奇怪的教养方式下长大的呢？

　　我接着作出一些大胆的推论，说不定有这样的可能性存在……

　　据柳家外公说，绽谷本家一直是个男丁不盛的家族，连绽谷英胜也是在许多姐姐之后终于诞生的继承人。我假设，在这样的绽谷本家里，存在着代代相传的奇特习俗，那就是……

　　在生下继承家业的男丁之前，如果生下女儿，就要帮女儿取一个和本名不同的男孩名字。至少在接受义务教育之前，以这个男孩名字称呼，而且发型和服装也打扮得跟男孩一样，像个男孩一样养育。藉由实行这种"奇怪的培养方式"，就可以提高下一胎生下男孩的几率。听来虽然迷信，但说不定绽谷家自古就相信这种说法，所以……

　　母亲也是一样，在被柳家收养前的六年，就是依照这种习俗被教养长大的。头发剃成五分平头，穿着男孩服装，说话也自认为是个男孩……而那个不同于本名"由伊"的男孩名字，就是"胜也"。应该就是"胜也"这两个字没错，是从父亲英胜的名字中取出"胜"

字命名,才出现这个名字的吧。这个推论很容易成立。

这么说来……我又想起来。在绽谷家和珠代谈话时,她始终都用"那孩子"来称呼母亲。

——你以前有见过我母亲,绽谷由伊吧?

当我这么问的时候,她说"由伊?"时歪了头思考,但马上接口说:"啊,你说那孩子啊!"并且点着头。

我想,那样的反应也就表示,珠代对母亲"由伊"这个本名并不熟悉。因为对她来说,绽谷家"那孩子"的名字,并不是"由伊",而是"胜也"……

……妈。

我没出声,但嘴里这么念着。烧到尽头的烟灰,随着我的气息,同时轻声折断,散落在桌面。

那是——那孩子就是,妈……

绽谷由伊,五岁,人称胜也。

那孩子——母亲为什么走进"这里"来呢?她那么讨厌原本所在的地方吗?她讨厌在自己的"家"、在绽谷的那座大屋里生活吗?她想从自己身处的"世界"逃走吗?她希望自己"不见"吗?她希望自己"消失"吗?是因为母亲光子苛待她吗?而且——那苛待的程度甚至到让她想逃走?或者……

我拨开桌上的烟灰,将残留火种的烟头丢在地上踩熄,这时我终于想到了……

母亲从前被可怕人物攻击的事件,一起玩耍的"大家"被同一个人物残杀的事件,说不定不是在别的地方,就是在"这里"发生的。

4

仿佛反映出我心情的紊乱,左肩的伤口又刺痛了起来。用池水清洗过后,已经用医疗胶带贴住伤口,但打开衬衫一看,其中一片胶带已经快要脱落了,而且剥落的状况很奇怪,愈合的伤口看起来又快要裂开。

舅舅的那袋"护身符"已经从背包里拿出来,我从里面取出新的伤用胶带,撕下已经半脱落的胶带。伴随着几秒钟剧烈的痛楚,伤口也流出血来,在微弱灯光的照映下,那颜色不是夕阳的红色,倒像是浓稠的暗紫褐色。

包围着夜晚的寂静。现在,我不再像白天一样,觉得这寂静十分"惬意",反而觉得不舒服,总觉得空气里满是诡异、不平静的气息。果真是"吓人"的安静。在寂静的缝隙之间,突然……

我听到了,那个声音。那个声音——精灵蝗虫飞舞时,那不祥的翅膀声隐约传来。

我的心脏猛然一紧,环视周围,但是小屋里看不到任何人。我暂时放下心来,却还是没有从这不平静的气息中解脱。我的视线四处扫过一遍,再次慢慢注意每个地方的状况。

小屋对着池水的那面墙上有一扇窗户,窗户没有安装玻璃,只剩下木制的窗棂。

苍蓝的月光从那里射进来,光线是意料之外的锐利。定睛看去,那闪闪发亮的光芒好像马上就会化为利刃飞来一般,而那利器的主人似乎也会从桌灯火焰形成的阴影中缓缓现身。我赶忙移开视线。

……是那家伙。是那家伙的黑影。

突如其来的白色闪光和蝗虫的翅膀声,带着嗜血的利器,说不定那家伙会出现在"这里"……

无穷重复着"今天",这不可思议的"地方"。没错,从四十五年前——一九五四年的"入口"来到"这里"的母亲,也就是"胜也",右手臂上还没有出现我所知道的那道伤痕。也就是说,在比现在这个"今天"更晚到来的"今天",她即将遭遇被那家伙袭击的命运。一起玩耍的那些孩子们也一样,大家都会被那家伙攻击,然后……

……那家伙到底是什么人?我再次重新思索着。

那家伙他……他原本就潜伏在这个"异界"的某一处吗?或者,难道他……

我想起在补习班教室看到那家伙的幻影,在噩梦中曾经看过无数次的那家伙,那既可怕又邪恶的身影。摩托车摔倒之前横过眼前的漆黑影子,还有在那之后追在我身后的脚步声。

……怎么会?我绝望地摇着头。该不会那家伙追着我,追到"这里"来了吧?我把那家伙引进"这里"、带进"这里"来了……怎么会?真是这样吗?

一开始思考,我的脑中就呈现一片混乱纠结,无法整理。这一切是怎么回事?将来又会怎么发展?越是想象,就越增加脑中的混乱。

我好像被关进莫比乌斯带①编成的鸟笼里一样,表就是里,里就是表,外侧成了内侧,内侧变成外侧——有些东西在本质上歪曲着、扭曲着。它变形着、失序着、狂乱着……或许,我现在身处的地方,就是这么一个无法由合理逻辑说明的"世界"中心——或者是边界。

---

① 一种单侧的不可定向的曲面,因 A. F. 莫比乌斯发现而得名。

5

……我察觉到小屋入口好像有人在。回过头去,又是那张狐狸面具。

"嗨,你是不是比较了解这里一点了啊?"

依然是那含糊的声音。刚刚的白色装束,好像吸进了夜晚的黑暗,染成一身全黑。

"懂了吗,融化的意思?"

我慢慢从椅子上站起身来,和无表情的浅咖啡色面具对峙。

"我看到气球和小丑了。"我说,"红色热气球从黄昏的天空降下来,白色小丑发糖果给孩子们……然后把抽到'大奖'的孩子带走。"

"原来你看到的是这样啊。"狐狸点点头,"这当然没什么不好。你所看到的就是事实。对你来说,这是唯一的事实。"

"'融化'是指什么?"我加强了语气说,"被小丑带走的那孩子,该不会就是被选去'融化'的吧?"

"没错没错,就是这样。"说着,狐狸窃窃地笑,"不愧是大人,观察力不错嘛。"

"那是怎么回事?被选上带走的孩子,到底是……"

"他会融化。"狐狸平静地回答,"会融化在这里,融化到这个'世界'里。"

他说了很多,我却无法完全了解。融化到这个"世界"里?那是什么意思？那会带来什么改变？

"你想知道吗？"

狐狸慢慢把头斜斜一偏。

"知道，就这么重要吗？"

"不过，既然是稀客，我就告诉你吧。"

"是啊是啊。"

几声附和突然出现在我背后。一看，在小屋后面站着同样一身黑色装束的第二个狐狸。

"那些孩子们，你再怎么告诉他们，他们都不会懂的。"

"那就告诉你吧。"

第一个狐狸重复着。

"这里能够一直保持是这里，需要什么呢？"

第二个狐狸接着说。

"那就是抽到大奖被带走的孩子肩负的重要任务。"

"要用你知道的话来表达，这倒有点困难呢。"

"有点困难呢。"

我慢步离开桌子，退到可以同时将小屋入口和屋后方纳入视野的墙边。

"会融化的是，那些孩子们的存在。"第一个狐狸说。

"会融化到这个'世界'里。"第二个狐狸这么说。

"那些孩子的存在，会融化、融入到这个'世界'里。"

"就像那样，一次选出一个人，一点一点的。"

"这样一来，这里就可以永远是这里的样子。"

"这样一来,这个'世界'就可以获得继续存在的力量。"

"你,听懂了吗?"

"听懂了吧。"

我不知该如何回答。

孩子们的"存在"会"融化到'世界'本身里",因为这样,才能让"世界"继续存在。他们说的我好像有点了解了。不过,如果要具体形容它,无论如何都只会跑出一些带有不祥意味的词汇和概念,实在让我无法敞开心胸接受。

"简单的说,那就是……"

我察觉到开始沉淀在自己心底的冰冷情感,问狐狸:"这些孩子可以说是一种活祭品吗?为了让这里一直是这里,所以他们就不再是他们自己……是这样吗?"

"他们会融化啊。"

"成为'世界'的一部分啊。"

"我,就是我。"

"我,就是我……"

"你,听懂了吗?"

"懂了吧。"

"然后呢——他们融化了之后呢,还会恢复原来的样子吗?"

在紫云英原野上玩耍的孩子们。混杂在其中的那些比较淡的影子、比较慢的影子,他们一定都和三郎一样,有着颜色异样的眼睛,而那一定是他们抽到"大奖",被小丑带走之后所产生的变化……

变成那样,就是"融化"的结果吗? 一点一点地融入,他们的存在逐渐成为这个"世界"的一部分……而最后,到底他们会变成什么样子呢?

"只要一开始融化,就不会恢复了哦。"第一个狐狸回答了我的问题。

第二个狐狸接着说:"没错。绝对不会恢复成原来的样子了哦。这是这里的规则。"

"总有一天,说不定你也会抽到大奖哦。"

"从下一个'今天'开始,你也可以拿到糖果哦。"

我说不出话来,不知不觉中,双手已经握紧了拳头。拳头里渗着不舒服的潮湿汗水。我的后颈和腋下也同样流着汗。狐狸们在各自的位置上静止一动都不动,看着这样的我。

"再告诉我一件事。"我好不容易抑制住心里的动摇不安,继续问着,"要怎么样才能从这里离开? 要怎样才能走出这里,回到原来的地方?"

"你想回去吗?"第一个狐狸用略带责备的语气说。

"好不容易逃到这里来,你却想回去吗?"第二个狐狸也用责备的语气说。

"啊,不是……"

"警戒"这两个字突然掠过我脑中。我暧昧地摇着头。

"我并没有……"

"要回去,很简单啊。"

"是啊,很简单啊。"

"——怎么说呢?"

"只要打从心底想要从这里出去,这样想着就可以了。"

"想离开这里,想回到原来的世界。只要整颗心都这样想,就可以了。"

"只要这样……就这么简单?"

"不过,一旦稍微开始融化的孩子,就没办法了。"

"没错没错,因为,已经变成'世界'的一部分了嘛。"

"就算回去了,一定也会融化的。"

"会融化的哦,黏糊糊的。"

"黏糊糊的。"

"怎么会……"

"不过,你还是没问题的。"

"你没问题的。"

"不过,喂。"

第一个狐狸说着,无声地向前走到站在墙边的我的面前,弯下上身,视线从斜下方慢慢往上扫过我的脸。

"你真的,想回去吗?"

"喂。"

接着第二个狐狸也一样走上前,一样用视线从下往上扫过我的脸。

"那种地方,你想回去吗?"

"这……"

"在这里,没有人会这么想哦。"

"不可能会这么想。"

"因为这里是这么开心的地方啊。"

"一直待在这里,可以在永远的'今天'玩啊。"

"什么都不用想。"

"什么都不用烦恼。"

"……啊……"

"这样有什么不好的?"

"这样有什么不对的?"

我实在找不出反驳的话,只是沉默地摇了几下头。我用力摇头,就像想要挥去狐狸们催眠般的话语一样。

"喂。"

再一次听到这声音时,两个狐狸瞬间回到一个人。

"活着好玩吗?"

"……"

"活着,好玩吗?"

"……住口!"

"活着……"

"啊……住口!给我住口!"

我无力地挤出声音,双手捂住耳朵,同时紧紧闭上双眼,背靠在墙上,颓坐了下来。

第十五章

1

再次睁开眼后,世界仿佛跟从前不一样了。

整理得井然有序的小屋里,构造和大小都没有变化,但是构成建筑的墙壁、地板、天花板、里面的桌子和椅子,所有的东西,看来都和刚才有着不一样的色彩和质感,就像是出了故障的彩色荧幕上,失去了色调平衡的画面一样。

已经看不见一身黑色装束的狐狸面具。

我慢慢站起身来,眼睛贴近背靠着的那堵墙,接着,忍不住发出了"呃"的一声。

直到刚才为止,明明是用非常普通的木材做成的墙壁,现在竟变成一种异样的、不能称之为木材的材质,好像重病患者的皮肤一样,肮脏土黄的表面,光泽黯淡、有着蜡一般的质感。墙上看不见木头的纹路,取而代之的是红黑色的细管状,一圈一圈的波浪线条满布四处。触感也明显不同,那不是木头的硬度,反而带有奇怪的柔软弹力。

……这是什么?

我看着脚下的地板,也是一样,呈现出跟刚刚完全不同的异样色彩和质感,脚踩之处,也有着奇怪的柔软弹力。

这是什么?这到底是什么?

我小心翼翼地踏出脚步,走向房间中央的桌子。那桌子,还有放在周围的椅子,都不需要将脸贴上前去确认,就知道它们都发生了跟墙壁和地板一样的变化。

桌子上有几个像小瘤一样的突起,触摸之后果然也有弹力。肮脏土黄的材质是半透明的,仔细一看,那后面有无数红黑色的复杂交缠的细管,从细管的隙缝之间,还可以看到一些类似动物内脏般令人作呕的形状,若隐若现。

椅子的样子也大同小异。而桌上的桌灯可以说完全变了形状,整个看起来就像是蜡烛雕成的骷髅一样,两个椭圆形的洞,穿透了这个烟熏的黄土色的"壳";在另一端,摇晃着一团紫色火焰。

整体来说,净是一些让人生理上产生强烈不适、产生厌恶感的东西,和我刚到这里时对周围事物抱持的印象完全相反。

抬头看看天花板,看看格子窗……每一个地方都一样,都让人作呕,觉得丑陋。唯一没有发生变化的,只有我的小背包和那袋"护身符",还有安全帽……只有我带进这里来的东西。

我站在桌旁,战栗地看着周围,一会儿,又感觉耳边传来了异样的声响。

异样的声响……不对,这应该是人发出来的"声音"吧。

隐隐约约的、断断续续的,哀切、又痛苦的……啊,这是……

就像灵魂被抽离的亡者在呻吟一般,就像活生生被剥夺生命时的喘息和啜泣一般,在我耳里听来是这样的。

我全身起了一阵鸡皮疙瘩。这一定是这栋建筑物自己发出的"声音"啊!从墙壁、从地板、从天花板、从桌子和椅子……

一想到这点,我突然涌起一股猛烈的想吐的感觉,忍不住当场吐了出来。又苦又酸的液体,从我捂着嘴的右手的僵硬指间,一滴一滴,滴落在地。

我踉跄地跑到窗边,从格子之间望向外面,浮在黑暗天空中的半圆形月亮,那月光就像沾染上鲜血一样赤红,看起来就好像月亮自己在流血一样。

面对这种不寻常的状况,我的心混乱到了极点,虽然很想冷静下来分析状况,但是惊讶、焦虑以及强烈的恐惧却占了上风,实在无心思考。

难道,这就是所谓"融化"的状况吗?我试着在混乱中寻求解释的方法。所谓"成为这个'世界'的一部分",就是这个意思吗?我脑中又浮现起"活祭品"这个不祥的字眼。

活祭品。为了让这个特殊"场所"继续存在而奉献、被当作活祭品的孩子。这个"声音"难道就是他们的呻吟吗?这是他们的喘息、他们的啜泣吗?

……不对,可是……

这些——这应该是"只要我这么想,所以看起来就是这样"的影像,"听起来就是这样"的声音,狐狸是这么说过,没错,我想,一定就像他说的一样。

实际上,这个"世界"并不是以我现在在眼前看到的形态存在。建筑物的墙壁、地板和桌子,好似用人类肉体当作材料而制成,这都是因为听到狐狸"融化到这个'世界'里",或者"成为这个'世界'的一部分"等话语所引起的,让我自己产生了这种主观的印象罢了,只不过是这样罢了——我总算说服自己相信了这个说法。

现在,我眼前看到的是这些令人不快的"物体",耳里听到的是这些悲痛的"声音",不管再怎么用逻辑去否定,都无法恢复原状,怎么也无法消失。

我离开窗边,再次站到桌子旁边。不知为什么,还想作呕,感觉糟到了极点。慢慢提高的"声音"从耳朵深处尖刻地刺进脑的中心,更加深了对这个"世界"的厌恶和恐惧。

"怎么了,一脸害怕的样子?"

背后突然响起这样的声音。

"喂。"

我使劲咬着下唇,回过头去。一身黑色装束的狐狸,和刚才一样,一个人站在小屋入口附近。

"活着好玩吗?"

依然毫无表情的浅咖啡色面具,依然不变的含糊低声。这时候,我第一次感到纯粹的恐惧。看着眼前这个无以名状的怪物,那一定是潜在这个"世界"里的恶意、邪恶的根源。

一股强烈的冲动贯穿了我的心和身体。我奔向放在桌子边缘的那袋"护身符",伸进袋里面,抓出摸到的扳手,不管重量还是硬度,都足以当武器使用。

"哎呀,这是怎么回事啊?"狐狸对着我的背后问道,"你是不是误会了什么呢?"

我一句话都没有回答,右手紧握着取出的扳手,转过身去,朝面对着我站立的狐狸丢去。银色的凶器扭曲旋转着飞过空中,如我所愿地直接砸上对方的脸。面具在闷沉声中碎裂,碎片不费吹灰之力就完全飞向后方,然后……

当我看到那些碎片飞尽之后的面具底下所出现的东西时……

"哇!"我发出紧绷的声音,"你是什么东西……"

面具下面是一片黑暗,原本应该长着脸或头的位置,浮着一团黑暗星雾,那是无止尽的深沉,无止尽的漆黑,仿佛是一片纯粹的黑暗。

啊,这家伙他……我全身发出颤抖。

这是,这家伙……他没有脸,还有他这一身全黑的装束。

这家伙,难道这就是攻击母亲他们的那家伙的真面目?在"这里"伺机攻击母亲、残杀那些孩子们的那家伙……

"你在惊讶什么?"

从那片黑暗中,平静地发出那个依然含糊的声音。

"你这么做,一点意义都没有。"

我鼓起勇气盯着那片黑暗,嘴里说着"不",抿紧了嘴唇。

"我已经……"

"喂,你还不懂吗?"

——你还不懂吗?

"喂,你还是……"

——你还是……

"我受够了。"

我吐出这句话,再次伸手往桌子上那袋"护身符"里寻找。我右手里紧握着那个东西,发狂地、忘我地扑向对方。

"真拿你没办法。"

没有脸的那家伙,依然平静地说着。

"你要是想回去,我也不会阻止你啊。要是你真想走的话,要是打从你心里真的想回去的话。"

"住口!"我简短地吼叫着,扬起了右手。

为了砍向对方,我的大拇指使劲用力,就在这时候……

叽叽、叽叽叽叽……

那个声音就在身旁响起。

"咦?"那一瞬间,我乱了头绪,当场僵住。

刚刚的声音,这声音……这是?

精灵蝗虫飞舞时,那翅膀的声音?——不。

不对,这里根本没有什么蝗虫,根本不存在。

叽叽叽叽……

这是……这声音……不是蝗虫翅膀的声音。这不是别的,是从我自己的右手发出的声响……

我确认了声音的来源,移回视线时,戴着狐狸面具的那家伙已经消失得无影无踪。我放下扬起的右手,怔怔地回望桌子,看着我放在那里的东西。

背来的小背包、舅舅让我带来的那袋"护身符"、银色安全帽——附有黑色护面罩的全罩型安全帽,以及塞在安全帽里的黑色皮手套。

啊……怎么会?

挂在肩上的夹克,不知什么时候被我挥落,掉在地上。那是雄喜借给我的黑色厚皮夹克,沾上了泥土和灰尘,弄得很脏。

我看看自己的下半身,穿着一件肮脏的黑色牛仔裤,脚上是一双肮脏的黑色休闲鞋。

"怎么会……不可能的。"

我这么低声喃喃念着,但这个时候,我已经知道了。不靠逻辑,凭我的直觉。这不再是推测,而是确信……

终于,我完全都了解了。

2

染成红色的月光下,我再次登上长长的石阶,穿过鸟居。

原本盛开着紫云英的原野,现在已经看不到了。别说是紫云英和油菜花,就连一根杂草或灌木都没有,只是一片广大的荒地。我一个人走着,目标是孩子们称为"城堡"、但在我眼中却觉得是"香水工厂"的大型建筑物。

穿着皮夹克,背上小背包,左手拎着塞有手套的安全帽。我从"护身符"袋里取出了手电筒,但月光让视野意外明亮,并不需要用到手电筒。

去往建筑物的距离感觉不短,但走到那里实际究竟花了多久时间,我并不知道。无法使用时钟当然也是原因之一,我自己本身对时间持有的感觉到底值不值得相信,又是另一个问题。

无论如何,经过走完这段"不短的距离"所需的时间之后,我站在疑似建筑物入口的两片坚固灰色门扉前。

幸好晚上仍然开放,并不试图阻挡侵入者。门板看起来仿佛是钢制的,但我在握住比一般门的位置把低了许多的半圆形突出把手时,感觉到的却是完全不像铁的异样触觉。就像小屋里的木材一样,在我的主观看来,构成这栋建筑的物质果然还是从成为"活祭品"的孩子们身上抽取生命力和灵魂而制成的某种材质,令人感到不祥和不快。

建筑物里凝滞着一片潮湿和黑暗。我拧亮手电筒,凭借着微弱的光线踏进走廊。

我不清楚这里面的构造,也不知道孩子们如何在这个"城堡"里度过他们的夜晚。然而,我已经没有时间犹豫了。总之只能先凭着直觉行动,万一不行,或许还需要一间一间地调查所有的房间。

挑高的走廊极宽。脚下偶而有浮着油渍的水洼,肮脏的墙壁上蜿蜒贴着几条大小管线,和我心里对"废弃工厂"的模糊印象几乎没有什么不同。

每走一步,鞋底就发出清亮的响声。有两三次,我觉得身后有人尾随,可回头一看,都只是自己的错觉。

途中虽然有几条岔路,但我一律不管,先向前走。我笔直地走在这条主要走廊上——隐约觉得这条路稍微向上倾斜——笔直地、不断往深处前进。途中,我也曾几次停下,侧耳倾听。我的心已经慢慢适应了从这栋建筑物,不,是从这个"世界"里不断发出的呻吟和喘息声。除了那些声音之外,我拼命寻找着现在应该在这里面的孩子发出的声音、气息。

我所找寻的目的地,就在长长走廊的尽头。我在尽头看到和入口一样的两片灰色门扉,正要伸向那特意突出的半圆形把手时,听见了门扉另一端的声音。

几个孩子重叠的谈话声、嬉笑声。还有,听来不像是嬉笑声的微妙吵闹声。关上手电筒细看,从门的隙缝间漏出淡淡的光线。

……原来是这里。

我深呼吸了一口气,打开了门。

门后有个宽广的大厅,可能是六角形或八角形之类,面积足足有学校的礼堂或体育馆那么大吧!这个大厅挑高三层楼,二楼有一条回廊,沿着内壁而建,门后头就是这条回廊。

我踮脚踏足其中,环视一圈。沿着回廊的墙面,有好几扇和入口处一样的灰色门扉,等间隔排列着,一楼也可以看到隔着同样间隔的灰色门扉。这正多角形的大厅位于建筑物的中心,有好几条走廊从这里呈放射状向外侧延伸……这样的构造自然地浮现在我的脑中。

我将胸口靠在回廊的扶手上,偷看下面的样子。很宽广、不过在我眼里却相当无趣的楼面上,有一大群孩子们的身影。

孩子们四散在各处,有些聚集成少则两人多则七八人的团体在说话、游戏,也有一个人在做些什么、或什么也不做,只是呆呆坐着,也有几个人躺下睡着了。

……那孩子呢?胜也呢?

我从扶手处探出半个身子,寻觅她的身影,终于发现了。

从这个位置看过去,聚集在中央稍微偏右后方墙边,有一群人。她在那里,那孩子不就是胜也吗?身穿蓝色短袖衬衫,还能看到肩上的吊带……对,没有错,那就是……

胜也。四十五年前的母亲,由伊。

"……妈。"我低声叫着,"妈,我……"

我已经知道,接下来自己该怎么做了。我已经完全了解了,可是……

这样真的可以吗?我真的不会后悔吗?

我现在最后一次问着自己这个没有意义的问题。

如果我什么都不做——如果我能够什么都不做的话——在无尽重复的"今天"里,胜也,也就是母亲,她终究会抽到"大奖"。

这只是几率的问题。假设这里的孩子有七十个人,那每次就是七十分之一的机会。孩子的人数越多,几率越低,人数减少,几率就越高。抽到"大奖"被带走的孩子,不久之后又会回来再次加入分母的行列,同时,想必也不断有新加入这里的孩子,这么一想,几率也并不是非常高。不过即使如此,总有一天她一定会抽到金色的印记。

接着,如果她开始融化在这个"世界"里的话……

那个瞬间将会发生的事,并不难预测。

如果相信狐狸面具的话,一旦开始,就一定再也不会恢复原状了。她会被永远留在"这里",必须永远活在不断重复的"今天"里……这么一来,在那个瞬间,我,波多野森吾这个人的存在本身,只能彻底消失。不只是我,还有水那子和水那子的孩子也是,当然,连她,母亲自己的一九五四年以后的未来、一九九九年这时候的现在,也会一起消失。

我一度认为,说不定这样也好。

说不定这样也好。在原本的世界里,母亲一个人在那间病房里,苦于可怕的疾病,完全丧失了原本的自己,慢慢丧失、丧失殆尽,注定要崩溃腐朽到尽头,渐渐死去。这样一来,那痛苦就完全不存在了。

对我来说也是一样。我在原本的世界里一直不断苦恼、恐惧的所有问题,可以完全彻底地获得解放,可以真正如同文字的意义一样,就此"消失"。在那之前,我只要待在这里,只要告诉自己这里是最理想的"乐园",什么都不用想,只要度过"今天"就可以了。只要和孩子们一起玩耍就好。这里没有任何苦恼和忧烦,没有悲伤,没有不安,没有任何痛楚、任何恐惧……

……而我心里知道,就算现在心里有许多想法,实际上也绝对没有选择的余地。这不是我想选择何者的问题,这不是允许我做出选择的问题。绝对不是。

不管是什么样的未来,在这里都还没有开始。不过,未来早已被决定,不能改变。就算想改变,也无法改变,不可能去改变。我心里知道,这是不可能改变的冷酷命运。因为我已经很清楚了,所以……

所以,没有错,现在开始我应该采取的行动只有一个。我已经没有其他地方可逃了。

3

我又一次地俯瞰楼面，确认胜也所在的地方后，开始进行准备。

我将背上的小背包放在脚边，拉出侧袋的携带式相机，把它放进皮夹克的左边口袋里。"护身符"袋里的那个东西，刚才取出后冲向狐狸面具时就没有再放回袋里，而是藏在右边的口袋里。手电筒则放在牛仔裤后面的口袋，以备不时之需。

我决定将小背包留在这里，将挂在左手上的安全帽先放下，将夹克的拉链往上拉到底。接着，戴上安全帽，扣好帽带。护面罩先不放下来，双手戴上皮手套——好，这样就可以了。

我踮脚走在昏暗的回廊上，沿着逆时针方向，朝着胜也他们所在的位置，往中央稍微偏右后方走去。连结回廊和楼面的楼梯，数了数，共有六道。我的目标是位于目的地前方十公尺左右的那道阶梯。

就在走到那道阶梯的上方时，我放下了安全帽的护面罩。昏暗的视野显得更加昏暗，但不至于对行动产生阻碍。我慎重地走下阶梯，不管再怎么轻声慢步，脚步声还是无法完全消除。喀、喀……的生硬声响，被覆盖在急速跳跃的心脏跳动之下。我按捺奔涌流窜的焦急情绪，终于走下楼梯，到达孩子们聚集的一楼楼面。

其中有些孩子一定已经注意到我的存在，不过他们却一点也没有表现出惊讶的样子。在他们心里,应该没有对"可疑人物"的警戒心、怀疑他们可能加害自己吧吧!就算本来有,想必也已经消失殆尽了吧!因为对他们来说,"这里"是什么都不需要担心、什么都不必恐惧的"乐园"。

我朝向胜也所在的方位走去,途中经过几个孩子的身边。就算他们抬头看我,脸上的表情也没有任何变化,就像完全不在意一样。他们的眼睛,是那种香草冰淇淋上浇着橘子糖浆般的颜色,即使透过护目罩,还是能够清楚地感觉到那股异样。

其中也有我曾见过的三郎。

被小丑带走的美佳,说不定也已经回来,待在大厅的某处。

我终于走到目标。几公尺的前方,靠着土黄色墙壁坐在地上的胜也。

我从皮夹克口袋里取出相机,打开充电开关,确认指示灯亮起,朝着胜也按下快门。伴随着轻微的快门声响,相机闪光灯发出炫目的白色光线。

——是光。

孩子们吓了一跳,纷纷闭上眼睛,用手遮住脸。

——是白色闪光。

我迅速卷过胶卷,第二次按下快门。炫目的闪光又将周围映成一片雪白。

到底发生什么事了?附近的孩子们都睁大了眼睛。胜也的反应当然也一样。

突如其来的白色闪光——没错。这个,就是这个。

唯在绽谷家大屋前乍现的念头,并没有错。

——你不觉得很像吗？相机的闪光,这就是没有太大的声音、突然点亮的光啊。突如其来的白色闪光……不是吗？

如同她当时所说,母亲惧怕的"白色闪光"是相机的闪光。而且,不是别的,正是她当时手上拿的这台携带式相机。

我将相机放回口袋,赶忙采取下一个行动。我伸进右边口袋,拿出藏在那里的东西。放在舅舅那袋"护身符"里的那个东西,那支大型美工刀。

胜也还是保持同样的姿势坐在同样的地方,睁得圆圆大大的眼睛看着我。她现在应该还在发呆吧。或者,对这陌生的闯入者的奇异行径,已多多少少感到一些胆怯了吧！

伴随着突如其来的闪光出现的我的身影,现在是如何映照在那孩子的两个眼睛里？我可以清清楚楚地想象。

身穿肮脏的黑色皮夹克、穿着肮脏的黑色牛仔裤、套着肮脏的黑色鞋子、戴着肮脏的黑色手套……身分不明的某个人。她绝不可能发现,这和在池畔偶遇的"大哥哥"是同一个人。那时候我身上没有穿这件皮夹克,也没有戴手套。而且,没错,我也没有用安全帽遮住自己的脸。

穿着肮脏黑衣服的某个人。

而且,那家伙没有脸。

在那年幼孩子的眼睛里,一定是如此看待我戴着全罩安全帽、放下黑色护面罩的身影,并且深深刻印在心里。

我记得这种款式的安全帽普遍用在摩托车上,顶多也就是近二三十年的事吧。至少在四十五年前、母亲的孩提时代,不可能有人戴着这种奇怪的头罩在姬沼镇上游荡。她绝对也不可能看过,所以……

套着大型的银色面具,脸的部分被黑色护面罩覆盖。有生以来,第一次近距离看到这种异样装扮,在母亲她——现在在我眼前的五岁胜也的眼里,于是以为"那家伙没有脸",误以为没有脸。原来是这么一回事啊!

握着美工刀的右手拇指慢慢施力。我的心脏跳动传来强烈的兴奋,相反的,我的内心深处已经冷却得比冰块更冰冷。

最靠近我的一个三四岁男孩是第一个牺牲者。我用左手抓住那孩子的手腕,不容分说地将他拉近。那一瞬间,我在惊吓得扭动身躯的男孩脸上看到那种异样颜色的眼睛。这孩子也已经开始融化了啊!

我推出美工刀的刀刃。叽叽、叽叽、叽叽叽叽……

在这昏暗广阔的空间中,空间极尽紧绷,那声音膨胀响亮得连我自己都心生畏缩。

叽叽叽叽叽叽叽叽叽叽……

推到尽头的刀刃,抵住男孩的喉咙,用力划过,柔软洁白的皮肤上裂了一道深长的口子,鲜血从那里汨汨喷出。

"咿咿……"男孩发出玩具笛声般虚弱的哀鸣,颓然瘫倒。

这是我大开杀戮的序幕。

我放开还在微微抽搐痉挛的男孩手腕,将沾满鲜血的刀刃收进刀鞘。叽叽叽叽……再次发出那个声响。

我立刻从惊愕呆立的孩子们中又抓住一个。这次是四岁左右的女孩子，眼睛同样有着异样的颜色。我又一次推出刀刃，瞄准她右边颈上的颈动脉附近划下。这次的鲜血喷散得比第一个男孩还要激烈，同时迸裂出尖锐的叫声。我丢开原本紧抱着防止她挣扎的身体，女孩一边不断发出混杂着哭声的惨叫，一边开始踏着临死前乱无章法的步伐。

孩子们意识到事态的异常和危险性，开始慌张逃窜。我跳进他们之中，使出剩下的所有力气挥舞着美工刀。裹着黏腻鲜血的刀刃凶暴、冷酷地胡乱划过，脸、头、肩膀、手腕、手掌、胸口、腹部、背部、脚……切割在孩子们小小的肉体上的各个部分。

每切割一回，就收回刀刃，再马上推出。每一次推出刀刃，都再次震动这个已成为凄惨杀戮剧舞台的昏暗空间，那独特的生硬声响……

——是蝗虫。

……这个独特、生硬的声响。这个声音，这个……啊，没错，就是这个声音。让母亲始终如此惧怕的"蝗虫声音"的真面目。

——是蝗虫在飞的声音。

我记得从前不知道在哪里看过，日本发明美工刀，应该是在一九六〇年前后……

也就是说，在四十五年前，母亲五岁左右的时候，即使找遍这个世界，也不会看到伸缩刀片时会发出声音的这种刀。所以，所以她才会……

当她第一次听到这种独特、生硬的声音时——就是现在这个时刻——母亲将它和自己所知道的相似声音连结起来,也就是精灵蝗虫飞舞时的翅膀声音。

4

我一边默默切割着几个孩子的身体,一边向前走,终于走到瑟缩在墙壁边的胜也面前。

透过黑色护面罩,可以看到她不断颤抖的肩膀,看起来像是受到过度惊吓,连站都站不起来。

叽叽、叽叽……

我拿好刀,慢慢踏出脚步。四周萦绕盘旋着受伤孩子们和哭泣声和呻吟声,弥漫着呛鼻的血腥。胜也用力睁大着眼睛,就像要撕裂眼角般,直直地盯住步步逼近的"无脸杀手"。当然,她的脸上带着强烈的惊吓,极端的恐惧。

……再害怕一点。还要更害怕,妈!我在心中命令她。你一定要更惊吓才行。你一定要更害怕才行,要更恐惧才行。对这样的我,对我这副残忍杀人魔的姿态,你要感到更加强烈的恐惧,从这个可怕的杀戮现场逃走才行。不,不只是从这个地方,你要从有恐怖杀人魔徘徊的这个"世界"尽早地逃出去才行。

你要更害怕这个我,对我的样子感到强烈的恐惧……你一定要打从心里觉得,不想再待在这个地方,再也不想。你一定要觉得再也不想到这里来,再也不想遇到这么可怕的事。要不然……

仿佛听到我内心的祈求般,胜也终于站了起来。摇摇晃晃地,沿着背后的墙壁开始移动。

另一端有两扇灰色的门扉,门扉那头一定就是长长延伸的黑暗走廊。

叽叽叽叽叽叽叽……

我将刀片的刀刃推到底，扬起右手，朝终于走到门边、正打算开门的胜也前面，猛然一跃。

胜也高声发出凄惨的悲鸣，推开门扉。我瞄准她右手的上臂，挥下肮脏刀刃的刀口。

妈，快逃。我在心里拼命地叫喊。快逃吧，快点。

胜也被我的刀刃切割的手臂，流出黏稠的鲜血。她又高声发出凄惨的悲鸣。因恐惧和痛苦而扭曲的脸上，有一瞬间望着我，但很快又猛烈摇头，用左手压着受伤的右臂，向门外飞奔而出。

快逃，妈。你要逃走，从这里逃走。然后……

我追在独自奔跑在走廊上的胜也身后，不断地祈祷，不断在心里呐喊，同时只有那么一次，我用狂吼般的声音，叫着她的本名。

"由伊！"

胜也那称不上叫喊也称不上哭泣的嚎啕声响遍走廊，她拼命地往前跑。

快逃，快逃……我心里痛切地祈求着，同时拼命地追赶着她。

胜也，也就是母亲，她小小的背影终于成为融入阴暗漫长走廊彼端黑暗世界的影子，就在那一瞬间，倏的消失无踪。

5

……一回神，我发现我一个人站在狭窄小巷的入口。

周围没有人声。巷道深处是沉重浓浊的黑暗，我集中视线专注地望去，数公尺前方就是路的尽头，裸露出黑色土壤的地面上丢着些烟蒂和糖果纸。路的尽头，那堵肮脏土墙前有个倾倒的垃圾箱，而在那旁边，躺着一个熟悉的小背包。

……啊，原来在这里。

正当我踏上巷道地面、想过去捡起背包时，听到一阵单调的电子声。那应该是手机的来电铃声。

我把右手紧握的美工刀塞进皮夹克的口袋里，取下头上的安全帽，脱掉手套。那声音好像是从躺在垃圾箱旁的小背包里发出的。

我慢慢走向巷道深处，捡起小背包，从侧袋中取出银色手机，在按下通话键前确认了液晶画面上显示的时间。

下午九点零二分。

"——喂。"我接了电话。

"喂，波多野？"听到的是唯的声音，"真是的……你跑到哪去了啊？我担心死了。"

"——啊！"

"我去洗完'七色秘汤'回来，看到整个房间空空的，行李和摩托车都不见了。"

"啊……抱歉。"

"你没事吧,该不会在想什么傻事吧?"

"啊,嗯,没事的。我只是……"

我一边回答,同时将小背包挂在肩上,走出巷道深处。走回大路上,一个人影也看不见,原本还在营业的摊贩也全部关门了。

"只是想去看看祭典,骑摩托车出来却遇到一场大雨,就打滑跌倒了。"

"跌倒?"

我仿佛可以看到唯倒吸一口气的表情。

"有没有摔伤……"

"没什么严重的伤。"

左肩的肿伤和擦伤在隐隐作痛。

"不过摩托车就损伤得厉害了,得跟舅舅道歉才行。"

"真的没事吗?你现在在哪里?要不要我去接你?"

"我自己可以回去。"

"嗯……"

唯心不在焉地应着,但马上又回答:"知道了。"接着她说,"还有一件事。刚刚我的手机接到电话,是绽谷雅英先生打来的。"

"是他……什么事?"

"他说——"稍微犹豫了一会儿,唯告诉我,"他说英胜先生今天晚上走了。就在我们回去后,病情突然恶化。"

"——这样啊。"

"明天守夜,怎么样?"

"……"

我不知道该如何回答,最后什么也没说就挂断了电话,今天晚上的热闹祭典好像从未存在一样。

我慢慢走在安静冷清的夜晚街道上……又下雨了。

走到唯等着我的旅店时,雨势想必将会倾盆,将孩子们沾染在我身上的血彻底冲净了吧!一滴也不剩,干干净净。

终章

绽谷英胜,享年八十岁。

虽然是我血肉相连的亲外公,但我并没有参加他的守夜和葬礼。我告诉要一郎舅舅 VIRAGO 摔坏的事,请他安排回收车体。唯因为还得上班,所以星期一就回东京去了,还好 Barchetta 的修理已经赶在那之前完成。我就这样继续留在柳家打扰,在第二个星期日、头七那天,换乘了几班火车,再次前往姬沼的绽谷家。

我第一次见到了亲生外公的脸,他嘴上蓄着一口胡子,看来很是威严,薄薄的嘴唇让人联想到"顽固"这个词。我在挂着遗像的佛室里烧了香,向雅英道歉几日前的无礼,笨拙地表达着歉意。

"对了,波多野先生。"

雅英慢慢地切入话题。

"应该是前天吧,之前和你一起来的那位在出版社上班的小姐打了电话给我。"

"是,蓝川吗?"

"是的。我从她那里听到许多事。"

"——您是说?"

"她告诉我你前几天突然到这个家来的真正原因。"

"——是……"

"关于你母亲波多野千鹤那种病的特殊状况,我已经了解了。我想,我应该也有了正确的概念。"

"——是……"

"关于这件事……"

保持端坐姿势的我,视线一直没离开自己的膝头。这时,雅英定睛望向我的脸,用略微严肃的口气说着:"我母亲她,说有些事一定要让你知道。"

"珠代太太她?"

我一时虽不明就里,但也无法断然拒绝,只能暧昧地点点头。

英胜的继室——绽谷珠代终于现身,开始吞吞吐吐地对我说起,关于母亲、千鹤、由伊身世的意外真相。

"这个家里过世的光子太太,她……其实是石女啊!"

珠代丢出这个无情的字眼,继续往下说。

"这件事很少人知道,她呀,其实是生不出孩子的啊!不过那当然是跟英胜老爷在一起之后才知道的。所以啊,就是因为这样,结了婚好几年后都生不出孩子……后来,英胜老爷就对以前在这大屋里工作的远房亲戚小姐出了手,让她怀了自己的孩子……"

"那是……"

突然之间听到这么一桩大秘密,我整个人都愣住了。

"那孩子,就是我母亲吗?"

"是啊,就是那孩子——胜也,不对,就是由伊。"

"胜也……"

1

"生下来的婴儿虽然是女孩,不过英胜老爷还是把她接过来,当作光子太太生的孩子养。胜也这个名字,是那孩子小时候的小名。"

"用男孩的名字、像男孩一样培养她吗?"

"因为以前迷信这样下一胎就会生出男孩。"

果然是这样,还真的有这种说法。

"所以啊,光子太太对那孩子很不好,也是因为这个原因。说穿了,就是欺负不是自己亲生的孩子。可是,那孩子完全不知道自己是怎么被带进来的⋯⋯"

我忍不住回想起在那个池边遇到胜也时,她那寂寞的表情。还有去年黄金周的时候,母亲告诉我她是柳家养女时的对话。

我问她,被送去当养女会觉得伤心吗?她是这样回答我的。

——伤心⋯⋯嗯。

——我记得,好像松了一口气。

接着,当她说起自己的亲生母亲已经过世时,看起来也不像有特别深的感慨,反而平静得显得冷漠,那时⋯⋯

"所以,珠代太太。"

我一刻也等不了,继续追问她。

"我母亲,绽谷由伊真正的生母,到底是谁?"

"生了孩子之后就被辞退了⋯⋯后来把她介绍给当时在这大

屋出入的园丁的儿子,嫁过去了。"

我发出"咦!"的惊讶声。

"那该不会就是柳家的……"

"他们两个结婚后,就离开了姬沼……"

"那个人叫什么名字?"

我激动地追问。

"生下我妈的人,她到底叫什么名字?"

"我记得,是叫千枝。"

"啊……"

千枝,我死去的柳家外婆。

我清楚地记得,在柳家和室里,与她挂在佛坛上的遗照相对的时候,我抬头看着那张年轻时候一定相当美丽、露出娴雅微笑的脸,仿佛看到了母亲千鹤的影子。那时我马上断定不可能,抹除了这个念头,但那张脸——那时候的那个印象,竟然意外地告诉了我真相啊!

"那么,我妈被送到柳家当养女,其实是被送回亲生母亲的身边……"

"是这样没错。"

"这件事,柳家外公或我妈知道吗?"

"我想他们应该不知道。"

珠代肯定地回答。

"那个人——我是说千枝,我也见过她几面。该怎么说她呢?是个打从骨子里坚强的人。她对英胜老爷一句怨言都没说,也很珍惜后来嫁的丈夫……所以我想,她一定是想了很多,才做出这个决定,结果选择了一条直到最后都把真相藏在自己心里不说来的路啊!"

不仅对她丈夫,也就是柳家外公守口如瓶,就连对自己怀胎十月生下的女儿,我母亲千鹤,也至死保守这个秘密。结果竟是这么一回事啊!

"事情就是这样啊,波多野先生。"

退到一旁静静听着珠代和我对话的雅英,慢慢地开口。在他那张依然读不出感情的脸上,我仿佛感觉到,此时流露出一点点柔和的笑容。

"也就是说,绽谷光子和你妈妈之间,并没有血缘关系。当然,光子太太和你之间也完全没有血缘关系。就算光子得的真是那种怪病,这个事实和你所担心的疾病遗传性也不可能具有任何关联。结论就是这样……"

……啊,对了。

我一边以极其复杂的心境听着雅英的话,另一方面,在我脑中又突然想起一件奇怪的事。

那天晚上,在那条暗巷旁看到的巴西乌龟。那只慢慢爬在道路中央的巴西乌龟……不知道那之后,它怎样了。

2

进入十月的第一个星期一,那天的傍晚。

我一个人来到Ｔ＊＊医科大学医院精神神经科大楼里母亲的病房。

母亲的病情每天都在恶化,现在只能躺在床上,连动动手指都不能。她雪白的头发,在这一个多月之中变得更稀薄了。即使从稍远处望去,也能明显地看到头皮。

我在床边的椅凳上坐下,凝视着母亲那张已经完全失去人类表情的脸,凝视着她望向天空的无神眼睛,凝视着她几乎不发一语的龟裂嘴唇。

"妈。"

就算叫她,也几乎没有任何反应。

只不过一年几个月的时间,她就这样失去了往日的光辉,既不美丽,也不再温柔。别说微笑,连悲伤和寂寞都无法表现。对,她患了"簔浦＝雷玛症候群"、通称"白发痴呆"的原因不明的怪病,一天天丧失脑功能。

我已经不再抱有从前那样绝望、痛苦、愤怒、有时焦躁、有时憎恨的感情了。现在,那些情感都已经不再需要了。

这并不是因为她的白发痴呆成为"家族性"、"遗传性"的可能性降低了,也不是因为我自己可能带有致病基因的不安和恐惧减轻了,绝不是因为这样——至少我自己知道得很清楚。

"妈。"

我慢慢对什么都不说的母亲说话。

"妈,你还记得吗?"

我从上衣口袋里拿出某个东西。

"妈……这个。"

从姬沼带回来的那把美工刀。

如果我现在推出刀刃的话,如果我让这间病房里响起母亲误以为是"蝗虫翅膀声音"的那种声音的话。

她应该会——她的脸上一定又会充满惊惧恐怖的神色吧。一定又会拼命扭动静止不动的身体,企图震动喉咙发出凄厉的喊叫声吧。现在残存在她脑中、四十五年前的那次记忆一定又会历历重现,心灵被那时候的强烈恐怖覆盖。说不定,一直到死神终于降临的前一瞬间为止,她都会保留这个"最后的记忆"。

"呐,妈……"我将美工刀收进口袋,看着母亲的脸低声说着,"那个,是我啊……"

没错。那不是别人,就是我。那时候你在那里看到的,还有你现在仍在"最后的记忆"里不断看到的杀手……那就是我啊!那是你儿子,我,波多野森吾啊!

然而……

"……妈,你知道吗?"

她当然不可能知道。

我的上衣口袋里,现在还放着当时的携带式照相机,不过我并不想在这里拿出来打开闪光灯,也不想去冲洗,确认胶卷上拍到了什么。我心想,几个月后,等母亲死后,再悄悄把美工刀、胶卷、相机这些东西放进她的棺木里,一起烧掉吧!

"……呐,妈。"

母亲仍然没有反应地抬头望着我,我轻轻将手掌贴在她完全失去光泽和弹力的额头上。

"妈……"

在这粗糙的皮肤下,是她被包裹在脆弱头盖骨里面的脑,她即将被啃蚀殆尽的脑。我仿佛想从她残留在某处的"最后的记忆"中,找出与她一生中最恐怖的记忆一同烙印着的、我那浑身是血的身影。

说不定,总有一天我也会面临同样的时刻。

说不定是和母亲相同的这种怪病,说不定是阿尔兹海默症等其他的痴呆症,说不定不是这类疾病,而是肉体上得了某种致命的疾病,到了末期所产生的精神症状;也说不定是遇到某种意外,在结束生命前弥留的那短短片刻。

无论如何,如果有一天,面临结束的时间来到我眼前……

在我逐渐空绝的脑中,那时留下的"最后的记忆",会是什么样的记忆呢?

如果可以的话……我暗自祈祷着。

如果可以的话,希望会是小时候,应该已进入深秋的时分,我望着夜空里明灭闪烁的红色灯光,梦想着一种从没见过的"翅膀",那时候的记忆。

3

　　我在第二天的早报上看到出生故乡小镇上发生的连续儿童杀人案嫌犯已经逮捕的新闻。据说逮捕到的是和我同年、住在当地的美发师。同一页的社会版上除了这篇报道，还有关西某个小镇又发生其他儿童杀人案的新闻。

　　接着，第二天，我前往久违的东中野补习班，去教那班"明星国中入学班"的小学生，包括那个名叫岛浦充的学生等等，有好几个人依然没有出现。另外，曾问我"在大学里学什么"的那个男孩——我记得他姓龟田——也不见踪影。

　　在这天晚上孤独的睡眠中，我做了一个梦，那是回到东京后第一次做的梦。我半夜忽然醒来，发现脸颊上还留着几行泪。不过，到底做了什么梦，我却始终想不起来。

——终

2002年初版后记

《最后记忆》这本书,是绫辻第一部本格恐怖长篇小说。

"什么是本格恐怖小说"这个问题,或许比"什么是本格推理小说"更暧昧,见解因人而异。正因如此,岂容我在此发表浅见?暂且就说,它是以"恐怖"为主题的虚构故事,况且不像本格推理那般有着合情合理的结尾,故事里的世界,多半牵涉到某种超乎寻常的存在或现象。

如此一来,我可以声明,至少《最后记忆》在构想及开始执笔时,确实是以"本格恐怖长篇小说"为目标。若要不知趣地引证自己的旧作来比较,这次的作品和所谓的血腥小说,例如我从前写过的《杀人鬼》、《杀人鬼Ⅱ》等拙劣长篇,是属于截然不同的类型,可以说比较接近"耳语"系列的某些要素以及中篇作品《眼球特别料理》的味道。

结果,这样写就的作品,究竟有几分恐怖小说的样子呢?说实话,我并没有十足的把握。我不断怀着"既然是恐怖小说,就得写得让人害怕"的念头,但一方面又觉得似乎不够恐怖。同时感觉重点似乎仍旧落到推理性"玄机"的部分上(这也算身为是本格推理作家的恶果吧!)。"恐惧的穴道"比起"惊讶的穴道",更是人人大不相同,事到如今我才这么告诉自己……

然而,无论如何,新的长篇作品总算得以付梓。自从一九九五年《尸体长发之谜》之后,算来已经整整过了七年。空了这么长一段时间,心情宛如再次出道一般。实在是让各位久候了。

还请各位慢慢欣赏。

2002年初版后记

在这里仍要记下我对许多人的感谢之词。

曾任职角川书店的大和正隆先生早在十年多之前替我开启了这扇机会之门。从构思阶段就终鼎力协助的责任编辑三浦瑞香小姐。提供连载空间的《KADOKAWA推理》主编郡司聪先生。在漫画版《眼球特别料理-Yui-》卷首、将刚始连载的这部作品开头部分作为背景、创作出精彩短篇的漫画家儿岛都老师。一年前的夏末，为了转换心情，改善身体状况，和刚才提到的三浦小姐一同陪我玩小型赛车游戏，某公司的秋元直树先生。再次遥遥领先获得优胜的某公司岸本亚纪小姐。每次读完连载后，都不忘告知感想的几位。当然，还有耐心等待我这下笔慢钝的作家发表新作的众多亲爱读者。实在相当感谢。

希望这本小说，能够成为带有些许"恐怖"的记忆，长存您心里。

二〇〇二年　夏

绫辻行人

2007年文库版后记

《最后记忆》一开始是在目前已经停刊的《KADOKAWA推理》月刊上连载（二〇〇〇年十一月号—二〇〇一年一月号、三月—五月号、七月—十月号、十二月号—二〇〇二年五月号）。经过全文改订后，在二〇〇二年八月发行了单行本，而这次则是经过重新包装，发行新书版。

在单行本上市时，我曾经擅自将这部小说称为"本格恐怖长篇"。然而用不着深入思考，我们就知道"本格恐怖"的定义比"本格推理"更暧昧（甚至可以说是完全不同），而且也是一个见解因人而异的词汇。在这里，我不打算推翻前言，不过各位在阅读的同时，若觉得本作与您的"本格恐怖观"有所出入，就请各位把拙作当成"主要从事本格推理写作的作家所写的恐怖小说"，带着轻松的心情阅读吧！

本作于二〇〇〇年秋天开始在杂志上连载，而内容则是一九九九年夏天到秋天的故事。关于阿尔兹海默症的其他症状，基本上也是根据一九九九年那时所了解的事实来撰述。

就像"精神分裂症"变成"统合失调症"一样，最近"痴呆症"也渐渐被一般化的说法"认知症"所取代。尽量避免使用"老年痴呆"这个名词，好像也成为一种时势。不过因为一九九九年时，"认知症"这个新说法还没出现，所以本作中出现的"痴呆"、"痴呆症"这些名词，也就理所当然没有必要更动。同理，本作中的"护士"也不会改写成"护理人员"，这点还请各位读者谅解。

因为这是我自从一九九五年出版《尸体长发之谜》之后、阔别七年所完成的长篇作品，再加上本书的主题，所以新书发表时，更让我觉得有点感慨。之后又过了三年多的时间，我回头重新阅读这部作品，结果发现了很多自己不满意的地方，但是同时我也重新觉得，这是一部对我自己来说非常重要的作品。

合理或不合理的部分、明白地对读者做了说明或没做说明的部分……我努力思索这些东西的描写方式与平衡点，因此对我来说，这本书是一部尝试了很多冒险的作品。就算只有您一个人也好，我都希望潜藏在这个故事里的想法和寓意，能够传达出去……

二〇〇六年　新春

绫辻行人

引用文献及参考文献

大熊耀雄 《现代临床精神医学 改订第七版》 金原出版 一九七七年

黑田洋一郎 《阿尔兹海默症》 岩波新书 一九九八年

河野和彦 《痴呆化基因——如何战胜阿尔兹海默症的命运》 医药期刊社 一九九八年

井原康夫编 《阿尔兹海默症的全新开展》 羊土社 一九九八年

丸山敬、西道隆臣 《人为何会痴呆——解开阿尔兹海默症之谜》 丸善书库 二〇〇〇年

若林研太郎 《白发痴呆和日本的古老故事》 白毛社 二〇〇一年